The Imagination and Sensibility of Modern Poetry

현대문학
연구총서

36

현대시의 상상력과 감각

서안나

푸른사상
PRUNSASANG

현대시에서 상상력과 감각은 시의 미학성을 구현하는 결정적인 요소이며 동전의 양면처럼 함께한다. 상상력의 힘은 곧 시의 원천이며 낯익은 대상과 사물과 세계를 새롭게 탄생시키는 동인으로 작동한다. 이러한 상상력의 힘은 시인이 개성적인 시세계를 선취하는 데 필수불가결한 하나의 조건인 동시에 시적 세계관의 심화와도 직결된다. 따라서 상상력은 시인의 직관과 감각의 확장이며, 그것의 구체적 형상화라 할 수 있다.

시에서 상상력의 구현은 감각을 통해 이루어진다. 시인의 감각은 사물과 대상에서 발산하는 진동을 포착하여 세계를 새롭게 인식하고 사물의 진면목에가 닿게 한다. 상상력의 구현은 사물 자체의 본질을 가리는 고정관념의 틀 이면에 감춰진 세계를 보여주는 힘이기도 하다. 시에서 상상력과 감각을 살피는일은 곧 시의 본질을 연구하는 가장 직접적인 통로가 될 것이며, 이러한 이유로 현대시에 나타난 상상력과 감각이란 제목으로 이 책을 간행한다.

책의 제1부에서는 현대시의 상상력이라는 주제를 다루었다. 제1부의 첫 번째 시작은 '문명의 폭력성과 우주적 상상력'이란 주제로 문효치 시인의 시세계를 분석해보았다. 문효치 시인의 시세계는 생태적 사유를 바탕으로 삼아 자연의 가치를 조명하는 동시에 문명의 폐해와 인간 중심주의 문명의 폭력성을 날카롭게 지적하고 있다. 문효치의 시세계는 자연의 소소한 미물들의 목소리를 통해 근대적 이분법적 사유 아래 이분화된 사유체계의 폐해를 복원하고 인간 중심주의의 틀에 균열을 가하는 하나의 대안으로 의의를 지닌다.

제1부의 두 번째 시인으로 권현형 시인의 시적 세계를 들여다보았다. 그의 시세계를 "틈의 존재론과 실존의 고통"이란 주제로 설정해 심도 있게 분석해보았다. 권현형의 시는 인간과 인간 사이의 존재론적인 실존의 고통을 유발하는 비극의 탄생 지점에 집중하고 있다. 그의 시세계의 특징은 시적 주체의 시선에서 주체와 타자 사이의 감정과 그 변화 추이를 응시와 성찰의 대상으로 전환한다는 데 있다. 이러한 비대칭성이 야기하는 틈은 시의 구조적 측면에도 영향을 미친다. 권현형은 영화적 기법을 차용하여 파편화된 장면과 장면을 겹쳐놓는가 하면, 비순차적인 시간과 이질적인 공간을 혼용하여 그 길항과 삼투로 시적 구조의 긴장감을 형성하고 있다. 즉 '틈' 혹은 '사이'로 드러나는 타자와의 불일치의 비극은 이 시집에서 의미의 형식화를 통해 시의 구조적인 면을 형식화한다. 시적 주체와 타자 혹은 세계와의 관계에서 균열하는 실존의 틈과 그 비극성이 권현형 시세계의 주요 주제라 할 수 있다.

'시에 나타난 술의 상상력과 풍류'에서는 우리 시문학에서도 단골 소재로 등장하는 술의 역사 및 술이라는 시적 소재의 시대적 변화를 다루었다. 삼국시대를 거쳐 고려와 조선과 현재에 이르기까지 고전 시가와 현대시를 망라하여 술은 시의 중요한 핵심 소재로 다루어지고 변주되어 왔다. 술은 시인에게 시적 상상력을 자극하는 대상으로 혹은 현실과 이상의 괴리에서 오는 중압감을 풀어주는 매개인 동시에, 비극적인 현실이나 시대적 상황을 타파하고 시대를 통찰하는 매개로 등장하고 있음을 알 수 있다. 시에 나타난 술의 역사를 살피는 일은 곧 술을 통해 세계와 몸으로 부딪치려는 시인의 눈과 펜에 가까이 다가가는 일이기도 하다. 이 글에서는 『삼국사기』『삼국유사』『고려도경』『제민요술』 등의 문헌의 술에 대한 기록을 살펴보았다. 그리고 고려시대의 『고려도경』과 이규보의 「명일우작」, 조선시대 송강 정철의 「장진주사」, 일제의 주세법과 주세령과 전통 민속주의 쇠퇴를 살펴보았다. 현대 시인으로는 조지훈의 술 주도 18단계, 김종삼, 서정주, 천상병, 박정만 등의 시에 나타난 술과 시인들의 일화를 중심으로 분석하였다.

제1부의 마지막으로 '생성으로서의 꽃의 상상력'에서는 우리 시문학에서 오래도록 시적 소재와 제재로 즐겨 사용된 꽃을 중심으로 고전시가에 나타난 꽃과 현대시에 나타난 꽃의 상상력을 살펴보았다. 심상어인 꽃은 고대 시가에서 현대 시가에 이르기까지 다양한 상징과 은유로 변주되어 왔다. 시인들이 '꽃'을 즐겨 다룬다는 점은 꽃이 지니는 외형적 특성과 내적 가치가 곧 우리 삶의 은유로 쉽게 연결되어 왔기 때문이기도 하다. 일반적으로 꽃은 "아름다움(美) 특히, 번영과 풍요, 존경과 기원의 표시, 사랑, 미인과 여인, 덧없음, 재생과 영생, 영혼의 원형, 질서" 등의 의미를 내포한다. 이러한 의미들은 "문학적 상징의 공간이 됨과 동시에 인류뿐만 아니라 민족 정서에 뿌리 깊이 박힌 미의식과 자연관의 소산이기 때문이다.

제2부에서는 현대시의 사유라는 주제로 이홍섭 시인의 시세계에서 불교적 세계관과 적멸의 사유에 대하여 살펴보았다. 이홍섭 시인의 시세계는 불교적 사유를 바탕으로 하여 전통적인 순수 서정을 계승하면서 시인만의 개성적인 서정시의 미학을 획득하고 있다. 시인은 감정 방출을 절제하고, 절제가 배태된 비애의 정서를 통해 가변적인 속(俗)의 세계와 불변의 초월적 승(僧)의 세계를 이분화하여 대립시키는 데 머물지 않고, 일상생활에서 승의 세계를 발견하고 있다. 이와 같이 이홍섭 시인의 시의 미학은 속의 세계에서 슬픔을 껴안고 걸어가야 하는 범박한 인간 존재에 관한 연민의 정조를 통해 선량한 그늘의 깊이 같은 아름다운 서정의 결을 드러내고 있다.

그리고 최근 현장에서 활발하게 활동하는 젊은 시인들의 시에서 드러나는 '기계적 상상력과 디지털적 사유'에 대하여 분석했다. 1990년대 이후 빠르게 우리 삶에 뿌리를 내린 디지털 매체는 문학에도 많은 영향력을 행사하고 있다.

특히 디지털 미디어의 발달은 기존의 특정 공간을 새롭게 환기시키고 공간 사이의 특징을 매개하고, 새로운 공간을 탄생시키거나 메꾸어 버린다. 디지털 문화를 소비하고 향유하는 현대인들은 어떻게 인식의 전환을 이루고 있는가? 이러한 현실을 시인들은 어떻게 인식하고, 작품 속에서 투영되고 있는가를 김언, 서효인, 고형렬 시인의 시들을 중심으로 살펴보았다.

제2부의 마지막으로, 몸을 다양하게 변주시키는 '전복으로서의 몸'을 주제로 다루었다. 몸을 '소통으로서의 몸' '폭력이 자행되는 몸' '우주로 확장되는 몸'으로 세분화시켜 분석하였다. 우리 시문학의 경우 1980년대를 기점으로 하여 1990년대에 이르는 시기에 몸에 대한 사유가 보다 풍부해졌다. 현대 사회에서 몸은 유기체적인 생물학적인 몸일 뿐 아니라 사회와 관계를 맺는 매개물인 동시에 권력이 발생하는 장이다. 광고 및 미디어매체들은 몸과 관련된 다양한 상품들을 통해 꾸준히 몸을 소비하고 창출하고 있다. 외형적인 몸의 조건이 내면의 깊이와 인격까지도 대신하는 루키즘 등의 현상을 통해 몸의 중요성이 부각되고 있다. 몸은 이제 하나의 권력으로 등극하고 있으며 신체는 관리 대상이 되고 있는데, 최근 발표된 신작시에서 이러한 다양한 몸의 양상을 분석해 보았다.

제3부에서는 '현대시의 감각'이라는 주제로 시인들의 시론을 대담 형식으로 묶어 시인들의 육성을 담아보았다. 먼저 정진규 시인의 시에서 중심으로 다루고 있는 '율려'를 통해 시인의 시세계에서 드러나는 은유의 실체를 분석해 보았다. 그리고 '광주라는 정치성'을 제목으로 삼은 강인한 시인과의 대담을 통해 현대시와 정치성에 대하여 심도 있는 대담을 실었다. 다음으로 '서정의 근원으로서의 기억과 감각'을 재현하고 있는 박형준 시인과의 대담을 통해 시인의 시론을 분석해 보았다. 마지막으로 현재 광주에서 활발하게 활동하고 있는 정윤천 시인과의 대담에서는 '남도의 해학과 유랑의 감각'을 주제로 다루었다. 그리고 김영서 시인의 작품을 통해 울음의 상징성에 관하여 분석해 보았다.

제4부에서는 '현대시와 도시'라는 주제로 이순주 시인의 시세계를 살펴보았

다. 그의 시세계에는 사물의 소리와 인간의 슬픈 울음소리 등 청각으로 포착되는 '소리'가 편재되어 있다. 이순주 시인의 시집 특징은 오감 중 청각 이미지가 전면적으로 부각되고 있다는 점이다. "나무"의 "울음"과 자연의 다양한 사물소리는 삶의 역동성의 표상으로서, 이러한 청각의 감각적 요소들은 시인의 시세계를 개성적으로 드러내고 있다.

그리고 문창갑 시인의 시세계를 '빈집의 은유와 폭력의 메커니즘'을 중심으로 살펴보았다. 그의 시세계는 주변의 작고 소박한 대상의 존귀함에 집중하여 공존의 아름다움을 강조하고 있다. 문창갑 시인의 시에서 집이 텅 빈 폐가의 이미지로 드러나는 것은 도시 공간의 집을 폭력이 자행되는 비극적 공간으로 인식하기 때문이다. 이 소통 부재의 공간에서 시인은 신자본주의의 인간 존엄의 훼손과 가치 전략을 다루고 있다.

이외에도 박미산 시인의 시세계에서 드러나는 '육체의 동력학'을 살펴보면, 그녀의 시세계는 육체성을 근간으로 한 이성과 육체(본능)의 대립과 갈등을 보여주고 있다. 박미산의 시 속의 육체는 가부장적 권력에 포섭되고 억압된 여성 육체의 본능을 동력화하여 그 권력에 균열을 내고 위반하는 주체로 전환된다. 이러한 육체의 동력학은 육체 속의 능동적이고 무의식적인 힘을 통해 권력의 지배 전략과 통제를 와해시키는 가능성으로 기능한다.

다음으로 '존재의 균열과 몸의 변주'라는 주제로 이명수 시인의 시세계를 살펴보았다. 이명수 시인의 시에서는 시인이 몸을 주요한 시적 소재로 채택하고 있으며 회복되는 몸을 통해 세계와의 조화를 추구하는 것을 알 수 있다. 훼손되는 신체의 소실감은 타자와의 관계에서 결핍을 뜻하며 시적 화자로 하여금 세계를 주시하는 태도의 변화를 불러오게 한다. 시적 화자는 소진하는 육체를 통해 바라보는 세계가 곧 꿈이며, 전도몽상(顚倒夢想)을 통해 소멸과 생성이 두 개가 아닌 하나라는 불이사상을 통해 질주하는 세계를 연모하기보다 멈칫거리는 서투른 발길에 눈길을 두고 있다. 이러한 여유와 너그러움은 세계를 억압적이고 강박적인 관계에서 벗어나 배려와 연민의 관계로 재편하고 있다. 이러한 재편된 시선 속에서 시적 화자는 소외된 자들에게도 가까이 가 닿고 있다. 이명수 시인의 시에서 소진되는 "몸"은 소진하여 삶의 유한성을 자각하는 인식론적 차원에서 통합되고 조화로움을 꾀하는 존재론적 차원으로 나아가고 있다.

마지막으로 이채민 시인의 시세계를 '꽃의 두 가지 독법'을 중심으로 다루었다. 이채민 시인의 시에서는 "꽃" 혹은 "나무" 등의 자연 표상들이 많이 등장하고 있다. 이때 자연 표상은 존재론적 의의를 지니는 동시에 존재의 상처를 극복해 나가는 과정을 드러내는 매개물로 작용한다. 또한 그의 시세계는 삶의 고통과 비극적인 외부 세계를 지워버리거나 침잠하기보다는 온몸으로 부딪치는 역동적인 시적 주체의 의지를 보여주고 있다. 특히 꽃의 표상을 통해 순환론적인 세계관을 바탕으로 인간과 사물이 뒤섞이고 경계가 무화되어 육화되는 조화로운 미적 세계가 그려지고 있다.

원고를 출간하는 데 많은 도움을 주신 푸른사상사의 한봉숙 대표님과 맹문재 선생님 그리고 편집부 직원들에게 고마운 마음을 전한다. 저에게 항상 많은 힘을 주시는 이재복 교수님과 한양대학교 한양문화비평연구회 동학들에게도 고마움을 전한다.

2014년 11월
서안나

현대시의 상상력과 감각

차례

제1부

현대시의 상상력

문명의 폭력성과 우주적 상상력

— 문효치론

1. 자연에서 우주적 상상력을 건져 올리다

문효치 시인은 1966년 『한국일보』와 『서울신문』 신춘문예 시 당선을 기점으로 50여 년 동안 꾸준하게 시를 써온 내공이 깊은 시인이다. 문효치 시인의 시집 『별박이자나방』(『서정시학』, 2013)은 시인의 몸에 배어 있던 자연에 관한 감각[1]을 언어로 형상화하고 있다. 미물의 몸에서 우주

---

1 감각은 "외부로부터 물리화학적인 자극을 감지하는 신체의 감각체계가 일정량의 에너지 형태를 띠는 자극을 감지하여 신경계에 전달하는 데 이때 전기적 신호로 변환해주는 감각수용기(Sense receptor), 수용기관으로부터 받은 자극을 뇌에 전달하는 감각신경계로 구성"되어 있다. 조경덕, 『지성과 감성의 심리학』, 웅보출판사, 2002, 35면.
  또한 사전적인 정의로 볼 때 "감각이란 감각기관을 통해 자극을 받아들이는 행위, 또는 사물의 가치나 변화 등을 알아내는 정신능력이다. 행위이면서 정신능력이라는 이 사전적 정의는 감각이 육체와 정신의 두 차원에 걸쳐있다는 것을 의미한다. 감각은 또한 인간이 인접한 외계와 접촉하고 있는 하나의 생물체라는 사실을 스스

를 발견하는 시인의 시선은 자연을 대상화하기보다 의인화를 통해 벌레와 곤충과 꽃과 풀 등의 미미한 존재를 인간과 동일한 위치로 끌어올리고 있다. 이러한 시 작업은 생태적 사유를 바탕으로 삼아 자연의 가치를 조명하는 동시에 문명의 폐해와 인간 중심주의의 문명의 폭력성을 날카롭게 지적하고 있다.

시집 『별박이자나방』은 총 4부로 이루어져 있다. 각각의 부마다 제1부 '꺼꾸로여덟팔나비', 제2부 '달무리무당벌레', 제3부 '풀에게', 제4부 '쇠딱따구리'라는 소제목을 달고 있다. 이번 시집의 특이성은 각부의 소제목에서도 알 수 있듯이 자연 생태에 관한 시인의 관심을 들 수 있다. 시인의 생태에 관한 관심은 시에 등장하는 곤충이나 나비와 풀의 세부적 명칭에서도 잘 드러난다. 식물도감 혹은 곤충도감을 펼친 것과 같은 시인의 박물학적 요소가 시집 읽기의 즐거움을 주고 있다.

『별박이자나방』 시집에서 시인은 자연을 낯설게 호명하고 있다. 이때 호명의 방식은 식물과 곤충 등을 대상화하기보다 인격화하고 이들의 소박한 몸에서 우주적 상상력을 펼치고 있다. 이러한 시인의 우주적 상상력은 곧 문명의 폐해와 문명이라는 이름 뒤에 숨겨진 인간의 반생명적 폭력성을 비판하고 있다.

시집 전체 주제를 자연에 관한 생태학적 사유로 일관되게 밀고 나아가는 시집에서 볼 수 있는 특징은 자연의 의인화와 화자론적 층위의 발화방식에서 살펴볼 수 있을 것이다. 이번 시집에서 미적 완성도가 높은 작품들을 살펴보면, 발화 주체와 언술 주체가 동일한 작품들에서 찾아볼 수 있다. 자연 사물의 발화가 언술 주체와 발화 주체가 동일한

현대시의 상상력과 감각

로 깨닫게 해준다." 윤지영, 「미적 근대성, 이미지즘, 감각의 사용법」, 『파라21』 여름호 제2집, 2004, 154면 참고.

경우, 의인화된 시적 주체들의 목소리는 곧 시인의 현실 인식과 더불어 인간 중심주의 사유에 관한 심도 깊은 반성과 성찰로 이어지고 있다. 인격화 혹은 의인화된 자연을 통해 드러나는 발화방식은 곧 시인만의 개성적인 공간 의식과 어우러지면서 독특한 시 세계를 드러내고 있다.

일반적으로 하늘과 땅 등의 수직적 공간 인식에서 하늘로 표상되는 천상은 성(聖), 밝음, 고결함, 초월적 속성을 지닌 공간으로, 지상은 속(俗)의 공간 등으로 이분화된다. 그러나 문효치 시인의 시집의 경우, 기존의 공간 의식과는 달리 수직적 공간 구조가 역전되고 있다. 이때 역전된 공간 인식은 하늘보다 오히려 지상이 우주적 세계로 순간적으로 도약하는 통로인 동시에 지상의 힘으로 오히려 천상을 개혁하려는 시적 주체의 의지를 표출하는 개성적인 공간 의식이라 할 수 있다.

2. 자연의 의인화와 생태학적 사유

시집에서 시인의 생태적 사유는 「시인의 말」에서도 잘 드러나고 있다. "우리가 흔히 벌레나 풀, 나무 등을 보고 미물이라고 말해 버리는 것, 잡초나 잡목이라고 치부해 버리는 것은 중대한 인식의 오류"이며, 자연을 구성하는 작고 미미한 존재들은 "이 세상 운용의 커다란 질서 속 당당한 구성원으로서의 권리를 갖고 있다"고 밝히고 있다. 문효치 시인의 이번 시집이 추구하는 시적 지향점은 자연의 "저 반짝임, 저 울음, 저 사투리"를 해독하여 풀, 꽃, 곤충을 인간적인 위치로 격상시켜 자연과 인간의 평등함과 더불어 자연과 고귀한 생명의 복권을 함의한다.

나와는 전혀 관계없는 것들로
내 이름은 만들어졌다

—「털두꺼비하늘소」 부분

"털두꺼비하늘소"는 "나와는 전혀 관계없는 것들로/ 내 이름은 만들
어졌다"고 발화하고 있다. 자연을 구성하는 다양한 생명체에 대한 인간
의 명명법은 사실 자연의 속성과는 무관한 인간 중심적 관점에서 부여
되었음을 알 수 있다.

시인은 세상을 꺼꾸로 보기도 한다지만
시인도 아닌 이들이 내 이름에
'꺼꾸로 여덟팔'을 붙였을까

날개 가운데 새겨진 흰 띠 무늬는
꽁무니 쪽에서 보면 거꾸로 여덟팔자지만
얼굴 쪽에서 보면 옳은 여덟팔자요
그것도 석봉이나 추사의 글씨보다 더 아름다운데
왜?
얼굴을 대면하기 껄끄러운가?
하기사 인간들이란 부끄러운 일도 많아 그렇긴 하겠지만.

—「꺼꾸로여덟팔나비」 부분

현대시의 상상력과 감각

「꺼꾸로여덟팔나비」에서 화자의 층위로 살펴보면, 발화 주체와 언술
주체는 인간이 아닌 "꺼꾸로여덟팔나비"이다. 나비 사진을 찾아보면 거
꾸로여덟팔나비는 나비 날개에 흰 무늬가 八자 모양이어서 붙은 이름
임을 알 수 있다. 시에서 꺼꾸로여덟팔나비의 목소리를 통해 질문의 형
식으로 나비 명칭에 관한 의문이 제기되고 있다. "내 이름에" "왜?" "꺼

꾸로"라는 접미사가 붙여졌는지를 그리고 "꽁무니"가 아닌 "얼굴"을 중심으로 바라볼 때 '꺼꾸로여덟팔'이란 명명이 적절하지 않음을 강조하고 있다. "꽁무니"를 중심으로 붙여진 "꺼꾸로"라는 접미사에는 "추사의 글씨보다 더 아름다운" 나비 "얼굴"이 지니는 무늬의 특이성을 배제시키고 있기 때문이다. 시적 주체인 나비의 발화방식, 즉 언술 주체와 발화 주체를 동일시한 의인화된 발화방식은 나비 "얼굴"이 지니는 개별성을 부각시키고 자연과 생명의 존엄을 경시하는 반생명적 사유에 관한 날카로운 비판 의지를 담고 있다.

나는 이름에 갇힌 죄인일 뿐
세상은 유배지다

— 「개불알꽃」 부분

세상에 허울만 좋아서
팔자 피는 놈들이 참 많다

— 「개똥벌레」 부분

나에 대해서 알려고 하지 말아라
너는 네가 누군지를 아느냐

— 「기막힌 일이다—칠성무당벌레」 부분

위의 시 인용구에서도 개불알꽃, 개똥벌레, 칠성무당벌레 등은 모두 의인화되어 있으며, 언술 주체와 발화 주체의 동일시로 시적 주체의 의지를 강력하게 드러내고 있다. 특히 '개-'라는 접미사가 붙은 개불알꽃과 개똥벌레 그리고 칠성무당벌레 등의 곤충들은 인간에 의해 자의적으로 명명된 자신의 이름을 통해 존재 기계에 대한 실존적 질문은 우리에게 던지고 있다. "너는 네가 누군지를 아느냐"라는 질문은 섬뜩하기까지 하다. "나에 대해서 알려고 하지 말아라" 등의 발화에서도 알 수 있듯이 체제에 복속되지 않으려는 단독자로서의 의지를 강하게 표출하고 있다. "칠성무당벌레"가 세계를 향해 던지는 질문은 곧 규칙과 질서에 의한 명명법에 대한 날카로운 비판과 더불어, 명사로 이름 지어지는 존재 너머의 생명이 지닌 본질적 존귀함을 향하고 있다. 이와 같이 문효치 시집에서 드러나는 생태학적 사유는 자연의 의인화를 통해 인간과 자연의 관계를 회복시키고 자연의 미미한 존재들에 대한 생명의 존귀함과 애정을 강조하고 있다.

3. 나는 우주를 만진 적이 있다

문효치 시집에서는 자연의 의인화를 통해 제기되는 발화방식과 독특한 공간 인식이 결합하여 개성적인 시적 세계관을 형성하고 있음을 알 수 있다. 시에 나타나는 공간 인식은 곧 시인이 세계를 어떻게 구조화하는가를 살펴볼 수 있는 흥미로운 지점이기에 이번 시집에서 나타나는 공간 인식의 탐구는 곧 시인의 인식구조를 살피는 일이기도 하다.

시인의 시집에 등장하는 곤충이나 식물의 이름에 '개-' '거꾸로-' '미운-' 등의 가치 없음이나 모자람을 의미하는 접미사가 학명으로 붙은 대상이 많다. 그리고 이들이 생명을 영위하는 장소는 '땅' 혹은 지상인 대지인데, 이때 '땅' 혹은 대지의 특이성을 발견할 수 있다.

> 푸른 하늘 깊게 들이마시고
> 문득 내려다보니

저 물 위에 노란별이 내려와 계신다

몇억 광년은 족히 되었을 여정
우주의 어느 동네에서 내려오시느라
피곤도 했겠지만

간밤에 잠도 잘 주무셨는지
오늘 한낮 얼굴도 맑다

— 「노랑어리연꽃」 전문

불면의 밤
뼛속으로는
뜨신 달이 들어오고

— 「각시붓꽃」 부분

「노랑어리연꽃」에서 시적 주체의 시선은 하늘에서 지상으로 하강하고 있다. 시적 주체가 "푸른 하늘을 깊게 들이마시고" 물 위에 핀 "어리연꽃"을 내려다보고 있다. 이때 시적 주체가 바라보는 "어리연꽃"은 "몇억 광년은 족히 되었을 여정"을 거친 존재이며, "우주의 어느 동네에서 내려"온 "노란별"로 전이되고 있다. 노란별로 전이된 어리연꽃이 독특한 점은 시적 주체의 시선보다 아래쪽인 "물" 위에 핀 존재임에도 하늘과 맞닿은 곳에 뜨는 "별"을 품고 있다. 또한 "각시붓꽃" 역시 "어리연꽃"처럼 "뼛속으로는/ 뜨신 달이 들어오"는 존재이다. "어리연꽃"이 "우주의 어느 동네에서" 내려온 "노란별"이라면, "각시붓꽃"은 "뼈속" 깊은 곳에 "달이 들어오"는 존재이다. 이처럼 물 위에 핀 "어리연꽃"이나 "각시붓꽃"이 지상에 피는 식물임에도 오히려 하늘에 뜨는 "달과 별"을 품고 있는 천상적 특성을 지닌 존재로 묘사되고 있다. 곧 하늘보다 오히려 지상에 피는 꽃이 더 우주적 공간의 속성을 내재한 존재로 그려지고 있다는 점에서 개성적인 공간 인식을 보여주고 있다. 이러한 공간 인식은 식물인 '꽃'에서뿐만 아니라 '꽃'보다 더 지상에 밀착된 곤충에게서 더욱 명징하게 구체화한다.

저 먼 별의 별별 것을 다 찾아내어
제 목숨에 덧대고 있다

　　　　　　　　　　　　　　　—「도토리노린재」 부분

머리 위로 억 광년쯤의 거리
거기에서 떠돌던 소리 한 점

그녀의 방 시렁 밑을 지나
내 귀에 들어와
집을 짓고 있네

소리의 몸에 붙어 있는
수많은 별빛들
여기에 와서 마을을 이루고 있네

귓속에 우거진 푸른 풀덤불
풀덤불 속에
물 좋은 귀신 들어오고 있네

　　　　　　　　　　　　　　　—「왕귀뚜라미」 전문

울음소리를 줍는다
삘기꽃 피어나는 풀숲
슬픈 달이나 추운 별이 울어놓고 간

울음소리들

소리들의 껍질을 벗긴다
한 생을 떨고 있는 속살이
하얀 김을 피워 올린다

우주의 근원이 있다면
거기 까마득한 먼 곳에 솟아 있던 피 한 방울
이리로 흘러 만들어졌을
풀대에 매달려 구슬로 익어가는
울음소리

— 「여치」 전문

벼락 맞아 불타버린
둥근 달의 한 복판에
둠벙 하나 파 놓고
그대 맑은 눈물로
찰랑찰랑 채웠네
물봉선 두어 포기 들어와
보라색으로 자라고 있네

— 「달무리무당벌레」 전문

시에 등장하는 "도토리노린재" "왕귀뚜라미" "달무리무당벌레"들 역
시 우주적 상상력과 관련된 존재로 그려지고 있다. "도토리노린재"도
"저 먼 별의" "별별 것을 다 찾아내어/ 제 목숨에 덧대고 있"(「도토리노
린재」)으며, "왕귀뚜라미" 역시 "머리 위로 억 광년쯤의 거리/ 거기에서
떠돌던 소리 한 점"이 울음 "소리"로 내게 다가오는 것이며, 울음소리
에 "붙어 있는/ 수많은 별빛들"(「왕귀뚜라미」)이 시석 수체의 귀 인 성

각적 요소를 통해 우주적 존재로 확장되고 있다. "여치"에서도 알 수 있
듯, 곤충들의 울음소리에 "별빛"이 묻어 있는 이유는, 울음소리가 "풀
숲"에 "슬픈 달이나 추운 별이 울어놓고 간"(「여치」) 탓이기 때문이다.
즉, "우주의 근원이 있다면/ 거기 까마득한 먼 곳에 솟아 있던 피 한 방
울/ 이리로 흘러 만들어졌을/ 풀대에 매달려 구슬로 익어가는/ 울음소
리"와 같이, 울음소리에 붙어 있는 별이나 달은 곧 우주의 근원이며, 울
음소리인 청각성을 통해 풀과 숲이 자라는 지상은 우주적 상상력이 펼
쳐지는 공간적 특성을 지닌다.

더불어 "달무리무당벌레" 역시 예외가 아니다. "도토리노린재" "왕귀
뚜라미"가 우주의 "별"이나 "달"을 부분적으로 품고 있는 데 반해, "달
무리무당벌레"의 경우 몸 자체가 "둥근 달"로 환치되고 있다. "둥근 달"
로 환치된 "달무리무당벌레"는 자연물인 "달"뿐만 아니라 "그대"라는
인간의 "눈물"과 "보라색" "물봉선화"가 자라는 하나의 소우주적 세계
로 그려지고 있다. 이와 같이 별이 뜨는 하늘과 상대적으로 위치한 지
상의 곤충의 몸과 연꽃의 몸은 우주의 근원과 우주적 속성이 가득 찬
대상으로 형상화한다는 점에서 역전된 공간 인식을 볼 수 있다.

현대시의 상상력과 감각

날개는 언제나 밤하늘이다
그래서 별이 뜨고
무시로 달도 솟는다

때로는 원시(原始) 동굴의 어둠 같은
숨막힘도 있긴 하지만

힘주어 공중으로 날아오르면
수백억 광년을 달려온

뭇별이 번쩍번쩍 빛나고
간혹 비천(飛天)의 생황 소리도 들린다
내 4학년의 신발 소리도 들린다

—「검은물잠자리」 전문

시에서 "검은물잠자리"는 하늘을 날아다니는 곤충이지만, 잠자리의
날개는 지상에 안착해 있을 때도, 마치 어두운 "밤하늘"처럼 "별" "달"
이 뜨는 검은 스크린과 같다. 즉, 검은 잠자리는 날개에 "별이 뜨고/ 무
시로 달도 솟는" 우주적 존재임을 알 수 있다. 그런데 시에서 날개를 지
닌 검은물잠자리가 하늘의 별과 달을 날개에 묻혀 지상으로 운반하는
매개가 아닌, 지상에 정지해 있을 때도 날개에 별과 달이 솟는다는 우
주적 상상력은 주목을 요한다.

때문에 "검은물잠자리"의 날개에 "수백억 광년을 달려온/ 뭇별이 번
쩍번쩍 빛나"는 때는 허공을 비행할 때가 아닌 지상에서 "힘주어 공중
을 날아오르"는 찰나이다. 힘주어 허공을 날아오르기 위해선 지상에서
힘차게 날갯짓을 하여 공중으로 날아올라야 한다. 바로 "힘주어"에서
나타나는 운동성이 곧 지상의, 땅 위의 약동하는 우주적 기운으로 날개
에 "수백억 광년을 달려온/ 뭇별이 번쩍번쩍 빛나"는 계기로 작동하고
있다는 점이다.

신을 만나기 위해서는
매우 경건하다
두 눈 가지런히 하늘을 향하고
등 위 열 개의 별을 돋우어 맑게 맑게 광을 낸다

어둠 너머엔 반드시 밝은 세상이 있음을 안다

거기 신의 집, 안방이 있음을 안다

　　　　　　　　　　　　　　　　　　──「열점박이별잎벌레」 부분

외계로 가는 길이 보인다
피타고라스가 걷던 길에
에너지가 모여들어
거대한 별들의 숲이 자라고
우리의 삶이 하늘로 이어진다
이 길에서 권력이 나온다
하늘의 입구에 백로자리가 날개를 펄럭인다
우주의 축이 수직으로 일어선다

　　　　　　　　　　　　　　　　　　──「별박이자나방」 전문

　　시집 표제작이기도 한 「별박이자나방」에서는 위에서 말한 지상이 우주로 나아가는 통로임을 더욱 뚜렷하게 드러내고 있다. 『별박이자나방』에서 "외계로 가는 길"을 "볼 수" 있으며, "에너지가 모여들어/ 거대한 별들의 숲이 자라고/ 우리의 삶이 하늘로 이어"(「열점박이별잎벌레」)지기에 지상은 "하늘"로 이어지는 통로이며, "이 길("지상")에서 권력이 나오기" 때문이다. "별박이자나방"의 날개 무늬는 곧 "우주의 축"에 수직으로 닿을 수 있으며, "등 위 열 개의 별을 돋우어/ 맑게 맑게 광을 "내는 "열점박이별잎벌레" 또한 스스로 발화하는 의지를 통해 "어둠 너머엔 반드시 밝은 세상이 있음을 안다/ 거기 신의 집, 안방이 있음을" 자각하는 우주론적 존재로 확장되고 있다. 이와 같이 수직적 공간인 하늘로의 비상이 아닌, 지상으로 시인의 시선이 하강할수록 우주적 근원으로 도약하는 "땅"에 관한 시인의 공간 인식은 곧 지상이 모든 생명체가 모두 존귀함을 지녔다는 생태적 사유에서 연원함을 알 수 있다.

그렇다면 시인은 왜 지상에 기거하는 미미한 존재인 곤충이나 풀이나 꽃을 더 우주적 존재로 형상화하고, 천상인 하늘보다 오히려 지상을 우주적 속성을 지닌 공간으로 인식하고 있는 것일까?

이젠
용도를 바꾼다
대명천지에
남의 간을 내어먹는 놈
그대로 봐주고 잘살게 하는

하늘의 밑이나 씻어야지

이젠
이름을 바꾼다
'하늘밑씻개'

　　　　　　　　　　　　　　—「며느리밑씻개」 전문

시인의 독특한 공간 인식에서 "하늘"은 "대명천지에/ 남의 간을 내어먹는 놈/ 그대로 봐주고 잘살게 하는" 심판의 기능을 상실한 공간이다. 때문에 "며느리밑씻개"라는 이름을 지닌 꽃은 스스로 "하늘밑씻개"로 이름을 바꾸어 "하늘"로 표상되는 현실 세계에 대한 시적 주체의 자정 의지를 표출하고 있다. 이러한 주체의 의지와 의지 실현이 가능한 이유는 바로 우주적 에너지가 만발한 지상의 자연의 힘("권력")을 통해서이다. 자연의 힘을 빌려 타락한 현실에 대한 주체의 의지 표출이 실현되는 것이다. 이러한 시적 주체의 의지 표현은 "하늘"로 표상되는 현실에 대한 비판의 의지로 확장되고 있으며, 자연 사물의 목소리를 통해 물질 문명과 자본주의 사회 현실에 대한 비판으로 확장되고 있다.

집을 짓는다면
몇 층짜리 집을 지을까
3층? 5층?
한 층은 새[鳥]를 들이고
한 층은 구름 들이고
또 한 층은 달도 들이고
나는 그 중 어느 층에 들까
바람의 살 속에
집을 짓는다

바람 따라 집도 함께 사라지면
또 새로 오는 바람 속에
집을 짓는다

—「층층이꽃」전문

시에서 알 수 있듯이, 시인이 바라보는 "층층이꽃"은 지상에 뿌리를 내리고 있으며, 착근의 숙명으로 이동의 제약을 받는 존재이다. 그러나 시인이 마주하는 "층층이꽃"은 지상의 우주적 에너지를 원동력으로 삼아 의지를 실현하는 존재로 탄생하고 있다. "층층이꽃"은 "새, 구름, 달"이 깃드는 곳이며, 시인 자신마저도 깃들어 살 수 있는 독특한 공간 구조를 지니고 있다. 더 나아가 "층층이꽃"은 "바람 따라 집도 함께 사라지"더라도 "또 새로 오는 바람 속에/ 집을 짓는다"라며 시인의 시적 의지를 강력하게 드러내는 존재이다. 이는 "층층이꽃"에서도 알 수 있듯이 "지상" 혹은 "흙"은 모든 생명과 우주적 기운으로 충만한 또 하나의 우주 공간으로 확장됨을 알 수 있다. 이를 통해 사물을 인간과 동일한 존귀함을 지닌 대상으로 파악하는 시인의 결연한 시적 의지가 더욱 강렬하게 드러나고 있다.

이때 "층층이꽃"이 한 해를 살고 시들어 버리는 한해살이 풀이라는 점에서 층의 수직적 개념은 곧 수평적 개념으로 변화하여 자연과 인간의 공존과 화합을 역설하고 있다. 이때 꽃의 내부에 수직적으로 설정되는 층간의 의미는 자연 사물을 계층적으로 차등화하려는 의도보다, 타자를 복속시키는 시적 주체의 지배 논리가 아닌 자연과 인간이 평등하게 화합하고, 인간과 자연과 우주가 하나의 기운으로 조응하는 생태적 사유의 표상으로 볼 수 있다. 왜냐하면, 시적 주체는 바람에 깃들고, 풀의 내부에 깃든 "달" "별" "새"와 함께 사라질 것이며, 이러한 자연과 인간의 순환론적 화합은 단절되고 소모되는 것이 아닌 "또 새로 오는 바람 속에/ 집을 짓는" 영원성과 항상성의 생성적 생태 사유를 강조하기 때문이다.

이상에서 살펴본 바와 같이, 문효치 시인의 시집에서 드러나는 독특한 개성은 생태적 사유를 바탕으로 삼는 자연물의 의인화와 특이한 공간 인식의 결합에 있다. 일반적으로 공간 인식에 있어 수직적 공간이 상승과 하강 혹은 천상과 지상으로 분류될 때 지상은 천상보다 어둠의 이미지 혹은 비천한 성/ 속에서 속의 이미지로 드러나게 마련이다.

그러나 문효치 시세계의 특이성은 오히려 지상이 우주적 원리로 가득 차 있고 우주의 에너지가 성한 곳이라는 점이다. 지상은 우주와 맞닿는 가능성으로 가득 찬 곳이며, 경계가 사라진 초월적 공간으로 형상화되고 있다. 이를 통해 작고 미미한 미물의 몸에서 우주적 원리를 밝히려는 시인의 시적 의지를 읽어낼 수 있다.

이때 지상의 작고 미미한 미물들은 의인화되어 인간의 목소리로 자아에 대한 고고함을 드러내고 있다. 인간 혹은 외부의 힘에 의해 명명된 이름이 틀 안에 혹은 법칙이나 규칙 안에 복속되기보다, 그 외부의 힘에 포섭되거나 함몰되지 않고 생의 의지를 표출하는 존재들이다. 문효치 시집은 자연의 소소한 미물들의 목소리를 통해 근대적 이분법적 사유 아래 이분화된 사유체계의 폐해를 복원하고 인간중심주의의 틀에 균열을 가하는 하나의 대안으로 의의를 지닌다.

『시와표현』 2013년 봄호

현대시의 상상력과 감각

틈의 존재론과 실존의 고통

─ 권현형론

1. 코코슈카의 〈바람의 신부〉와 비대칭의 비극

권현형 시인은 1995년 『시와 시학』으로 등단 이후 세 권의 시집을 상재했다. 이번 『포옹의 방식』(문예중앙, 2013)은 두 번째 시집 『꽃아, 밥이나 먹자』(천년의 시작, 2006) 출간 이후 7년간 삭히고 삭힌 시집이라 더욱 각별한 시집이다. 그가 7년여 동안 왕성한 창작 활동 중 시집 한 권 분량의 작품만을 선별하였기에 그의 시집엔 7년여 간 시인의 시적 여정과 고투가 고스란히 담겨 있다.

권현형 시인의 세 번째 시집인 『포옹의 방식』을 받고, 시집 귀퉁이를 접으면서 열심히 읽던 나는 그의 시집을 덮으면서, 문득 오스카 코코슈카(Oskar Kokoschka)의 〈바람의 신부〉를 떠올렸다. 표현주의 대표 작가로 칭송되는 코코슈카의 〈바람의 신부〉는 연인 '알마 쉰들러'와의 격정적이고 비극적인 사랑을 담고 있는 그의 대표작이다. 두 사람의 비극적 사랑을 배경으로 하고 있어 그런지, 차고 푸른빛과 폭풍 전야와 같은 음울한 주변 배경들을 묘사하는 거친 붓 터치가 연인의 모습을 더욱 창백하게 보여준다.

그림 속에는 연인이 있다. 권현형 시인의 시 「포옹의 방식」과 같이, 시 속의 두 인물처럼 그림 속의 두 연인은 겹쳐진다. 그림 속의 연인은 폭풍우가 몰아치는 밤을 배경으로 하여, 여자가 남자의 어깨에 기대 눈을 감고 있고, 남자는 부릅뜬 눈으로 여인을 바라보며 연인의 한 손을 힘 있게 잡고 있다. 코코슈카가 처음 〈바람의 신부〉를 그릴 당시 남자와 여자가 서로 손을 마주 잡은 것으로 그려졌지만, 코코슈카와 알마가 헤어진 탓에 그림은 남자가 여자의 한쪽 손을 잡는 풍경으로 수정되었다고 한다. 〈바람의 신부〉에서 알 수 있듯, 두 남녀의 영혼은 바람처럼 자유롭지만 시간 앞에 변질하는 사랑의 비극성을 드러내고 있다.

권현형 시인의 시집 제목과 동일한 「포옹의 방식」이라는 표제시 역시, 어긋나는 사랑의 지점을 드러내고 있는 작품이다. 하나가 될 수 없는 연인의 사랑과 오스카 코코슈카의 〈바람의 신부〉는 어긋나는 주체와 타자 사이의 불일치 지점, 즉 시집 전체를 아우르는 비대칭적 관계라는 점에서 연관이 깊다 할 수 있다. 권현형 시인의 『포옹의 방식』은 시집 전체적으로 '포옹'보다 포옹의 '방식'에 방점이 찍히는 시집이다. 데칼코마니처럼 일치하지 않는 비대칭의 슬픔은 '사이' 혹은 '실존의 틈'을 예각화하고 있다. 시집 속의 시적 주체는 인간과 인간 사이의 존재론적인 실존의 고통을 유발하는 비극의 탄생 지점에 집중하고 있다. 이와 같이 '실존의 틈'을 보여주는 "포옹"의 "방식"은 남녀 간 이성(異性)의 관계를 넘어서서 불화하는 인간관계의 보편성을 획득하고 있다.

따라서 시적 주체들은 주로 "경계"에 서 있으며, 주체와 타자와의 사이는 데칼코마니처럼 일치되기보다 불일치하는 "틈"을 드러낸다. 이 엇나감에서 시적 주체 실존의 고통과 비극이 발생한다. 포옹을 지켜보는 주체의 시선은 곧 포옹의 갖가지 방식을 부감하고 있으며, 시적 주체의 신체로 변주되어 다양한 의미망을 형성하고 있다.

포옹의 "방식"에 방점을 찍고 있는 이유는, 즉 시적 주체의 시선에서 주제와 타자 사이의 감정과 그 변화 추이를 응시와 성찰의 대상으로 전환한다는 데 있다. 이러한 비대칭성이 야기하는 "틈"은 시의 구조적 측면에도 영향을 미친다. 영화적 기법을 차용하여 파편화된 장면과 장면을 겹쳐 놓고, 비순차적인 시간과 이질적인 공간을 혼용하여 그 길항과 삼투로 시적 구조의 긴장감을 형성하고 있다.[1] 즉 '틈' 혹은 '사이'로 드러나는 타자와의 불일치의 비극은 이 시집에서 의미의 형식화를 통해 시의 구조적인 면을 형식화한다.

이러한 어긋남을 거쳐야 하는 "심리적 참전" 혹은 "비대칭의 슬픔"의 정조는 포옹의 방식에서 보이는 역동적인 시선과 장면과 장면이 겹쳐지는 시적 구성에 의해 그의 시집의 결을 한층 풍요롭게 하고 있다. 시적 주체와 타자 혹은 세계와의 관계에서 균열하는 실존의 틈과 그 비극성이 이 시집의 주요 주제라 할 수 있다.

---

1 영화 속 하나의 스크린에서 분할된 여러 개의 장면이 제각각 상이한 장면을 보여주는 것과 같다. 이는 주체의 잠재화로 인해 단일한 하나의 의미 중심을 향해 시 전체의 의미 맥락이 형성되기보다, 주체시선의 유동성과 다양한 층위의 화제를 선택함으로써 각각의 풍경이 자족적으로 운동성을 드러낸다고 볼 수 있다. 이와 같이 시간과 공간 그리고 사건과 사건 사이의 이질적이고 폭력적인 결합과 화제의 층위 변화는 곧 감각 주체의 시선 이동과 관련이 깊다.

2. 뜨겁고 격한 포옹의 방식과 틈의 존재론

권현형의 시집에서 균열하는 '실존의 틈과 그 비극성'이란 주제를 형
상화하는 작품이 표제시인 「포옹의 방식」이다.

이윽고 뜨거움이 재가 될 때까지
그들 머리 위 자귀나무는 바람 불지 않는
저녁의 골목을 흔들 것이다
골목 주택가의 닫힌 철문 앞에서
닫힌 시간 안에서 남자와 여자가 껴안고 서 있다

사이를 떼어놓을 수 없는 부동의 석고상처럼 보이지만
여자의 등 뒤에 두르고 있는
손가락 사이에 담배가 물려 있다
연인과 무관하게
철학자처럼 건달처럼 사색하며 거닐며 타오르며

그가 포옹에 몰입하고 있는지 의심스럽다
뇌관이 터질 지경으로 달리는
팽창하는 여자의 등, 순정한 척추의 비탈이 보인다
매끈한 생머리의 가닥을 묶은 노랑 고무줄 때문인지
여자는 단거리 마라토너로도 보인다
남자의 분열된 손가락을 담배를 볼 수 없는
그녀의 뒷모습은 옮길 수 없는 섬 같다

가령 사랑을 나눌 때 티브이를 켜놓은 적 있다면,
껌을 씹은 적 있다면, 당신의 패(牌)는 경멸이다
　　　　　　　　　　　　　　　　　　─「포옹의 방식」 전문

현대시의 상상력과 감각

시에 등장하는 인물은 오스카 코코슈카의 〈바람의 신부〉처럼 사랑하는 두 남녀이다. 〈바람의 신부〉가 사랑의 영원함에 대한 회의와 그 질문을 담고 있다면, 이 작품에서도 두 연인의 상황은 사랑의 지속성에 관한 질문에 다름 아니다. 시에 나타나는 공간적 배경인 "막다른 골목"과 "닫힌 철문"은 연인의 현재 처한 심리적 상황과 일치한다고 볼 수 있다.

막다른 "골목 주택가의 닫힌 철문 앞에서" 껴안고 포옹하는 두 남녀가 서 있는 머리 위쪽에 자귀나무가 서 있다. "그들 머리 위 자귀나무는 바람 불지 않는/ 저녁의 골목을 흔들 것이다"라는 진술은 독특하다. '바람이 불지 않는데' 왜 "자귀나무"는 흔들린다는 것인가? 여자를 껴안은 남자의 손에 타는 담배 연기도 흩어지지 않는 막힌 골목인데 말이다. 아마도 "나무"는 이미 고통의 흔적을 지켜보고 이미 '잠재된 이별'의 예감을 감지하는 시적 주체의 시선이 투사된 대상이라는 점을 유추해 볼 수 있다. 아마도 "자귀나무"가 두 연인의 포옹 장면을 쳐다본다는 점에서 이 시는 이미 비극적 정황의 수순을 밟고 있다. 연인의 포옹에 집중하는 시적 주체의 시선을 따라가 보자.

시적 주체의 시선에 비친 두 남녀의 포옹은 "사이를 떼어놓을 수 없는 부동의 석고상처럼" 틈이 없어 보인다. "여자"는 "단거리 마라톤 선수처럼" 사랑하는 상대에게 몰입하여 그 사랑의 감정으로 "곧 터질 것 같은 뇌관처럼 팽창해 있"다. 여자가 생머리를 하고 있으며, 노란 고무줄로 질끈 동여맨 것을 볼 때 여자는 세상 이치에 밝지 못한 순정한 성격임을 유추할 수 있다. 또한 여자가 급하게 노란 고무줄로 긴 생머리를 묶고 나왔다는 점에서도, 여자의 차림이 외출복이 아닌 수수한 차림임을 염두에 둘 때, 두 연인이 서 있는 철 대문 집은 여자의 집인 듯도 하다. 대체로 사랑에 빠진 연인들은 사랑하는 대상에게 가장 아름다운 모습 혹은 가장 멋진 모습을 보여주고 싶어 한다. 아마도 시 속의 "여자"도 남자에게 몰입해 있기에 그녀는 단거리 마라톤 선수처럼 자신을 껴안고 있는 남자를 향하여, 내면의 타오르는 사랑의 불길을 질주하고 있다. 즉, 문제는 두 사람의 사랑의 순도와 몰입의 긴장감이 비대칭적이라는 점에서 시적 긴장이 발생하고 있다. 여자가 감정의 타오르는 불길 속에서 금방이라도 폭발할 뇌관처럼 팽창되어 있는 반면 남자는 담배를 피우지 않을 정도로 여유 있어 보인다.

남자에 대한 그리움으로 치장도 하지 않고, 급하게 뛰쳐나온 여자와 달리, 격한 감정의 충만한 포옹 순간에도 남자의 손은 여자의 등을 격정적으로 끌어안는 대신 피우던 담뱃불을 여전히 손가락 사이에 붙잡고 있다. 남자의 감정을 대변하듯 "철학자처럼" "사색하듯" "느리게" 담배 연기가 슬로비디오의 한 장면처럼 타오르고 있다. 남자는 포옹하고 있는 여자와의 사랑에 침잠하기보다, 그의 담배를 붙잡고 있는 다섯 개의 손가락처럼 다른 생각으로 이미 육체만 남고 그 정신과 영혼은 담배 연기처럼 흩어지고 있을 뿐이다. 남자는 여자에게 매력을 느끼지 못하게 되었거나, 여자에 대한 연애 감정이 식었는지도 모를 일이다. 시적 주체는 "석고상처럼 틈이 없어 보이는" 연인에게서 어긋나고 불화하는 감정의 균열을 예리하게 포착하고 있다.

그래서 여자와 남자의 포옹의 현장에 배경으로 서 있는 "차가운 철문"은 곧 "닫힌" 감정의 은유이다. 여자와 남자가 각각 각자의 감정에 갇혀서 "닫힌 철문"과 "막다른 골목"과도 같이 연인의 감정이 공간화하여 "실존의 틈"으로 드러나고 있다. 이러한 어긋남의 풍경은 시의 첫 구절인 "이윽고 뜨거움이 재가 될 때까지"를 다시 불러와 읽게 한다. 그 뜨거운 사랑도 시간 앞에서는 이미 재가 될 수밖에 없는 운명임을 알기에, 연인의 포옹 장면을 지켜보는 그들 머리 위의 붉은 자귀꽃처럼, 시적 주체의 눈에 두 연인의 감정의 균열은 담배 연기로 묘사되고 있다.

그런데 시를 보면 두 연인을 지켜보는 시적 주체는 남자보다는 여자의 감정에 더 가깝다. "경멸"이라는 시어를 통해, 시적 주체는 사랑의 완성 지점에서 포용하기보다 불화하는 상대의 감정을 호도하는 인간 존재에 대한 실망감을 윤리적 차원의 판단을 통해 드러내고 있다. 시속의 여자와 남자에게 존재하는 이 선연한 거리감은 시적 주체와 타자와의 거리감이 실제적 감정의 거리로 드러난다. 이러한 어긋남의 비대칭성이 균열하는 "틈"의 존재론을 만들어 내고 있다.

그의 시집에서 비대칭으로 말미암아 균열하는 "틈"의 존재론은 "나무, 무릎, 발, 발가락, 형해(形骸)" 등으로 이미지화하고 있다. "나무와 무릎(형해)"이 지니는 의미망은 시적 주체의 내면 풍경이 투사되어 그 변주의 다층적 프리즘이 풍요롭다. 풍요로운 다층적 프리즘은 "나무, 무릎, 발, 발가락, 형해" 등이 시인만의 독자적인 공간인식을 드러내는 매개물로 작용하고 있다. 시에서 시적 주체가 타자를 향해 나아가려 하지만 결국 경계에 서서 바깥을 보거나, 안을 들여다보는 "당신"의 눈빛을 관조하는 수동성을 드러내는 속성을 공통으로 지니고 있다. 시적 주체는 사건이나 풍경에 관여하여 시에 새로운 서사를 탄생시키는 동인을 제공하기보다 사건이나 풍경을 파노라마적으로 조망하거나, 그 사건과 연루된 다양한 이미지들을 회상 기법을 통해 그려내는 수동적 위치에 서 있다.

권현형 시집에서 시적 주체의 수동성은 곧 자연 사물이나 인간의 신체 부위를 통해 드러나고 있다. 그 자연 사물은 "나무"이며 신체 부위는 "형해"의 이미지들인 "무릎, 발, 발가락, 뼈" 등이다. "나무"가 고통을 구체화하는 대상이라면, "무릎" 혹은 "뼈(형해)"는 실존의 고독을 형상화하고 있다. "나무"는 "무릎을 꿇고 있거나, 눈가루를 한 줌 기억처럼 붙잡고 있거나, 무연고자, 무덤, 버림받은 뼈 항아리, 항아리로 남은 아버지, 일찍 가버린 자의 엽흔(葉痕), 상처 위에 새로 돋은 잎, 꽃"(「엽흔」), 혹은 "성자가 아니므로/ 성찰할 때마다 잎이 마르"거나(「패엽경, ─비대칭의 슬픔」), "꽃을 자루째 털린 산벚나무가 하루 사이/ 폭삭 늙어 있"(「분홍문장」)는 등으로 제시되고 있다. 제시된 일련의 이미지에서 시적 주체에게 "나무"는 어릴 적 돌아가신 아버지의 무덤 혹은 항아리 속 뼈와 같이 아픈 상처이며, "상처 위에 새로 돋은 잎, 꽃"과 같이 "일찍 가버린 자의 엽흔"이기에 "피부로 기억하는" 문신처럼 지워지지 않는 "흔적"이다. 이와 같이 "나무"는 사랑하는 이의 부재와 소멸 혹은 죽음과 연관되어 있다.

> 티베트 경전을 소리 내어 읽는 동안
> 나무의 왼쪽 어깨가 조금 더 무거워진다
> 나무는 성자가 아니므로
> 성찰할 때마다 잎이 마른다.
>
> 엄지와 검지를 동그랗게 말아쥐며
> 깊은 호흡을 하는 동안 지상에 없는 그가 생각났다
> 거울 속 나무 그림자의 오른쪽 어깨가 울창하여
>
> 그림자 속으로 손을 집어 넣어 만져볼 뻔했다
> 그도 거울 속에서 감정이 더 진해졌을까
> 없는 그의 발을 만져보기 위해 허공을 더듬어본다
> 사라진 자의 신발 문수를 기억하려 애쓰는
>
> …(중략)…
>
> 그 사이 한쪽 눈물에서만 흐르던 눈물이 말랐다

떨어지는 눈물의 낱장을
폐엽경처럼 보자기에 싸두어도
비대칭의 슬픔은 다시 울창하게 자란다
— 「패엽경, — 비대칭의 슬픔」 부분

이 시는 시적 주체가 패엽경인 티베트 경전을 읽다가 호흡을 고르며 명상에 들고 있는 순간을 그리고 있다. 명상 중에 문득 내면의 의식 혹은 내면의 "거울"에 비친 "지상에 없는 당신"을 떠올린다. 시적 주체는 거울 속에 떠오른 "당신"을 향해 질문을 던진다. "당신도 나처럼 감정이 더 진해졌을까?"라는 질문에는 어긋나는 사랑의 비애감이 내재해 있다. 이미 지상에서 사라져 버린 "그의 발"을 만져보기 위해 허공을 더듬고, 사라진 자의 발의 흔적을 지닌 신발을 기억하려 애쓰고 있다. 시적 주체에게 "나무"란 "성장통을 겪으며 자라고 있"으며, "나무 뒤에, 뒤에, 우리는 아프게 서 있"(「역광」)을 뿐이며, 비대칭 슬픔만이 울창하게 자라 있음을 확인하게 한다. 이처럼 나무가 부재한 자, 이미 지상에는 없는 자를 환기하는 존재이기에, 나무 잎사귀에 적힌 패엽경이나, "가려진 당신"(「역광」)을 떠올리게 만드는 나무(패엽경)는 "종신형으로 서 있는"(「차오프라야 도서관」) 고통스러운 기억을 내장한 시적 주체의 내면 상처가 투사된 대상이다.

3. 자발적 유폐와 최초의 방

"나무"가 세상에 부재한 당신 혹은 타자를 환기하는 대상이라면, 이러한 "나무"의 의미망은 시적 주체의 내면의 고독을 대상화하여 "뼈" 혹은 "형해(形骸)"의 이미지로 변주되고 있다. 이때 변주되는 "형해"의 이미지는 양가성의 공간인식을 드러내는 매개물로 치환된다.

내가 껴안고 있는 것은 나 자신의 무릎이다
똑같이 생긴 두 개의 해골이
서로 황량하게 껴안고 있는 티베트 그림처럼

…(중략)…

야생의 곰취 나물을 먹으며 짐승의 비릿한 발자국
냄새를 맡는 저녁, 다가오려는 사람에게서 돌아선다

무릎이 닳을까 봐 무릎 두근거리는 소리를 들을까 봐
뒷걸음질로 어둠에 혼자 갇힌다
맨손체조를 하고 오금희를 추며
호랑이가 되었다가 새가 되었다가
곰이 되었다가 사람이 되었다가 착란을 거듭한다

무릎으로 좋아하는 사람이 있는 곳까지
먼 거리를 기어간다는 적극적인 구애가 부러운 저녁
할 수 없는 일이다
가슴 한복판에 닿기까지 사람이 되기까지

나는 단 한 번도 남의 무릎을 갖지 못했다
— 「착란, 찬란」 부분

당신 눈이 깊어 레바논 우물 같다
꽃뼈가 달그락거리는 소리

닿을 수 없는 곳을 향해 손가락을 뻗는다

다른 이의 무릎을 함부로 베고 누울 순 없다

밤새 격렬하게 비바람이 불었고
아침나절 강물의 얼굴이 궁금하다
조약돌 위에 이름 모를 짐승의 내장이
생의 군더더기 없는 형해(形骸)처럼 남아

꽃을 자루째 털린 산벚나무가 하루 사이
폭삭 늙어 있다 다른 길이 없다

꽃은 인간을 닮아 있고
인간은 남의 가슴을 파고든다
간밤 어디론가 사라진
분홍 몸피의 다급한 문장이 궁금하다

어쩌라구 어쩌라구, 그런 말이었을까
끝에서라도 끝에서라도, 그런 말이었을까

———「분홍 문장」 전문

목이 길어 숭고한 발가락을 난간에 얹어놓고
오래전 사라진 것의 물기가 남아 있다
세 가닥 단풍 무늬 같은 공룡의 앞발 자국
선명한 갑골문자를 새들이 해독하고 있다

———「한 번 노래하고 아홉 번 걸었다」 부분

실은 머리를 늘 남쪽으로 두고 잠들진 않는다
남쪽에 무엇이 있느냐는 질문을 받았을 때

궁한 대로 기원전의 풀과 씨앗이 그득 담겨 있는
가죽 바구니가 있다고 대답했다
녹색이 살아 있을 거라고 대답했다

그러나 잔설 때문인지 몸이 차가웠다
눈이 그친 다음 날이었다
남쪽에 가면 좋을 줄 알았건만
무엇보다도 빨리 따뜻해지고 싶었건만

우리는 각자 돌아누워 잠을 이룰 수 없었다
뜻밖에도 경주까지 내려와서
삼월에 몸이 그토록 식을 수 있다니

몸에 갇히면 몸만 남는다
텅 빈 심연에서 꽃을 피워 올려야 하는
산수유의 노랑 고뇌뿐이었다

남쪽에서 남쪽을 그리워하며
아지랑이 같은, 납덩이 같은 죄의식에 시달렸다

— 「몸의 남쪽」 전문

포옹의 방식이란 무엇인가? 포옹은 타자를 껴안는 행위이지만, 타자를 껴안음은 결국 자신을 껴안는 행위에 다름없다. "포옹의 방식"은 권현형의 시집에서 "무릎"과 연관되어 있다. 사람이 고통스럽거나 고민에 잠길 때, 사람들은 두 무릎을 끌어안는다. 무릎을 끌어안은 사람의 형상은 마치 자궁 속의 태아를 떠올리게 하며, 무릎을 끌어안은 자는 세상을 멀리 밀어 두고 내면의 고통을 응시하는 시선의 깊이를 획득하게 된다.

시에서 시적 주체가 "무릎"을 끌어안고 도달하려는 이상적인 공간은 "최초의 방"임을 알 수 있다. 그런데 특이한 점은 시적 주체가 닿으려는 "최초의 방"(「몸의 남쪽」)은 양가적 속성을 지닌다. 그 하나가 타자와 공유하지 않는 자발적 유폐의 단절 공간이라면, 다른 하나는 어긋나는 비극과 고통이 치유되고 사물의 기원이 탄생하는 원초성 회복의 이중적 속성을 지니고 있다.

먼저 자발적 유폐성을 드러내는 "무릎"의 이미지를 살펴보면 다음과 같다. "무릎"은 내가 타자에게 다가가기 위한 기능을 갖추는 동시에 타자가 나의 무릎을 베고 눕거나 내가 타자의 무릎을 베고 누워 사랑의 감정을 공유할 수 있는 신체 부위이다. 하지만, 위의 시에서 독특하게도 시적 주체는 자신의 무릎을 "똑같이 생긴 두 개의 해골이/ 서로 황량하게 껴안고 있는 티베트 그림"과 같이 스며들 수 없는 거리감을 지닌 대상으로 그리고 있다. 더불어 "다가오려는 사람에게서 돌아선다// 무릎이 닿을까 봐 무릎 두근거리는 소리를 들을까 봐/ 뒷걸음질로 어둠에 혼자 갇"히고 있음을 알 수 있다. 즉 시적 주체는 스스로 "무릎과 무릎"을 닿게 하지도 않을 뿐만 아니라 타자에게서 스스로 거리감을 유지하여 자발적 유폐 성향을 보이고 있다. 즉 시적 주체에게 "무릎"은 마치 자신의 심장처럼 "무릎 두근거리는 소리"를 내는 것이기에, 그 소리를 "들을까 봐" 혹은 "무릎이 닿을까 봐/ 뒷걸음질로 어둠에" 자신을 "혼자" 가둘 수(「착란, 찬란」)밖에 없는 신체이다. 따라서 시에 자주 등장하는 무릎은 시적 주체의 감정과 속내가 투사된 대상임을 알 수 있다. 마치 "생의 군더더기 없는 형해(形骸)처럼 남"은 실존의 고유성이 보관된 공간으로 차별화되고 있다. 이렇게 자신만의 어둠 속에 자발적으로 유폐된 시적 주체에게 있어 당신이란 존재는 "눈이 깊어 레바논 우물 같"은 존재이며(「분홍 문장」), "꽃뼈가 달그락거리는 소리"를 내는 존재이다. 때문에 "닿을 수 없는 곳"에 있으며, 그러한 "당신을 향해 손가락을 뻗"어보지만(「분홍 문장」) 닿지 못하는 대상이다. 그래서 "당신을 보면 마음이 아프다"(「금요일 저녁의 위로」).

그렇다면 시적 주체는 왜 "당신"으로 표상되는 타자에게 다가가기가 고통스러운 것일까? 그 이유는 "꽃뼈" 소리를 내는 "당신" 혹은 "꽃은 인간을 닮아 있고/ 인간은 남의 가슴을 파고"들기 때문이다. 타자와의 관계 속에서 상처를 받기에 시적 주체는 "다른 이의 무릎"을 거부하고 또한 "내 무릎"을 감추어 타자와의 소통을 자발적으로 차단하고 있다.

하지만, 시집에서 시적 주체가 자발적 유폐를 통해 "어둠"으로 채워진 "최초의 방"으로 돌아가려는 시도는 외부 세계와 단절하고 타자를 부정하는 자기 폐쇄적인 히키코모리적 은둔의 의미는 아니다. 시적 주체에게 "최초의 방"이란 "뼛속까지 나였던 그곳"이 "자존심 높은 긍휼"이 존재하는 곳이기 때문이다.

바로 이 지점에서 "최초의 방"은 '자발적 유폐'의 공간과 짝패를 이루는 공간으로 축조된다. 시적 주체의 자발적 유폐로 스스로 자신의 어둠에 갇히는 폐쇄의 공간에서 "몸의 남쪽"과 같은 곳으로 "기원전의 풀과 씨앗이 그득 담겨 있는/ 가죽 바구니가 있"는(「몸의 남쪽」) "사물의 기원"이 자라는 생성의 공간으로 탄생한다. 또한 유폐되었던 "최초의 방"에서 시적 주체는 "경계의 무릎을 껴안고 울며" "성전환 소년이며, 성전환 소년이 아닌/ 멕시코 할머니이며, 멕시코 할머니가 아닌"(「국경지대의 종려나무」) "돌이 오줌을 누고, 땀을 흘리며, 뿌리 깊이 고독의"(「옥수수는 고독하다」) 힘이 진동하는 "찬란"한 공간으로 변모하고 있다.

따라서 "누구나 망명의 시간을 갖"고 "혼자여도 괜찮은"(「옥수수는 고독하다」) 곳으로, "온몸을 풀로 베인 사람"(「금요일 저녁의 위로」)이 되어 "비문으로, 나를, 위로하"며 (「금요일 저녁의 위로」), "자기 발자국 소리를 천둥처럼 듣는"(「느낌이 좋은 사람」) 공간이기도 하다. 또한 시적 주체로 하여금 "아무도 없어요"(「사물의 기원」) 라며 실존의 조건과 존재의 실존에 질문을 가능하게 하는 사유의 방이다. 제도와 이념과 인종과 언어를 초월하여 인간 존재의 존엄성이 회복되고 몸의 감각적 원초성이 회복되는 치유의 공간으로 볼 수 있다. 즉, 시적 주체가 "육체보다는 사랑을 원"하는(「차오프라야 도서관」) 초월적 자아를 지니고 있기에, "최초의 방"으로 회귀하는 이유는, 시대와 현실 속에서 여지없이 붕괴하는 감정의 순도를 회복하기 위해서이다. 왜냐하면 "포옹의 방식"에서 볼 수 있듯 세계란 이미 타협이나 소통의 여지가 남아 있지 않은 불모와 비순수의 공간이기 때문이다.

권현형 시집의 시적 주체는 "길을 버리자/ 버리려 할수록 길은/ 손바닥에 발바닥에 달라붙는"(「나의 기타 바가바드」) 반복 행위를 하는 주체이다. 이러한 시적 주체의 반복 행위는 타자를 향하려는 이타성이 그 동인으로 작용하고 있다. 시적 주체는 "자신의 어둠 속"에서 "오금희를 추며/ 호랑이가 되었다가 새가 되었다가/ 곰이 되었다가 사람이 되었다가 착란을 거듭"하거나(「착란, 찬란」), "한 번 노래하고 아홉 번 걷거나, 아홉 번 노래하고 한 번 걸어"(「한 번 노래하고 아홉 번 걸었다」)가며 타자와의 소통을 시도하고 있다. 시적 주체는 끊임없이 타자들과의 결속을 욕망하여 다양한 형상인 "호랑이, 새, 곰, 사람" 등으로 오금희를 추며 자신을 변형시켜 스스로 "싸움을 걸"어(「물과 싸우다」) 타자와의 합일을 꿈꾸고 있다.

이와 같이 시집에서 "무릎" 혹은 "뼈"와 "형해"로 변주되어 확보되는 "최초의 방"은 "자발적 유폐"를 통해 확보한 "해자"와 같은 공간인 동시에, 시적 주체 영혼의 고결함을 회복하는 치유와 생성의 속성을 함의하는 양가성의 공간으로 드러나고 있다. 어쩌면 포옹의 '방식'이란 타자와

합일하기 위하여 다양한 형상으로 자신의 변형을 시도하는 방식인지도 모른다.

이 시집에서 시적 주체는 주체와 타자 사이. 안과 밖의, 틈 즉, "무릎" 혹은 "형해" "뼈"로 변주되어 나타나는 "최초의 방"과 그 외부의 경계에 서서 비극의 고통을 향유하고 존재의 틈을 응시하여 대상화하고 있다. 이때 응시의 시선은 "무릎" 혹은 "형해"의 이미지를 대상화하여 실존적 조건 속에서 시인의 고결한 정신의 높이와 깊이를 하나의 공간으로 전환하는 독특한 공간 의식을 보여주고 있다. 또한 개인의 고통을 현대인이 겪는 실존의 "틈의 존재론"으로 확장하여 시인의 세계관을 개진한다는 점에서 이 시집은 주목된다.

『현대시학』 2013년 12월호

시에 나타난 술의 상상력과 풍류

1. 시인과 술

술의 기원을 거슬러 올라가 보면, 술이 제의와 긴밀하게 연결되어 있음을 알 수 있다. 아처 텅에 의하면 술은 석기시대부터 제조되었으며, 최초의 술은 꿀로 빚은 하이드로멜이라는 발효주라고 추측되고 있다. 제의가 민중의 생활 속으로 확산하기 이전, 술은 종교의식을 관장하던 제사장들만의 전유물이었다. 제의에 바쳐지는 제물이 사람이었다가 동물로 대체되었고 이때 동물의 피는 신성함을 의미했다고 한다. 이후 동물의 피 대신 술로 대신하면서, 신에게 바쳐지는 술은 신에게 의탁하여 신의 힘으로 세상을 관장하는 기원을 담은 매개였기에 신성한 기운을 지닌 것으로 취급되어 왔다.[1]

---

1 피에르 푸케, 정승희 역, 『술의 역사』, 한길사, 2000, 14~15면 참고.

이와 같이 술은 조상과 신의 은덕에 예를 갖추어 보답하는 종교적 의미로 다루어져 왔고, 사회 공동체의 결속을 다지는 화해의 수단으로 부각되기도 하였다. 또한 인간의 일용할 양식으로, 때로 치료약으로 활용되면서 술은 인간의 삶에 다양한 역할과 기능으로 작용해 왔다.[2]

중요한 기호식품의 하나인 술은 그 어원도 주목을 요한다. 고유 우리말인 '술'은 예전부터 '수블' 혹은 '수불'이라고 불렸다고 한다. 우리 선조들은 술을 빚는 과정에서 누룩의 효모 때문에 거품이 부글부글 끓어오르는 모양새를 물에 불이 붙은 것으로 보아 '수불'이라는 표현을 한 것으로 보인다. 조선 시대 문헌에서는 술을 '수울', '수을'로 기록하고 있으며, 여러 학자에 의하여 '수블-수울-수을-술'로 변화된 것으로 보고 있다.

문학 특히 시와 술은 깊은 연관성을 지닌다. 시에서 술은 중요한 소재로 등장하고 있기 때문이다. 시성으로 지칭되는 이태백과 두보를 떠올릴 때도 시와 함께 연결되는 것이 바로 술이다. 이태백은 「월하독작(月下獨酌)」에서 "석 잔을 마시니 도를 통한 듯하고 한 말을 마시니 자연과 합치된다(三杯通大道 一斗合自然)."라고 했으며, 「장진주(將進酒)」에서는 "양고기 삶고 소 잡아 즐기려 하나니 모름지기 한 번 술 마시면 삼백 잔은 마셔야지"라며 술 마시기의 즐거움을 노래하고 있다.

우리 시문학에서도 술은 단골 소재이다. 여러 시인의 작품에서 술은 다양하게 변주되어 왔다. 우리 술 문화를 살펴보면, 삼국 시대가 우리 술의 발아기라고 한다면, 고려 시대는 성장기, 조선 시대는 전성기, 일제강점기는 쇠퇴기, 그리고 현대는 부흥기로 나눠볼 수 있을 것이다. 이를 좀 더 세분화하면, 한국 술의 변천사는 7단계로 나누어 삼국 시대

---

2 강성은, 「한국의 전통 우리 술 이야기」, 『식품문화 한맛한얼』, 2(1), 2009, 42면.

이전의 형성기, 삼국 시대를 맹아기, 통일신라 시대를 정착기, 고려 시대를 개발기, 조선 시대를 전성기, 일제강점기를 침몰기, 그리고 해방 후부터 근대를 표류기로 구분할 수 있다.

삼국 시대의 술 빚기에 대한 기록은 많지 않지만, 일본의 『고사기』에 "응신천왕(270~312년) 때 백제의 수수보리라는 사람이 누룩을 사용하여 술을 빚는 신법을 일본에 전래하였다"는 기록에서, 삼국 시대의 술 빚기 기술이 상당히 발달했을 것으로 추측된다.[3] "또한 술에 관련한 기록이 처음 발견되는 문헌은 이규보(李奎報)의 「동명왕편」에서 찾을 수 있다. 고구려 시조인 동명성왕 건국담의 술에 얽힌 고사가 『고삼국사』에 인용되어 있다."[4]

> 비단 자리를 눈부시도록 깔고
> 금 술잔에 향기로운 술을 차렸네.
> 세 처녀 스스로 거기 들어와
> 마주 앉아 술 마시고 크게 취했네.

위의 기록을 살펴보면, "비단 자리가 눈이 부시도록 깔린 곳에, 향기로운 술과 금 술잔이 준비된 곳에 세 처녀가 마주 앉아서 술에 취한 흥겨운 장면이 나타나고 있다. 이 세 처녀가 바로 하백의 세 딸인 유화, 훤화, 위화이다. 그리고 이들을 초청하여 술을 대접한 이는 해모수이다. 하백의 딸 유화, 훤화, 위화가 더위를 피해 압록강의 웅심연에서 놀고 있는데, 천제의 아들 해모수가 세 처녀의 아름다움에 도취하여 신하를 시켜 가까이하려 했으나 그들이 응하지를 않았다. 뒤에 해모수는 신하

---

3 강성은, 앞의 글, 42면.
4 이상희, 「한국의 술 문화」, 『주류저널』, 58~59면 참고.

의 조언을 구하여 웅장한 궁실을 지어 그들을 초청하였는데 초대에 응한 세 처녀가 술대접을 받고 만취한다. 해모수는 세 여자가 술에 취한 틈을 타서 방문을 막고 닫자 놀란 세 여인이 달아났는데, 그중의 큰딸 유화가 해모수에게 잡혀 궁전에서 잠을 자게 되고 그와 정이 들게 된다. 해모수는 유화와 함께 오룡거를 타고 수궁으로 가서 유화의 아버지인 하백을 만나러 가게 된다. 결국 하백과 해모수가 서로 동물로 변신하며 재주를 겨룬 끝에 승리한 해모수와 유화는 결혼에 성공한다. 하지만 유화의 아버지인 하백이 해모수가 자신의 딸을 버릴까 하는 걱정 끝에 술을 잔뜩 먹여 두 사람을 가죽 부대 속에 가두어 오룡거를 태워서 내보냈다. 오룡거가 궁중을 빠져나오기 전에 해모수는 이레 만에 술이 깨어 유화의 금비녀로 가죽 부대를 뚫고 나와 하늘로 올라갈 수 있었다. 이후 유화가 수궁으로 되돌아갔지만, 화가 난 하백이 유화에게 입술이 석 자나 되게 늘어지는 벌을 주어 결국 유화는 우발수라는 곳으로 쫓겨났다. 혼자가 된 유화는 해모수와 술에 얽힌 하룻밤의 인연으로 잉태하여 아이를 낳았는데 이가 바로 주몽이다. 이상이 이규보의 「동명왕편」에 나오는 고구려 건국신화 속의 술 이야기이다.[5]

고구려 주몽의 건국신화에 기록된 고구려의 술 문화는 이후 통일신라 시대로 이어졌다. 『삼국사기』 신라본기 헌강왕의 기록에서 드러나듯 일반인들이 체를 통해 막 거른 막걸리를 음용한 반면, 상류사회에서는 맑게 거른 술인 청주를 음용하는 일이 성행하였다고 한다. 이와 같이 『삼국사기』 『삼국유사』 『고려도경』 『제민요술』 등의 문헌 기록으로 보아 우리 술의 역사는 삼국 시대부터 이어져 내려왔음을 알 수 있다.

현대시의 상상력과 감각

---

5 이상희, 앞의 글, 58~59면 참고.

2. 『고려도경(高麗圖經)』과 이규보의 「명일우작(明日又作)」

고려 시대에 들어서 송나라와 문화적 교류가 이루어지면서, 술 문화는 더욱 활발해졌다. 당시에 송나라 사신(국신사)으로 고려를 방문했던 서긍이 쓴 『고려도경(高麗圖經)』을 살펴보면 고려인의 술 문화를 엿볼 수 있다.

『고려도경』은 고려 인종 원년(1123년) 5월 8일에 송나라 사신인 서긍(1091~1153년)이 국신사로 1개월 동안 고려 수도 개성에 머물면서 우리나라의 문물을 기록한 자료이다. "고려 초에 술은 미곡(米穀)으로 빚었는데 찹쌀 술이 없고 모두 멥쌀에 누룩을 넣어 술을 빚었다."는 기록이 보이며, 이렇게 만들어진 술은 색깔이 짙어 쉽게 취하고 빨리 깬다 하였으며, "왕이 마시는 것을 양온(良醞)이라고 하는데 술을 질항아리에 넣어 황견으로 봉하여 저장하여 걸러서 맑은 술을 만들었다."고 기록되어 있다.[6] 이와 같이 삼국 시대와 통일신라 시대를 거치면서 발아했던 술 문화가 고려 시대에 이르러서 더욱 성행하여 술의 종류가 늘고 주조 기술 또한 번창하였다.[7] 그러나 이때까지도 소주에 대한 내용은 기

제1부 현대시의 상상력

---

6 서긍, 조동원 · 김대식 · 이경록 · 이상국 · 홍기표 공역, 『고려도경』, 황소자리, 2005, 385면.
  "고려 사람들은 술을 즐긴다. 그러나 서민은 양온서에서 빚은 좋은 술을 얻기 어려워 맛이 박하고 빛깔이 진한 것을 마신다"라고 한 것으로 보아 일반인들은 여전히 탁주를 마셨음을 유추해 볼 수 있다.

7 고려 시대에 내려와서 음주의 풍습이 성행하여 술의 종류가 다양하고 술을 빚는 기술이 번창하였다. 중국을 통일한 송나라와 외교관계를 맺고 문종(文宗, 1046~1082년)에서 인종(仁宗, 1123~1146년)에 이르는 약 1세기 동안 문화적 교류가 빈번하였으며 특히 송나라는 해상무역이 발달하여 해로를 통해서 사탕, 후추, 조미료 등 기호품, 면식(麵食), 자하배(紫霞杯) 등의 식품 교역이 많았다. 고려 인종 원년에 송나라에서 사신으로 온 서긍의 『고려도경』에서 보면 탁주는 일반 사람들

록에 보이지 않는다. 소주가 고려에 유입된 것은, 고종 6년(1219년)이
다. 이 시기에 원나라와 국교를 맺게 되고, 약 90여 년의 원나라의 간섭
기간 동안 원의 음식문화 전래로 채식문화가 육식문화로 변모하게 되
고 더불어 소주와 같은 증류주 문화가 유입된다. 『고려사』 우왕(禑王) 원
년(1375년)의 기록에서 소주 음용의 기원을 찾아볼 수 있다. "마침내 우
리나라는 곡주 위주의 탁주류, 청주류, 증류주의 3대 주종문화(酒種文
化)를 고려 시대에 완결하는 한편 북방 유목민족의 유주 문화권(乳酒文化
圈), 남방 민족의 열대 과실주 문화권(熱帶果實酒文化圈)에서 화주(花酒, 果
實酒의 일종), 서역사회(西域社會)의 포도주 문화권(葡萄酒文化圈)에서 포도
주 등이 유입됨으로써 범세계적인 주류 문화권과의 교류가 고려 시대
에 있었던 것으로 보이며 한국 술의 개발기라고 할 수 있다."[8]

이러한 술 문화의 배경 속에서 시인이며 정치가였던 고려 시대의 이규
보(1168~1241)는 술을 애용하고 술에 관한 시를 쓴 인물이다. 이규보는
시와 술과 거문고를 좋아하여 삼혹호(三惑好)라 스스로 호를 붙이기도 하
였다. 이규보는 이미 15세 때 술의 맛을 통달할 정도로 애주가였다. 그의
술 사랑이 얼마나 지극했던지, 친상(親喪)을 당한 와중에도 술을 마셨고,
심지어 병석에 누워서도 술을 끊지 못했다고 한다. 또한, 「하루 동안 술
을 마시지 않고 희롱삼아 짓다」라는 시에서 "일만 팔십 일 만에 오늘 다

현대시의 상상력과 감각

이 마시며, 특수 신분은 청주를 음용하였음을 시사하고 있으며, 증류주인 소주의
음용기록은 없다. 고경희, 「한국 술의 음식문화적 고찰」, 『한국식생활문화학회지』
제24권 제1호, 2009, 34면 참고.

8 고종(高宗) 6년(1219년)에는 원(元)나라와 국교를 맺게 되며 원종(元宗)에서 공민
왕(恭愍王) 초에 이르는 약 90년(1260~1356년)의 간섭 기간 동안 원의 음식문화 전
래로 불교의 채식문화가 육식문화로 전환되면서 도살법을 익히고 목축업을 배우
며, 회회인과 페르시아인에게서 원나라가 수입한 소주와 같은 증류주 문화가 들어
오게 된다. 이것은 본래 약용으로 쓰였으나 소주 빚는 법이 전해져서 성행하였다.
고경희, 앞의 글, 34면 참고.

행히 술을 깼다"는 내용을 통해 그의 음주벽을 알 수 있다.

그는 시 「명일우작(明日又作)」과 「화유(花柳)」를 통해서도 술 예찬론을 펼치고 있다. "하늘이 나로 하여금/ 술을 마시지 않게 하려면/ 꽃과 버들이 피지 말도록 하여라/ 화유가 꽃다울 때 마시지 못하면/ 봄은 나를 버릴지언정/ 나는 못 버리겠네"(「화유(花柳)」)고 적고 있으며, "생강이나 계피를 섞어 말린 육포나, 절인 생선 담은 접시와 뜸 잘 들인 밥이 든 솥이나, 식혜 한 단지나 좋은 술 한 병을 스승에게 바쳐 속수의 의식을 행하려고 오는 사람이 있거든 너는 짖지 말라"(「명반오문(命斑獒文)」)고 적고 있다.

> 病時猶味剛賾幹酒 死日方知始放觴
> 醒在人間何有味 醉歸天上信爲良
> 병시유미강사주 사일방지시방상
> 성재인간하유미 취귀천상신위량
>
> 병중에도 오히려 술을 사양 못하니
> 죽는 날에 가서야 술잔을 놓으리라
> 깨어서 살아간들 무슨 재미 있으랴
> 취하여 죽는 것이 진실로 좋을씨고
>
> — 이규보, 「명일우작(明日又作)」 전문

그의 술 예찬은 수필 「사륜정기(四輪亭記)」에서 절정을 이룬다. 시와 거문고와 술을 좋아하여 삼혹호라 붙인 자호와 어울리게, 이규보는 친구들과 함께 술을 마시며 풍류를 즐길 수 있는 정자를 만들려고 하였다. 사륜정이란 정자에 4개의 바퀴를 달아 수시로 장소를 옮겨가며 자연과 친구와 술을 벗 삼아 술과 시의 멋을 즐길 수 있는 이동식 정자인 셈이다. 잠시 「사륜정기」의 내용을 들여다보자.

제1부 현대시의 상상력

"여름에 손님과 함께 동산에다 자리를 깔고 누워서 자기도 하고 혹은 앉아서 술잔을 돌리며 바둑도 두고, 거문고도 타고 뜻에 맞는 대로 하다가 날이 저물면 피하니, 이것이 한가한 자의 즐거움이다. 그러나 햇볕을 피하여 그늘을 찾아 옮기느라 여러 번 그 자리를 바꾸게 되므로 그 때마다 거문고, 책, 베개, 대자리, 술병, 바둑판이 사람을 따라 이리저리 옮겨지므로 잘못하면 떨어뜨리는 수가 있다. …(중략)… 바퀴를 넷으로 하고 정자를 그 위에 지었는데 정자의 사방이 6척이고 들보가 둘, 기둥이 넷, 대나무로 연목을 하고, 대자리를 그 위에 덮으니 이는 가벼움을 취한 것이다."

— 이규보, 「사륜정기」 부분

이 정자의 면적은 모두 36평방척(平方尺)이며, 소위 이동식 정자로 정자 위에 거문고, 술 단지, 술병, 소반, 기명, 바둑판 등을 갖추고 여섯 사람(거문고 타는 자, 노래하는 자, 시승(詩僧), 바둑 두는 자 두 사람, 그리고 주인)이 앉게 되어 있다. 바퀴가 있어 하인들이 밀고 끌어서 경치 좋은 곳에 세워두고 즐기는 것으로 되어 있다.[9] 이쯤 되면 술과 친구를 좋아하고 자연을 벗하려는 풍류의 절정이라 할 수 있다.

3. 조선 시대 송강 정철의 「장진주사(將進酒辭)」

조선 시대에 들어와 술 문화는 조선 초기와 후기에 다소 변화가 생긴다. 조선 초기에 지배층에 의해 음주문화가 활발하게 이루어졌다면 후

현대시의 상상력과 감각

---

9   장덕순, 「술과 문학」, 『KOREAN J. DIETARY CULTURE』, Vol. 4. N0. 3(1989), 278면.

기에는 일반인들에게도 술 문화가 확대되었다. 조선 후기에 들어 술 문화가 일반 서민층에 확대된 것은 농업기술의 발달과 쌀의 생산량 증대와 연관이 있다. 이러한 기반에 힘입어 원(元)나라에서 유입된 증류주인 소주류 제조가 활발하게 이루어지고 탁주, 청주, 소주가 우리나라 술로 자리매김되어 오늘날까지 전해 내려오고 있다.

특히, 중종(1506~1544년) 때 원에서 유입된 소주가 널리 전파되었는데 후기에 들어와 농업기술의 발달로 증류주인 소주류를 일반인들도 즐겨 이용하여 몽고가 일본 점령을 위해 만든 전초기지가 있던 안동, 개성과 제주가 오늘날에도 소주로 유명하다. 이러한 이유로 조선 시대에 들어 고려 시대와 비교하면 술의 제조법도 한층 활발해졌으며, 일반인들도 술을 즐겨 마실 수 있게 되었다. 이외에도 『부녀필지(婦女必知)』의 음식총론(飮食總論)에서도 음식과 술의 관계를 소개하고 있으며, 『수운잡방(需雲雜方)』에는 막걸리, 맑은 술, 소주, 절기주 등 특히 술의 종류와 술 빚는 법에 대한 기록을 찾아볼 수 있다.

고려 시대에 시성으로 이규보가 있었다면, 조선에는 송강 정철이 있었다. 당쟁에 의한 좌천과 유배와 은둔 시절에 「관동별곡」, 「성산별곡」, 「사미인곡」 등의 걸작을 남긴 송강 정철 역시 그의 대표작 「장진주사(將進酒辭)」란 권주시에서 술 예찬론을 펼치고 있다. 송강의 「장진주사」는 자연과 어울리며 술잔을 기울이는 풍류와 함께 생의 유한함과 부귀와 명예의 허명, 그리고 생의 비애를 노래하고 있는 작품이다.

> 한 잔 먹세 그려
> 또 한 잔 먹세 그려
> 꽃을 꺾어 셈하며
> 무진무진 먹세 그려

이 몸이 죽은 후면

지게 위에 거적을 덮어

졸라서 매어가나? …(중략)…

하물며 무덤 위에 원숭이들이

휘파람 불며 돌 때 가서야

뉘우친들 어찌할 것인가!

— 송강, 「장진주사」 부분

송강 정철의 권주시편을 감상하다 보면 옛 선비들의 은은하면서 여유 있는 기개와 풍류를 엿볼 수 있다. 송순의 면앙정가에서도 술에 관련된 시가 있다.

술이 익었거니 벗이야 없을소냐 …(중략)… 온 가지 소리로 취흥(醉興)을 배야거니 근심이라 있으며 시름이야 붙었이랴

— 송순, 「면앙정가」 부분

조선의 술 문화는 시 이외에도 음식에 관련한 고서에서도 찾아볼 수 있다. 술의 제조법에 관련한 대표적인 서적으로는 조선 시대 후기 1670년경 쓰인 한글 전문 요리서인 『음식디미방』을 꼽을 수 있다. 『음식디미방』의 경우, "총 132조목 중 51조목이 술에 관한 것이다. 더불어 술 제조법을 책의 제일 앞에 기록한 것만 보아도 제사를 중시하던 조선 시대의 문화를 알 수 있다.

『음식디미방』 이외에도 술에 관한 기록을 살펴보면 다음과 같다. 17세기 말의 『주방문(酒方文, 1600년대 말엽)』에는 12조목이, 『산림경제(山林經濟, 1715년경)』에는 61조목의 전통주 제법이 기록되어 있다. 빙허각이씨(憑虛閣李氏, 1759~1824)의 『규합총서(閨閤叢書, 1815년경)』, 이규경의 『오

주연문장전산고(五洲衍文長箋散稿, 1850년경)』 등에서도 술에 관한 기록이 있다. 이와 같이 조선 시대는 한국 술 문화의 전성기로 200여 종의 다양한 술이 생산되었고, 양조주(釀造酒)와 증류주는 물론 각종 약초를 가미한 약용주(藥用酒), 그리고 수차례 증류방법으로 제조된 홍로(紅露)와 감홍로(甘紅露)와 같은 고급 술이 생산되었으며, 한국 술의 전성기라고 할 수 있다."[10]

4. 일제의 주세법과 주세령과 전통 민속주의 쇠퇴

그러나 일본이 우리나라를 점령하던 일제강점기에 들어 화려했던 우리의 전통 술 문화는 몰락하여 쇠퇴기로 전환된다. 조선 시대에는 양조장이 12만 개나 있었으나, 조선 말기인 1883년에는 일본의 후쿠다(福田)가 부산에 일본식 청주공장을 세운다. 조선총독부 주세법과 더불어 문화 말살 정책의 하나로 융희(隆熙) 3년(1909년) 7월 '주세령'을 공포한다. 그리고 그해 9월 주세령이 강제 집행되어 일본은 보다 효율적으로 주세를 거둬들이기 위하여 한국 술 제조를 탁주, 약주, 소주의 세 종류로 규격화하였다. 이러한 일제의 주세법과 주세령은 우리 전통주인 각 지역의 특산주(特産酒)와 가양주(家釀酒) 등의 민속주 제조를 불법으로 규정하여 사라지게 하는 직접적인 원인이 되었다. 이후 한국의 주조계를 근본적으로 개선하기 위하여 몇 차례의 제도가 공포되었으나 일제강점기는 한국 술의 침몰기이며 이들 법안은 광복 후에도 그대로 사용

---

10 고경희, 앞의 글, 36면 참고.

되었다.[11]

일제의 주세법과 주세령 이후 급속하게 우리의 민속 전통주들이 사라지게 되었고, 이 시기에 일본식 청주(청주), 맥주, 양주 등의 외국 술이 유입되었다. 해방 이후에도 상당 기간 일본식 제도가 남아 있어 민간에서는 제사나 혼사나 회갑연 등을 치르기 위해 가정에서 술을 밀조하였으며 이러한 밀조가 곧 토속주의 맥을 살리는 계기가 되었다. 이후 정부의 금지정책이 풀리면서 안동소주, 문배주 등의 증류식 소주와 각종 가양주가 제조되고 발전하게 되었다.[12]

5. 술 권하는 사회와 조지훈의 술 주도 18단계

일제강점기의 조제 금지령과 1965년의 소주금지령 등을 거치면서 희석식 소주가 유행하여 일반인들도 값싸게 소주를 마실 수 있게 되었다. 소주나 맥주는 주로 일반인들이 저렴하게 마실 수 있는 술이었으며, 하루의 일과를 마치고 동료나 문인들과 술자리를 갖는 시간은 삶의 여유를 의미하기도 했다. 소주나 맥주 등이 일반화하면서, 현대시에도 술과 관련된 작품이 많이 등장하였다. 1920~1930년대에 식민지 시기의 김기림, 이상, 정지용 시인의 작품에서도 술에 관련된 내용을 많이 볼 수 있

11 고경희, 앞의 글, 36면 참고.
12 우리나라의 소주는 일본의 희석식 소주를 본 딴 것인데 1965년 정부가 식량 확보 차원에서 곡류로 소주를 제조하지 못하도록 금지하여 고구마, 타피오카(열대에서 나는 값싼 전분) 등을 발효시켜 주정을 만들고 이것을 희석하여 소주를 제조하였다. 전무진, 「술의 역사와 과학, 그리고 주도」, 『과학과 기술』 2003년 12월호, 45면.

다. 더불어 50년대의 박인환의 「목마와 숙녀」와 김수영, 신동엽, 박봉우, 김종삼, 서정주, 조지훈, 박목월, 천상병 등의 시인과 김관식, 정호승, 박정만, 김영승 시인 등 2000년대 이르기까지 술은 시인들의 작품에서 개성적으로 변주되어 오고 있다.

특히, "60~70년대는 만취의 시대, 술 권하는 사회였다. 우선 술의 공급이 폭발적으로 증대되었다. 막걸리 양조장이 마을마다 널려 있었고, 희석식 소주는 텔레비전 메인 시간대 광고에 흘러 넘쳤다. 농촌에서 도시로, 공장에서 공단으로 수많은 근로자가 끼리끼리 어울리며 노동의 고통을 술로 잊었고, 개발 독재에 저항하던 인사들 역시 그 좌절과 절망을 술로 달랬다. 80년대는 야간 통행금지 해제에 따른 폭음의 시대, 밤의 문화의 시대였다. 성공한 쿠데타 시대는 수단과 방법을 묻지 않았다. 돈! 돈! 돈! 돈만 벌어라. 막걸리, 소주가 맥주로, 맥주가 어느새 코냑, 위스키로 바뀌었다."[13]

이처럼 60~70년대에는 문단과 술, 특히 시인과 술은 무척이나 친밀한 단어였다. 당시에 문인들이 많이 출입했던 술집으로는 '은성' '대머리집' '낭만' '흑산도' 등이 있었다. 이 중 70년대 종로구 청진동에 있었던 '흑산도'란 술집 주인은 시인 권일송(1933~1995)이었다. 그는 시의 제목마저도 「이 땅은 나를 술 마시게 한다」(『이 땅은 나를 술 마시게 한다』, 한빛사, 1966)라고 붙여 당시 시대상에 대한 날카로운 비판을 술을 통해 토로하고 있다.

이 땅은 나를 술 마시게 한다
떠오르는 천년의 햇빛

---

13 김학민, 『태초에 술이 있었네』, 서해문집, 2012, 189면.

지는 노을의 징검다리 위에서
독한 어둠을 불사르는
밋밋한 깃발이 있다
하나같이 열병을 앓는 사람들
포탄처럼 터지는 혁명의 석간 위엔
노상 술과 여자와 노래가 넘친다
이 땅은 나를 술 마시게 한다.

— 권일송, 「이 땅은 나를 술 마시게 한다」 전문

또한 술에 얽힌 시인들의 주벽과 기행의 일화는 시보다 더 흥미로운 경우가 많다. 문인과 술에 관한 저서로는 1953년 서울신문사에서 간행된 수주 변영로의 『명정사십년(酩酊四十年)』과 1960년 신태양사(新太陽社)에서 발간한 무애 양주동의 『문주반생기(文酒半生記)』가 있다. 그리고 한국평론가협회 부회장을 지낸 신동한 선생이 1991년 해돋이에서 출간한 『문단주유기』가 있다. 술로써 세상에 싸움을 거는 시인들의 일화는 곧 세계에 대한 시인의 고민과 투쟁을 드러내는 하나의 은유라 할 수 있다. 시인들에게 있어서 술이란 곧 내면 갈등과 고통을 달래는 일이기 때문이다.

특히, 김종삼 시인의 술과 관련된 작품은 시를 읽는 독자를 고통스럽게 한다. 술에 중독된 시인의 글에서 그의 서글픔과 가족의 애환이 절절하게 드러나고 있기 때문이다. 김종삼 시인의 경우, 그의 시 전집에서 술에 관련한 작품이 약 20여 편이 나타난다. "김종삼의 시세계에서 파편화된 현실은 '술'을 통해 오히려 비극화되었고 동일시된 타인과 교유하며 환상의 세계에서 원형의 복원을 꿈꾸"[14]기도 했다.

---

14 권명옥의 『김종삼 전집』(나남, 2005)을 기준으로 그의 시 216편 중에서 '술'과 관

김종삼은 시 「장편」에서 "쉬르레알리즘의 시를 쓰던/ 나의 형/ 宗文은 내가 여러 번 입원하였던 병원에서/ 심장경색증으로 몇 해 전에 죽었다./ (중략) / 아우는 스물두 살 때 결핵으로 죽었다/ 나는 그때부터 술꾼이 되었다."라며 술을 마시게 된 이유를 형의 죽음과 폐병으로 사망한 동생에 대한 슬픔에서 비롯되었다고 밝히고 있다. 또한 산문에서도 "살아가노라면 어디서나 굴욕 따위를 맛볼 때가 있다. 화가 나서 마시고 어째서 마시고 했지만 한마디로 절제를 못했다. 일종의 현실도피였다."[15]라고 고백하고 있다. 그는 이와 같이 비극적인 가족사와 경제적인 어려움 그리고 현실에 대한 비극적 정황 인식을 술로 달래었다. 술을 마시기 시작하면 며칠 동안 계속 소주를 마시며 폭음을 하여, 결국 술 때문에 지병인 간경화증으로 죽음을 맞았다. 이러한 그의 비극적 삶의 면면이 몇 편의 시에 그려지고 있다.

〈술병〉이 도지면 눈에 술밖에 보이는 게 없다. 아내는 환자가 밖에 나가지 못하게 돈은 물론 토큰까지 빼앗기지만 그는 무작정 나선다. 동네 가게에서 외상으로라도 술을 마셔야 했다. 그러나 미리 당부를 받은 가게 주인은 가라고 소리친다. 그는 쫓겨나듯 아내의 발길이 미치지 못한 윗동네 가게로 가서 무작정 소주를 딴다. 〈돈은 나중에〉라고 말하게 되면 상대 쪽에선 당연히 욕설이 튀어 나왔다.[16]

빗방울이 제법 굵어진다

련한 작품은 20편이 실려 있다. 손민달, 「김종삼 시에 나타난 '술'의 특징 연구」, 『한민족어문학』 제61집, 2012, 424~426면 참조.

15 강석경, 「문명의 바다에 침몰하는 토끼」, 장석주 편, 『김종삼 전집』, 청하, 1988, 288면.

16 강석경, 앞의 책, 288면.

길바닥에 주저앉아
먼 산 너머 솟아오르는
나의 永園을 바라보다가
구멍가게에 기어들어가
소주 한 병을 도둑질했다
마누라한테 덜미를 잡혔다
주머니에 들어 있던 토큰 몇 개와
반쯤 남은 술병도 몰수당했다
비는 왕창 쏟아지고
몇 줄기 光彩와 함께
벼락이 친다
强打
連打

— 김종삼, 「극형」 전문

또 죽음의 발동이 걸렸다
술 먹으면 죽는다는 지병이 악화되었다 날짜 가는 줄 모르고 폭주를
계속하다가 중환자실에 幽閉되었다 무시무시한 육신의 고통 속에서 허
우적거린다 고통스러워 한시바삐 죽기를 바랄 뿐이다.
희미한 전깃불도 자꾸만 고통스럽게 보이곤 했다
해괴한 팔짜이다 또 죽지 않았다
뭔가 그적거려 보았자 아무 이치도 없는

— 김종삼, 「죽음을 향하여」 전문

이처럼 그의 시 「극형」이나 「죽음을 향하여」란 작품에서도 시인이 술
때문에 겪는 고초가 녹록지 않음을 알 수 있다. 또한 자신이 신상에 관
련한 체험적 내용을 과감하게 시적 소재로 차용하는 솔직함이 더욱 시
를 감동적으로 읽히게 한다. 술은 이처럼 시인에게 시적 상상력이나 기

질적 우울을 달래주는 역할도 하지만, 반면에 사람을 폐인으로 만들어 일찍 죽음에 이르게 하는 경우도 많다.

김종삼 시인 이외에도 술에 관련한 일화를 꼽으라면 술성이라 불렸던 「승무(僧舞)」의 시인 동탁(東卓) 조지훈 선생을 빼놓을 수 없다. 조지훈 선생의 술에 관한 일화와 사람에 대한 정이 넘치는 일화는 「술은 인정이라」는 수필을 통해서도 잘 알 수 있다. 그는 수필에서 술을 마시면서 생긴 에피소드를 적고 있으며, "술을 마시는 것이 아니라 인정을 마시고, 술에 취하는 것이 아니라 흥에 취하는 것"이 오도(吾道)의 자랑이거니와 그 많은 인정 속에 술로 해서 잊지 못하는 인정가화(人情佳話) 두 가지를 지니고 있다."라고 자신의 주도를 술회하고 있다.

또한 「주객이 아니라는 성명」에서 조지훈 선생님은 "나는 폭주 20년의 주력은 있지만 그동안 1만여 번의 술좌석에서 일어난 일을 거의 잊은 적이 없고 혼자서 술을 마신 적이 없다"고 했다. "다만 술을 좋아하는 것이 아니라 술 마신 흥취를 좋아하는 것이다"라며 애주가의 면모를 밝히고 있다.

동탁 조지훈 선생은 술의 주도 단계를 설명한 '주도유단(酒道有段)'에서 "음주에는 무릇 열여덟의 계단이 있다."고 쓰고 있다. 더불어 "첫째, 술을 마신 연륜이 문제요, 둘째 같이 술을 마신 친구가 문제요, 셋째는 마신 기회가 문제며, 넷째 술을 마신 동기, 다섯째 술버릇, 이런 것을 종합해 보면 그 단(段)의 높이가 어떤 것인가를 알 수 있다."고 적고 있다.

조지훈 선생 못지않게 잘 알려진 애주가로는 미당 서정주(徐廷柱) 선생이 있다. 90년대만 하여도 당시 문단에선 새해가 되면 선배 문인들에게 세배를 가는 풍습이 있었다. 소설가들은 동리 선생이 대○ㄹ, ㅣ인들은 미당 선생의 댁으로라는 말이 있을 정도로 문단의 선후배 사이가 돈독했으며, 그런 자리에는 으레 술이 함께 하기 마련이다. 미당은 특히 말년에 맥주를 좋아하였는데, 맥주 중에서도 카스라는 상표의 맥주를 좋아하였다고 한다. 이 때문에 제자들은 세배를 갈 때면 선생님이 좋아하시는 맥주를 들고 갔다고 한다. 그리고 미당은 제자나 후배 문인들을 위해 맥주뿐만 아니라 각종 술을 담아 후하게 대접했다고 한다. 미당은 술을 마시다 술이 떨어지면, 무릎 근처쯤에 놓아둔 목탁을 두드리거나 차임벨을 눌러 술을 내오게 하셨다고 한다.

1963년에 쓴 미당의 시 「선운사 동구」에서도 술 이야기가 나온다. 「선운사 동구」는 1968년 출간된 제5시집 『동천』에 실린 작품으로, 선운사에 시비로 세워진 작품이기도 하다.

> 선운사 골째기로
> 선운사 동백꽃을 보러 갔더니
> 동백꽃은 아직 일러
> 피지 안했고
> 막걸리집 여자의
> 육자배기 가락에
> 작년 것만 상기도 남었습니다
> 그것도 목이 쉬어 남었습니다.
>
> — 서정주, 「선운사 동구」 전문

이 시를 보면 능란하게 넘어가는 육자배기와 칼칼한 막걸리가 절로 떠오르는 작품이다. 지금은 특산물인 풍천장어집이 즐비한 선운사 입구이지만, 예전에는 절 입구 삼거리에 막걸리집이 하나 있었다고 한다. 어느 해 초가을 미당이 아버지 장례식을 마치고 서울로 돌아가던 길에 선운사 버스정류장에서 우산도 없이 이슬비를 맞고 서 있다가 선운사 동구 너머 주막집에서 들어서게 되었다고 한다. 비 맞아 추운 몸에 뜨끈한 구들방과 잘 익은 신 김치에 막걸리를 마셨다고 한다. 마침 40대 중반의 주막집 여인이 있어 미당이 육자배기를 청하자 막걸리집 주인 여자가 나직이 노래를 불렀다고 한다. 그런데 그 이후에 들리는 소식에 의하면 여자 주인이 자신의 신세를 한탄하다 아편에 의탁하여 끝내 아랫동네 감나무 밑에서 죽었다는 소식을 들었다고 한다. 미당은 그 여인의 비극적인 삶을 우연히 전해 듣고 시를 지었다는 이야기가 있다.

술에 관한 에피소드가 있는 시인을 또 꼽으라면 천상병 시인을 들 수 있다. 천상병 시인은 술과 관련한 에피소드 이외에도 67년 동백림사건에의 연루와 전기 고문, 그리고 살아 있는 시인으로는 처음으로 유고 시집이 출간된 이력을 지닌 독특한 시인이기도 하다. 71년도 초 5개월여 동안 천 시인이 보이지 않고, 가깝게 지내던 주변 문단 지인들과 연락이 두절되자 천상병이 죽었다는 소문이 파다했었다. 그가 죽었다는 소문에 이를 안타깝게 여긴 지인들이 애석해하며 시 원고를 모아 유고 시집 『새』를 출간하기에 이른다. 그런데 알고 보니 술에 만취하여 쓰러진 천상병 시인이 행려병자로 오해받아 응암동의 서울시립정신병원에 입원했다는 사실이 밝혀졌다. 유고 시집이 출간된 후 천상병 시인이 예의 그 천진스런 얼굴로 다시 술자리에 나타났다는 일화가 전해지고 있다.

그리고 그는 죽어서까지 일화를 남기고 있다. 그가 세상을 떠나자 장례식장에서 몇백만 원의 조의금이 걷혔는데, 그들 가족에게는 큰돈이라 장모가 애써 숨긴다고 부엌의 아궁이에 숨겨놓았는데, 이를 알지 못한 시인의 아내가 불쏘시개로 태워버렸다는 사연 역시 그를 더욱 기인처럼 만들고 있다.

술과 관련된 그의 일화 역시 독특하다. 그는 술 중에서도 특히 막걸리를 좋아했었는데, 전기 고문으로 망가진 몸을 달래기 위해 매일 막걸리 두 되로 세 끼 식사를 대신했다고 한다. 인사동이나 종로 일대를 떠돌며 동료 문인들에게 돈을 꾸어 막걸리와 술과 담배를 사서 피웠다는 이야기도 유명하다. 그는 결혼 후에 경기도 의정부 장암동의 담장도 대문도 없는 허름한 집에서 살았다고 한다. 그는 아내 목순옥 여사에게 하루 이천 원의 용돈을 받으면 맥주 한 병과 담배 한 갑을 사는데, 그 일이 그의 삶에 커다란 행복이었다고 한다. 그래서 그는 자신을 "세계에서 제일 행복한 사나이"라고 말하고 다녔다고 한다. 아래 두 편의 시는 천진무구한 천 시인의 삶과 순수함을 엿보게 한다.

현대시의 상상력과 감각

아침 깨니
부실부실 가랑비 내린다
자는 마누라 지갑을 뒤져
백오십원 훔쳐
아침 해장으로 간다
막걸리 한 잔에 속을 지지면
어찌 이리도 기분이 좋으나!

— 천상병, 「비오는 날」 전문

골목에서 골목으로
거기 조그만 주막집
할머니 한 잔 더 주세요.
저녁 어스름은 가난한 시인의 보람인 것을……
흐리멍텅한 눈에 이 세상은 다만
순하디순하기 마련인가
할머니 한 잔 더 주세요.
몽롱하다는 것은 장엄(莊嚴)하다.

골목 어귀에서 서툰 걸음인 양

밤은 깊어가는데 할머니 등뒤에

고향의 뒷산이 솟고

그 산에는

철도 아닌 한겨울의 눈이 펑펑 쏟아지고 있는 것이다.

그 산 너머

쓸쓸한 성황당 꼭대기,

그 꼭대기 위에서

함박눈을 맞으며, 아기들이 놀고 있다.

아기들은 매우 즐거운 모양이다.

한없이 즐거운 모양이다.

— 천상병, 「주막」 전문

6. 소주 수백 병을 마시고 수백 편의 시를 토한 박정만 시인

시인세계에서 2005년 봄호에 기획한 "시인과 술" 지면의 장석주와 정규홍의 글에 따르면 "시인 박정만은 죽기 서너 달 전부터 곡기를 끊고 하루도 쉬지 않고 소주를 마셨다."고 한다. 그가 한 달 동안 마신 소주병이 삼천 병에 달한다고 하여, 술병을 모아 마당에 줄지어 세워놓았을 때 그 풍경이 장관을 이루었다고도 한다. 이렇듯 그가 스무 해 동안 썼던 시보다 죽기 직전의 두세 달 동안 소주를 마시고 쏟아낸 수백 편의 시 편수가 더 많았다. 박정만은 시의 끝머리에 시를 쓴 날짜와 시간을 적어 넣었는데, 어떤 시들은 불과 일이 분의 간격을 두고 씌어졌다고 한다.

이상 우리 시문학에 나타난 술을 살펴보았다. 술은 백약의 으뜸이면서 동시에 인간을 파멸시키며 일찍 죽음으로 몰아넣는 양면성을 지닌 음식으로, 오랜 시간 동안 우리의 삶과 직접 연관되어 우리 삶 깊숙하게 밀착되어 있다. 삼국 시대를 거쳐 고려와 조선과 현재에 이르기까지 고전 시가와 현대시를 망라하여 술은 시의 중요한 핵심 소재로 다루어지고 변주되어 왔다. 술은 시인에게 시적 상상력을 자극하는 대상으로 혹은 현실과 이상의 괴리에서 오는 중압감을 풀어주는 매개인 동시에, 비극적인 현실이나 시대적 상황을 타파하고 시대를 통찰하는 매개로 등장하고 있음을 알 수 있다. 시에 나타난 술의 역사를 살피는 일은 곧 술을 통해 세계와 몸으로 부딪치려는 시인의 눈과 펜에 가까이 다가가는 일이기도 하다.

이 서투른 글을 쓰면서 문득 대학가 주점 벽면에 거친 붓글씨로 휘갈긴 무명시인의 시가 생각난다. "날씨야 아무리 네가 추워 봐라/ 내가 옷사 입나/ 술 사먹지." 가난하고 추웠을 시인은 아마도 배고픔과 추운 시절을 소박한 한 잔 술로 데웠음이 분명하리라.

『유심』 2014년 6월호

생성으로서의 꽃의 상상력

1. 시인과 꽃

우리 시문학에서 자연은 오래도록 시적 소재와 제재로 즐겨 사용되어왔다. 특히 심상어인 꽃은 고대 시가에서 현대 시가에 이르기까지 다양한 상징과 은유로 변주되어 왔다. 시인들이 '꽃'을 즐겨 다룬다는 점은 꽃이 지니는 외형적 특성과 내적 가치가 곧 우리 삶의 은유[1]로 쉽게

---

1 레이코프는 그의 저서 『삶으로서의 은유』에서 "은유는 단순히 언어의 문제가 아니다. 인간의 사고과정이 대부분 은유적이다. (중략) 우리가 생각하고 행동하는 관점이 되는 일상적 개념 체계의 본성은 근본적으로 은유적"이라며 은유가 수사학적인 장식적 의미가 아니라 시인의 인식의 정황과 세계를 파악하는 태도를 유추할 수 있는 근거라고 밝히고 있다. 더 나아가 은유는 "특정한 대상을 효과적으로 인식하기 위해 또 다른 대상을 동원하는 방식으로, 한 면에 고정되어 있는 인간의 편협된 경험과 사고를 다른 한 면을 통해 더욱 확산시켜 나갈 수 있게 한다. 은유가 인간의 삶을 이끌어 가는 방식이다"라고 주장하고 있다. 레이코프, 노양진·나익주 역, 『삶으로서의 은유』, 박이정출판사, 2006, 21~24면 참조.
  김욱동 역시 『은유와 환유』에서 은유가 대상세계에 대한 새로운 인식이며 새로운 통찰이라는 점을 강조하고 있다. 레이코프와 김욱동의 글에서처럼 시 자체의 은유적 언술 체계를 통해 시인의 인식과 세계를 대하는 태도를 유추할 수 있다는 근거가 된다.

연결되어 왔기 때문이다. 일반적으로 꽃은 "아름다움(美) 특히, 번영과 풍요, 존경과 기원의 표시, 사랑, 미인과 여인, 덧없음, 재생과 영생, 영혼의 원형, 질서"[2] 등의 의미를 내포한다. 이러한 의미들은 "문학적 상징의 공간이 됨과 동시에 인류뿐만 아니라 민족 정서에 뿌리 깊이 박힌 미의식과 자연관의 소산이 될 수도 있다."

'꽃'의 지니는 미감은 "서경적인 미에서부터 번영과 풍요, 존경과 기원의 매개물, 사랑, 미인, 재생 등 더 높은 미적인 존재로 의미의 확산이 이루어진다. 꽃의 이와 같은 상징들은 시대의 흐름에 따라 분파 현상이 나타나고, 특히 현대시에 이르러서는 더욱 다양화되는 현상이 보인다."

이와 같이 시문학에서 자주 등장하는 꽃은 "꽃이 지니고 있는 외형의 아름다움보다 그것이 지니고 있는 내재적 의미에 가치를 두는 것이기에, 동양의 문학이나 회화에 등장하는 꽃들은 제한적이고 반복적"임을 알 수 있다. 꽃이 지니는 내재적 의미에 가치를 두는 탓으로 꽃의 개화나 낙화는 삶과 죽음의 비유로 드러나며, '조화' 혹은 '지화'의 형태로 죽은 이의 영혼을 위로한다는 점에서 종교적인 상징까지 아우르고 있다. 구비문학 특히 무속신화인 서사무가와 굿에서 꽃이 유난히 많이 등장하는 점도 이와 무관하지 않다. 서사무가에서 자주 등장하는 "서천꽃밭"은 이승과 저승 사이의 '이계'로, 죽음의 세계로 가기 이전에 머무르는 곳이며 굿에서 극락문을 둘러싼 '지화'로 형상화되어 중요한 상징물로 기능하고 있다.

은유는 모든 현상을 보자기처럼 하나로 덮어씌워 버리려는 성격을 지닌다면, 환유는 마치 알곡과 쭉정이를 가려내는 키처럼 모든 현상을 낱낱이 가려내려는 성격을 지닌다. 은유가 동일성에 무게를 싣는다면 환유는 차별성에 무게를 싣는다. 은유가 유추 과정을 통하여 유사성을 찾아내거나 만들어낸다면, 환유는 특정한 맥락에서 생겨나는 연상을 기초로 의미를 만들어낸다. 김욱동, 『은유와 환유』, 민음사, 1999, 266~267면.

2 박상미, 「현대시에 나타난 꽃의 의미 분석」, 세종대 석사학위논문, 2000, 5면.

한편 꽃은 기원의 의미를 지니기도 한다. 불교에 있어서는 꽃을 부처님께 꽂아 올림으로써 불법에의 귀의를 표현하고, 자기의 진실된 발원과 소망을 기원하였다. 절에서 일상의 종교의식으로 올리는 공양에는 꽃, 향, 초, 탕, 과일, 차 등 여섯 가지가 있는데 그중에서도 꽃이 가장 중요한 공양물이 된다.

또한, 꽃은 신분의 식별을 의미하기도 한다. 의궤 기록에 따르면 조선 시대에 궁중 행사 때 항아리에 커다란 꽃모양의 조화인 "준화(樽花)"를 사용했다는 기록을 볼 수 있다. "준화(樽花)는 조화(造花)의 일종인데, 꽃이 크기 때문에 화병에 꽂지 않고 항아리(樽)에 꽂아 이름이 '준화'이다. 준화는 조선 시대 궁중 연향이나 기로연(耆老宴) 등 아주 특별한 행사 때 장식용으로 사용했다. 궁중 의궤와 병풍 그림에 의거했을 때 준화는 한 쌍을 마련했는데, 홍도와 벽도로 꾸몄고, 전체 높이 약 285㎝ 규모의 거대한 꽃나무이다. 나뭇가지에 10여 종의 새를 모두 쌍으로 장식하였다. 새 종류는 꾀꼬리·종다리·박새 등 몸집이 작지만 주로 울대가 발달한 명금류(鳴禽類)와 장끼와 까투리·공작 등 몸집이 크고 화려한 조류(鳥類)를 장식한 점이 특징이다. 이렇게 제작된 준화는 선경(仙境) 또는 이상향의 세계를 상징한다."

2. 고전 시가에 나타난 꽃

우리 삶과 밀접한 관련을 지닌 '꽃'에 관한 기록은 『삼국사기』와 『삼국유사』에도 찾아볼 수 있다. 이상희에 따르면 "삼국사기에 21종, 삼국유사에는 43종의 식물이 등장"한다고 한다. 『삼국유사』 기이편(紀異篇)

수로부인조(水路夫人條)에 실린 신라 향가인 「헌화가(獻花歌)」에 관련한
대목을 살펴보면,

　　성덕왕 때 순정공이 강릉태수로 부임하는 길에 바닷가에서 점심을
　먹었다. 곁에는 石峰이 병풍과 같이 바다를 두르고 있는데 높이가 천 길
　이나 되고, 그 위에는 철쭉꽃이 활짝 피어 있었다. 공의 부인 수로가 보
　고 좌우에게 "누가 저 꽃을 꺾어 오겠느냐?" 하니 종자들이 대답하기를
　"인적이 이를 수 없는 곳입니다" 하고 모두 응하지 아니하였다. 그 곁에
　한 늙은이가 암소를 끌고 지나가다가 부인의 말을 듣고 꽃을 꺾어 주며
　歌詞를 지어 함께 바쳤는데, 그 늙은이는 어떠한 사람인지 알 수 없었
　다. 그 후 順行 이틀 후 또 臨海亭이란 데서 점심을 먹는데 바다의 용이
　갑자기 나타나 부인을 끌고 바다 속으로 들어가 버렸다. 공이 허둥지둥
　발을 구르나 계책이 없었다. 또한 노인이 말하기를 "옛말에 '여러 사람
　의 입은 쇠도 녹인다' 했으니 이제 바다 속의 짐승인들 어찌 여러 입을
　두려워하지 않겠습니까? 境內의 백성을 모아서 노래를 지어 부르고 막
　대로 언덕을 치면 부인을 찾을 수 있겠습니다" 하였다. 공이 그 말대로
　하였더니 용이 부인을 받들고 나와 바치었다. (하략)

　이 기록에서 소를 끌고 가던 한 노옹이 수로를 위해 "철쭉꽃"을 꺾어
다 바쳤다는 이야기와 함께 "붉은 바위 가에/ 암소를 잡은 손을 놓으시
고/ 나를 안 부끄러워 하신다면/ 꽃을 꺾어 바치오리다."라는 신라 향가
「헌화가」를 볼 수 있다. 이와 같이 향가 이외에도 고전 시가인 한시 · 시
조 · 가사 · 민요 등에서도 꽃이 단골 소재로 등장하고 있다.
　고전 시가에 나타난 꽃을 조사한 연구로는 이상희의 연구를 주목할
필요가 있다. 이상희는 한시 속에 수용된 꽃의 빈도수를 조사하기 위
해『한국문집총간』제1권부터 제100권까지 수록된 작가 348명의 한시
16,000여수의 제목과,『대동시선(大東詩選)』에 수록된 한시 5,270수의 제

현대시의 상상력과 감각

목과 본문을 검토하여 392수의 시 제목에서 모두 106종의 꽃이 등장하고, 『대동시선』에서 867수의 시에서 58종류의 꽃이 등장한다고 하였다. 또한 『한국시조대사전』에 수록된 고시조 5,492구 중 꽃이 등장하는 시조는 모두 499수이고, 꽃의 종류는 모두 41종류라고 밝히고 있다. 그리고 양우당에서 편찬한 『한국고전문학전집』 3권 〈가사편〉을 자료 삼아, 고전 시가 중 가사에 등장하는 꽃의 종류와 출현 빈도 수를 조사하여 자료집 속 43편의 가사에 등장하는 꽃의 세목을 밝히고 있다. 그리고 1961년 임동권이 집문당에서 편찬한 『한국민요집』 7권에 수록된 민요에 등장하는 꽃의 종류와 출현 빈도수를 조사하였다. 이 자료집 속에는 모두 12,000여 수의 민요가 수록되어 있는데, 조사결과 민요 속에 등장하는 꽃의 종류는 모두 83종류"임을 알 수 있다.

이와 같이 향가 이외에도 고전 시가인 한시 · 시조 · 가사 · 민요 등에서도 다양한 꽃과 화초가 시에 등장하고 있다. 자연과 인품을 동격의 자리에 놓던 고대인들의 경우, '꽃'이 지닌 내재적 가치를 통해 미학을 표출하고 있음을 알 수 있다.

3. 현대시에 나타난 꽃

고전 시가를 비롯하여 우리 현대 시사에서도 '꽃'은 다양하게 변주되어 시인들의 시세계의 개성을 드러내는 데 일조해 왔다. 뿐만 아니라, 현대시에 이르러서는 고전 시가에 비하여 꽃의 종류가 더욱 다양해지고 세목화하는 동시에 출현 빈도수도 높아지고 있다. 고전시가에서 '꽃'이 수관적 감정으로 채색되어 있었다면, 현대시에 나타나는 '꽃'은 시적 변용을 통하여 존재론적이고 철학적 사유를 표상하고 있다.

1920년에서 1950년까지 꽃을 표제로 한 시집을 살펴보면, 「무궁화」(이학인, 1924), 「진달래꽃」(김정식, 1925), 「봉사꽃」(주요한, 1930), 「박꽃」(허리복, 1939), 「메밀꽃」(정호승, 1939), 「해당화」(김동환, 1942), 「백합화」(이금술, 1946), 「들국화」(이설주, 1946), 「민들레」(한인현, 1946), 「오랑캐꽃」(이용악, 1947), 「박꽃」(이희승, 1947), 「무화과」(윤영춘, 1948), 「해마다 피는 꽃」(김용호, 1948), 「낙화집」(김관식, 1953), 「목련화」(박일송, 1953), 「꽃 씨」(김일로, 1953), 「석류꽃」(김상옥, 1952), 「꽃밭」(박경종, 1954), 「꽃 밭」(이종학, 1954), 「꽃과 바다」(김경수, 1952), 「산도화」(박목월, 1955), 「목련」(박철석, 1954), 「종소리와 꽃나무」(유재형, 1957), 「장미와 꿈」(장우경, 1957), 「해바라기」(김광섭, 1957), 「피와 꽃다발」(최기형, 1958), 「꽃 속에 묻힌 집」(김상옥, 1958), 「꽃과 지조강」(홍성문, 1958), 「꽃의 소묘」(김춘수, 1959), 「수정과 장미」(김남조, 1959), 「해바라기 씨를 심으며」(정무호, 1959), 「해당화」(김동환, 1959), 「겨울에도 피는 꽃나무」(박봉우, 1959), 「꽃피는 양지」(조영직, 1959), 「꽃과 언덕」(윤운강, 1959) 등이 있다.

이상희의 경우, 현대시 속에 등장하는 꽃의 종류와 출현 빈도수 조사를 위한 기본 자료로는 1994년 한국사전연구사에서 편찬한 『현대시대사전』이 이용되었다. 이 자료집 속에는 1,257명의 시인이 창작한 15,784편의 시가 수록되어 있는데, 조사 결과 꽃 이름이 거명된 시는 모두 426편이고, 등장하는 꽃의 종류는 모두 57종류였다. 이를 상위 10위까지 간단하게 정리하면, 1) 장미 35회, 2) 해바라기 31회, 3) 국화 29회, 4) 목련 29회, 5) 난 24회, 6) 코스모스 20회, 7) 진달래 16회, 8) 연 16회, 9) 모란[牧丹] 13회, 10) 달맞이꽃 12회이며 이외에 소나무[松]가 11회, 대나무[竹]가 1회 등이다.

1920년대와 1950년대의 꽃을 표제로 한 시집 목록과 1994년도에 이루어진 이상희의 연구 조사를 살펴볼 때에도 현대시에서 등장하는 꽃이 보다 다양화하고 세목화되었음을 알 수 있다. 유성호에 따르면, 한국 근대시에서 '꽃'의 목록은 나열하기 어려울 정도로 많으며 육당의 「꽃 두고」에서 시작한 계몽적 '꽃'의 표상이 차차 구체적인 이름을 얻어가면서, '꽃'의 세목은 소월의 「진달래꽃」, 가람과 지용의 '난초', 영랑의 '모란', 미당의 '국화'와 '영산홍', 이용악의 '오랑캐꽃', 함형수의 '해바라기', 권태웅의 '감자꽃', 목월의 '산도화', 지훈의 '민들레꽃' 등으로 이어졌으며 그 밖에 '불꽃' '눈꽃' '성에꽃' 등의 파생 심상으로 번져가면서 그 편재적 외연을 넓혀 갔다고 말하고 있다. 그리고 근대사 안에서 '꽃'은, 이육사의 '매화향기'나 신석정의 '꽃덤불', 이용악의 '오랑캐꽃', 신동엽의 '진달래 산천' 등으로 이어지면서, 구체적 역사와 접속하여 새로운 의미의 원형 심상을 창조했다고 말하고 있다. 이외에도 김수영의 「공자의 생활난」이나 꽃을 구국과 전쟁 이미지로 형상화한 만해 한용운의 「처음에 씀」 「님의 침묵」 등 다양하다.

> 배를 띄우는 흐름은 그 근원이 멀도다. 송이 큰꽃나무는 그 뿌리가 깊도다.
> (중략)
> 가자, 가자 사막도 아닌 빙해도 아닌 우리의 고원(故園), 아니 가면 뉘라서 보랴.
> 한 송이 두 송이 피는 매화.
> ── 한용운, 「처음에 씀」 부분, 『유심』 제1호

님은 갔습니다. 아아, 사랑하는 나의 님은 갔습니다,
푸른 산빛을 깨치고 단풍나무 숲을 향하여 난 작은 길을 걸어서 차마

떨치고 갔습니다.

황금의 꽃같이 굳고 빛나던 옛 맹서는 차디찬 티끌이 되어서 한숨의
미풍에 날아갔습니다.

— 한용운, 「님의 침묵」 부분[3]

특히 서정주와 김소월의 경우는 꽃의 시인으로 불릴 만큼 그들의 시에
서는 꽃과 관련한 작품이 많다. 서정주의 경우, 217편 중 꽃을 표제로 한
작품이 26편이며, 시집『동천』에서는 전체 50편 중 꽃을 제목으로 한 시
가 「蓮꽃 만나고 가는 바람같이」 「피는 꽃」 「牧丹꽃 피는 午後」 「映山紅」
「蓮꽃 위의 房」 「칙꽃 위에 버꾸기 울때」 「石榴꽃」 「산수유꽃나무에 말한
비밀」 「나그네의 꽃다발」 등 9편이나 된다. 시인이 시의 소재로 사용한
꽃을 제외하고 시의 제목에 꽃이 포함된 경우도 30여 편에 이르고 있다.
이처럼 시인 서정주가 시의 소재로 사용한 꽃의 종류는 다양하다.

김소월의 경우는 "김소월의 작품 중에서 꽃을 소재로 한 작품은 「개
아미」 「봄비」 「님과 벗」 「樂天」 「바람과 봄」 「바다가변하야 나무밧된다
고」 「진달래」 「山有花」 「첫치마」 「午過의 泣」 「그리워」 「春崗」 등이다.
특히, 꽃과 관련된 시들 대부분이 시집『진달래꽃』에 실려 있다."

이상에서 간략하게나마 고전 시가부터 현대시에 이르기까지 시에 나
타난 '꽃'을 중심으로 살펴보았다. 꽃이 우리 삶에 배경처럼 존재하기
에, '꽃'이 지니는 상징성은 인간의 삶과 감정을 은유화하고 상징화한
다. 즉, 우리 시문학에서 '꽃'은 외형적 특징과 내재적 가치와 더불어 스
스로 이미지 체계를 구축하고 생성되어 변주되고 있음을 알 수 있다.

『유심』 2014년 3월호

---

3 『한용운전집 1』, 42면

제2부

현대시의 사유

불교적 세계관과 적멸의 사유

— 이홍섭론

1. 선험적 감각과 절제미

좋은 시를 만나면 가슴에 커다란 바위가 얹힌 것처럼 먹먹해질 때가 있다. 이홍섭 시인의 시가 그렇다. 이홍섭 시인의 시에는 무거운 바위가 버티고 있다. 이홍섭 시인의 시를 읽다 보면 시 속의 커다란 바위가 내게로 옮겨와서 내 안의 잔잔한 강물에 물무늬와 파동을 오래 남긴다. 아마도 이홍섭 시인의 시에서 느껴지는 먹먹함은 시인의 선험적인 감각과 절제미와 비장미를 통해 드러나는 서정의 울림일 것이다.

이홍섭 시인의 시 세계는 그의 산문집 『곱게 싼 인연』 중 "변소에 단청하지 말라"[1]는 제목과도 상통한다. 이 말은 서산대사의 『선사귀감』에 나오는 어록으로 이홍섭 시인이 늘 곁에 두고 되새기는 말이라고 하듯,

---

1 이홍섭, 「내가 좋아하는 깨침의 말들」, 『곱게 싼 인연』, 해토, 2003, 123면.

그의 시에 나타나는 "절제"의 미덕과 연결지어 생각해 볼 수 있다. 이홍섭의 시의 매력이자 특징은 절제를 바탕으로 하여 현란한 수사의 사용을 삼가고 일상어 구사를 통한 언어의 운용을 들 수 있다. 이홍섭의 시 세계는 화사한 단청을 지우고 나무와 바람의 결 혹은 여름날 싱그러운 잎사귀 뒤편에 고인 그늘과 만나는 일과 같다. 낙산사 별꽃무늬 담장에 깃든 선량한 그늘의 깊이 같은 아름다움을 간직하고 있다.

이홍섭 시인의 근간 출간 시집 『터미널』[2]의 자서를 보면 오묘한 "그늘의 깊이"를 짐작할 수 있다.

"어릴 적 강원도 오지에서 자랄 때, 집 뒤에 대처승 가족이 살던 집이 있었는데 그 대처승에겐 올망졸망한 자식들이 줄줄이 달려 있고, 마당 가득 가난이 널려 있었다. 대처승은 늘 아침 일찍 일어나 당에 나와 무연하게 먼 산을 바라보았고, 나는 심배를 주우며 입안 가득 침이 넘치도록 신 심배를 먹으며 그 대처승의 모습을 오래 지켜보았다. 그 이후 나는 삶이 턱없이 남루해 보일 때면 심배나무 아래 나를 세워놓고 그 텅 빈 마당을 떠올리곤 했다. …(중략)… 지금까지 이어온 내 삶의 먼 산에 가 닿던 그 무연함과 이를 바라보며 삼키던 그 심배의 그 징한 신맛 사이를 오간 것이 아니었는가 싶다. 물론 시도 그러했으리라."[3]

짐작해 보면 이홍섭 시인의 시에 나타나는 아름다움은 시집 자서에 드러난 것처럼 바로 늙은 대처승의 바라보던 먼 산에 닿았던 무연한 눈빛이 아닐까? 그리고 대처승의 모습을 지켜보던 시적 화자의 입에서 넘쳐나던 징한 신맛의 심배 사이에서 탄생하는 "그늘의 미학"이라 할 수 있다. 대처승이 바라보던 먼 산에 가 닿던 심안은 곧 속의 세계

현대시의 상상력과 감각

---

2 이홍섭, 『터미널』, 문학동네, 2011.
3 위의 책.

에서 승의 세계에 닿으려는 의지와 닿을 수 없는 현실을 자각하는 갈등에서 드러나는 비장미가 깃든 눈빛이라 할 수 있다. 서쪽은 불가의 서방정토인 이상적인 세계로도 볼 수 있다. 서방정토를 바라보는 대처승은 줄줄이 자식이 달려 있고, 가난이 널려 있는 마당을 지닌 자이다. 그 대처승이 바라보던 먼 산 뒤에 존재하는 세계인 서방정토는 남루하고 불구적인 삶이 그를 가로막고 있기 때문에 진입이 불가능한 이상세계다. 어쩔 수 없는 "불구의 삶"이 대처승의 눈빛에 그늘 같은 흐릿한 허무와 비애를 서리게 했을 것이다. 그리고 대처승을 바라보던 어린 시절 시인은 자신의 입안에 고이던 시큼한 심배맛 같은 삶의 부조리함과 비극성을 너무 빨리 알아챈 듯도 하다. 시인의 시에는 바로 그 불구의 삶을 지켜보는 비극적인 눈빛이 있다. 이러한 비극적인 눈빛은 이홍섭 시인의 시를 관통하는 주된 연민의 정조이기도 하다. 이러한 연민의 정조는 사람을 먹먹하게 만드는 귀신 울음소리와도 같다. 어쩌면 이홍섭의 시가 가슴에 얹히는 것은 그 대처승의 먼 눈길에서 넘쳐나던 귀신의 울음소리 같은 눈빛 때문은 아니었을까?

대처승을 바라보던 나이 어린 시인은 이제 등단 20여 년을 넘어서고 있다. 이홍섭 시인이 쓴 산문집 『곱게 싼 인연』을 통해, 그의 문학적 출발점을 엿볼 수 있다. 시인이 시에 관심을 두게 된 것은 집안 가까운 사람의 자살을 접하면서 삶과 죽음에 대한 고뇌가 시작된 것이 계기였다. 유년 시절의 죽음에 대한 목격과 체험은 시인에게 "발이 지상에 닿지 않는" 고통을 주었으며, 고등학교 시절 강릉의 허름한 헌책방에서 우연히 접한 『한국문학』 잡지를 보면서 시와 외국문학을 탐독하기 시작한 것이 시를 삶의 한편으로 끌어당겼음을 알 수 있다.

이처럼 문청의 시절을 보내던 시인은 1990년 『현대시세계』 신인상을 수상하고, 2008년에는 신춘문예 평론으로도 등단하였다. 그 후 강원도에서 기자 생활을 하던 중 삼십 대 초반에 절집에서 만난 큰스님과의 인연으로 큰스님을 시봉하며 몇 년을 살았다. 산문집의 시인의 글을 빌려오면, "절밥을 축내면서" 삼십 대 시절을 보낸 셈이다.

시인은 고승들의 어록을 탐독하였고, 특히 경허 선사의 행적을 좇아 이름난 절집에서 수행을 오래 했다. 이 시절에서 시인은 삶과 죽음이란 은산철벽 같은 화두에 집중하고 있으며, 절집 한편에 서 있는 부도를 오가며 인간 생명의 유한함을 자각하면서 그에 대한 진지한 성찰을 몸에서 내려놓지 않았다. 이러한 시인의 삶의 궤적을 살펴보면 시인이 어렸을 적에 접한 죽음 체험이 그의 시집은 물론 삶을 흔들어 놓고 있으며, 그러한 죽음에의 체험은 시인의 시세계에서 연민이나 비애감을 조성함과 동시에 화두의 시작이기도 하다. 나아갈 수도 없고 물러갈 수도 없는 인간 존재의 불구적인 삶은 시인이 승(僧)과 속(俗) 사이를 떠도는 비승비속(僧非俗)의 유랑을 떠돌게 한다. 시인은 이미 출간한 네 권의 시집『강릉, 프라하, 함흥』『숨결』『가도 가도 서쪽인 당신』『터미널』과 산문집『곱게 싼 인연』 등을 통해 이러한 인간 존재에 대한 연민을 비극적으로 드러내고 있다.

현대시의 상상력과 감각

　　새들은 날아서
　　하늘을 품고

　　바람은 불어서
　　허공을 안는다

　　인간만이 걸으면서

큰 슬픔을 껴안는다

— 「큰 슬픔」[4] 전문

저 먼데서 누가 아픈가
잔물결이 시름시름 밀려온다
바다보다 더 깊은 파로호에는
아직도 남아 있는 고인돌, 푸릇푸릇 숨쉬고
그 위로 가을햇살이
부챗살처럼 쏟아져내린다

저 먼데서 누가 아픈가
은사시나무 이파리들, 잔물결처럼 반짝이고
고인돌처럼 서서
온몸에 빗살무늬를 꿈꾸는 그는

— 「파로호 1」[5] 전문

울지 마세요
돌아갈 곳이 있겠지요
당신이라고
돌아갈 곳이 없겠어요

구멍 숭숭 뚫린
담벼락을 더듬으며

몰래 울고 있는 당신, 머리채 잡힌 야자수처럼

---

4 이홍섭, 『강릉, 프라하, 함흥』, 문학동네, 1998, 11면.
5 위의 책, 69면.

엉엉 울고 있는 당신

섬 속에 숨은 당신
섬 밖으로 떠도는 당신

울지 마세요
가도 가도 서쪽인 당신
당신이라고 돌아갈 곳이 없겠어요

—「서귀포」[6] 전문

위의 시에서 살펴볼 수 있듯이, 「큰 슬픔」에서 인간이란 존재는 "슬프
고" "아프고" "울고" 있는 서러운 존재로 인식되고 있다. 시적 화자는 새
와 바람 등의 자연물은 "날거나, 불어서" "허공을 품거나, 하늘을 안지
만" "인간만이 걸으면서/큰 슬픔을 껴안는" 존재라 말하고 있다. 이러
한 시적 화자의 인식은 「파로호 1」과 「서귀포」에서도 공통으로 인간 존
재의 비극성을 뚜렷하게 드러내고 있다. 파로호에 잠긴 고인돌 무덤 속
에 있는 죽음을 거쳐 소멸하는 인간의 생명의 유한성을, 그리고 돌담을
더듬으며 울고 있는 "가도 가도 닿지 못하는" 속(俗)의 세계를 떠도는 가
여운 존재의 비애를 연민의 눈빛으로 더듬고 있다. 이러한 비극적 연민
의 정조는 곧 자연이란 대상물이 완벽하고 소멸하지 않는 데 반해, 생
로병사의 과정에서 소멸하는 가변적인 몸을 지닌 인간이란 존재의 상
처와 고통에 관한 도저한 질문이다.

남들 회사갈 때
나 절에 간다

6 이홍섭, 『가도 가도 서쪽인 당신』, 세계사. 2005.

내 거처는 비승비속(非僧非俗)의 언덕 한 켠

나의 본업은
밤새워 내리는 밤비를
요사채 뒤뜰 항아리에 가득 담는 일
하지만
내리는 밤비는
항아리를 채우지 못하니

나의 부업은
나머지 빈 곳을 채우는 일
나는
항아리를 껴안고
비 내리는 꿈속을 헤맨다

　　　　　　　　　　　　— 「밤비」[7] 전문

산 밑으로 이사와
빗소리 처음 듣는 밤입니다

갓 출가한 햇스님이
알머리를 숙이고 절마당을 쓰는 소리에
참 많은 것들이 쓸려갑니다

헤매고 헤매어도
비운다는 말
여직껏 믿지 아니하였더니

7　이홍섭, 『숨결』, 현대문학북스, 2002, 45면.

여기 이렇게 첫비가 내립니다

— 「첫비」[8] 전문

인간이 겪을 수밖에 없는 고통을 경험하면서 시적 화자는 도시를 떠나 "절집"으로 출근한다. 두 편의 시에서 알 수 있듯이 시적 화자의 비승비속(非僧非俗)의 삶의 정황이 그려지고 있다. 「밤비」에서는 시적 화자가 절집으로 출근하는 상황과 더불어 시적 화자가 추구하는 세계는 "밤새워 내리는 비를 요사채 항아리에 담는 일"이라고 드러내고 있다. 「첫비」에서도 시적 화자는 절집 가까운 산 밑으로 이사 온 후 처음 내리는 빗소리를 듣고 있다. 첫 비와 갓 출가한 스님의 알머리, 그리고 그 스님이 절 마당을 쓸면서 정갈해지는 사찰 경내의 풍경을 통해 신선하게 이미지화하고 있다. "처음"은 "비움"과 한가지가 되고 있다. 시적 화자는 머리로 혹은 지식으로만 이해하려 했던 "적멸"의 세계 곧 "비움"의 사유를 몸을 통해 감각하고 있다.

시인은 산문집에서도 "적멸"을 자주 언급하고 있다. 적멸이란 빈자리로 돌아감을 말한다. 언어의 빈자리, 사물의 빈자리, 마음의 빈자리로 돌아가려는 시인의 화두는 불교적 사유에 기초해 있음을 알 수 있다. 시인이 경허 선사와 만해의 행적을 따라 수많은 절집을 유랑한 것과도 무관하지 않을 것이다.

수족관 유리벽에 제 입술을 빨판처럼 붙이고
간절히도 이쪽을 바라보는 놈이 있다

동해를 다 빨아들이고야 말겠다는 듯이

8 이홍섭, 『가도 가도 서쪽인 당신』.

현대시의 상상력과 감각

입술에다 무거운 자기 몸 전체를 걸고 있다

저러다 영원히 입술이 떨어지지 않을 수도 있겠다
유리를 잘라야 할 때가 올지도 모르겠다

시라는 게, 사랑이라는 게
꼭 저 입술만 하지 않겠는가

— 「입술」[9] 전문

나는 기억한다
내가 굴러온 산과
내가 흘러온 물과
내가 머리를 처박고 흐느끼던
숱한 여울목을
나는 기억한다
내 몸에 새겨진 혼돈의 무늬들
만질 수 없는 뼈와 살
버들치의 가녀린 입술이 달래주던
숱한 공포를
나는 기억한다
내 몸을 스쳐간 수많은 사랑과 이별
자기를 사르며
사라지던 별들의 비명
절벽 위에 섰던 숱한 회한의 나날들과
붉은 철쭉의 소스라침을
나는, 너는
구르는 돌이고, 흐르는 집이고

9 이홍섭, 『터미널』.

문덩이 가시내고
망가진 세계다
여기 불구의 초상이 있다

　　　　　　—「돌의 초상」[10] 전문

「입술」에서 시적 화자는 수족관 안에 입술을 꼭 붙이고 동해를 다 빨아들이고야 말겠다는 물고기의 욕망과 마주치고 있다. "입술"이 지닌 그 흡착력은 너무나 견고하여 결국 유리를 잘라내야 할 정도로 강력한 욕망을 드러낸다. 「돌의 초상」에서도 "돌"이 간직하는 고통은 "나"와 "너"라는 인간의 고통으로 전이되고 있다. 돌이 굴러 온 행적을 통해 드러나는 아픔과 욕망의 궤적은 인간이란 존재가 겪을 수밖에 없는 "망가진 세계"와 같은 "불구의" 세계에 다름 아니다. 삶의 고통을 경험한 시적 화자에게 있어서 시적 화자를 둘러싼 모든 대상은 "가여운" 존재들이다. 범박한 것들에서부터 인간이란 존재까지 아우르는 천 개의 손을 지닌 천수관음보살처럼 시적 화자의 주변을 둘러싼 세계의 고독을 어루만지는 연민이다. 시적 화자의 이러한 연민은 존재의 시원으로까지 거슬러 올라가 돌로 상징화되는 삶의 내력을 통해 시로 형상화하고 있다. 이 지점에서 이홍섭 시세계의 개성이 드러난다. 비장미가 세상과 대결하여 자신의 욕망이 좌절될 때 드러난다면 이홍섭 시에서 나타나는 비장미는 욕망이 좌절된 대상을 바라보는 관찰자적 입장에서 드러나는 비장미라는 점이다. 이러한 비장미는 시인의 시가 절제를 그 바탕으로 삼고 있기 때문이다.

10　이홍섭, 『가도 가도 서쪽인 당신』.

절간 외진 방에는 소반 하나가 전부였다
늙고 병든 자들의 얼굴이 다녀간 개다리소반 앞에서
나는 불을 끄고 반딧불처럼 앉아 있었다

뭘 가지고 왔냐고 묻지만
나는 단지 낡은 소반 하나를 거기 두고 왔을 뿐이다
— 「두고 온 소반」[11] 전문

시적 화자가 절집 외진 방에서 접한 개다리소반은 속세의 삶에서 상처입고 병든 자들이 불구의 몸을 털어놓고 간 대상이다. 절은 곧 속세의 업과 진이 침범하지 못하는 성스러운 초월적 공간이며, 개다리소반 또한 병든 얼굴의 수심과 근심을 받아주던 불성과 같은 존재이다. 개다리소반은 보살처럼 자신의 몸에 병든 자들의 몸의 고통을 대신 아파해주는 존재로 볼 수 있다. 이 초월적 공간에서 시적 화자는 무엇을 가지고 오기보다는 개다리소반을 하나 두고 왔다고 한다. ·

하지만 개다리소반을 두고 왔다는 시적 화자의 진술에는 진한 연민이 묻어 있다. 시적 화자가 할 수 있는 일이라고는 그 개다리소반 앞에 캄캄하게 앉아 있는 일이다. 시적 화자는 개다리소반처럼 누군가의 고통을 함께 아파하고 연민의 눈동자로 지켜보지만, 그 고통을 적극적으로 껴안지 못하는 데 안타까움을 드러내고 있다. 비승비속이란 승(僧)도 아니고 속인도 아닌 어중간한 상태를 말한다. 시적 화자는 바로 이 어중간한 지점에 서서 가련한 중생의 삶을 바라보고 있다. 바로 이 중간의 지점은 대상과의 거리를 확보하게 한다. 이 "거리"는 곧 시인의 작품 안에 감정의 방출을 막는 절제의 미덕을 형성하게 된다. 이러한 절제의

---

11 앞의 책.

미덕은 「지누아리」란 시에서도 발견된다.

　　일곱 살배기가 무슨 맛을 알겠냐만, 밥숟가락을 들고 지누아리를 얹어달라고 하는 것을 보면 피를 통해 전해지는 입맛이 따로 있긴 있는 것이리. 명색이 시인인 애비가 죽을 때까지 꼭 시로 쓰고 싶은 것이 있었으니, 그게 바로 이 오묘한 지누아리 맛이라. 애비가 말 배운 뒤부터 평생 보고 자란 동해에서 나는 이 지누아리는, 그 맛의 빛깔이 동해의 물빛만큼이나 층층이 달라서 바다 속으로 잠겼다 떠오른 해와 달의 흔적을 다 머금고 있는 거라. 거기에는 평생 간절함으로 애간장이 다 녹은 사람의 구절양장한 사랑도 남아 있어서, 씹으면 씹을수록 해와 달이 바다 속에 잠겼다 떠오르는 것을 되풀이하는 것이니, 누가 있어 이 첩첩한 맛의 빛깔을 다 널어놓을 수 있겠는가.

　　아들아, 먼 훗날 이 애비가 너의 사랑의 빛깔을 다 볼 수 없을지라도, 사랑의 기쁨과 사랑의 고통에 대하여 애비와 함께 나누게 되지 못할지라도, 오늘처럼 늙은 애비가 흰밥 위에 얹어주던 이 지누아리의 맛으로 세상을 비춰보거라. 천천히, 아주 천천히 그네를 타면서 바다 속에 잠겼다 떠오르는 해와 달의 노래에 귀 기울여보아라.
　　　　　　　　　　　　　　　　　　　 ― 「지누아리」[12] 전문

　「지누아리」란 작품은 시적 화자의 일곱 살짜리 아들이 지누아리의 맛을 안다는 데서 시가 시작되고 있다. 아직 삶의 고통을 체험하지 않은 어린 아들이 지누아리를 밥에 얹어달라는 하나의 사건을 통해 시적 화자는 "피를 통해 전해지는 입맛"으로 아들에게로 건너가는 숙명 같은 슬픔을 애잔한 눈으로 지켜보고 있다. 지누아리란 해초의 일종으로, 바

12　이홍섭, 『터미널』.

닷가 사람들에게 지누아리의 맛은 곧 삶의 궤적이 집적된 원초적 감각
으로 기억되는 대상이다. "동해의 물빛만큼이나 층층이 달라서 바다 속
으로 잠겼다 떠오른 해와 달의 흔적을 다 머금"고 있으며 "평생 간절함
으로 애간장이 다 녹은 사람의 구절양장한 사랑"이 "남아 있"는 "씹으면
씹을수록 해와 달이 바다 속에 잠겼다 떠오르는 것을 되풀이하는" 그
첩첩한 맛의 빛깔이 응축되어 있다. 시적 화자는 어린 아들 앞에 놓인
삶의 질곡을 함께하지 못하는 그 쓸쓸함을 통해 절제된 연민의 정조를
드러내고 있다.

2. 훼손된 신체와 적멸의 사유

젊은 장정도 오르기 힘든 깔딱고개를 넘어온 노파는
향 한 뭉치와 쌀 한 봉지를 꺼냈다.
이제 살아서 다시 오지 못할 거라며
속곳 뒤집어 꼬깃꼬깃한 쌈짓돈도 모두 내려놓았다.
그리고는 보이지도 않는 부처님전에 절 세 번을 올리고
내처 깔딱고개를 내려갔다.

시방 영감이 아프다고
저녁상을 차려야 한다고

— 「적멸보궁」[13] 전문

---

13 이홍섭, 『숨결』, 38면.

시에서 나타나는 깔딱고개는 산세가 험해 숨이 깔딱 넘어간다고 하여 붙여진 이름이다. 장정도 넘기 어려운 깔딱고개를 넘어야만 적멸보궁이 있는 봉정암에 닿을 수 있다. 그런데 이 적멸보궁에는 부처가 없다. 부처의 진신사리를 모셔 놓은 사리탑만 있을 뿐이다. 험한 산길을 넘어 온 노인은 품에서 자신이 지닌 전부를 탈탈 꺼내어 부처에게 공양하고 있다. 살아서는 다시 오기 어려운 곳이기에 노인의 기도는 더욱 간절하다. 기도를 마친 노인은 다시 높은 고개를 넘어가야 한다. 아픈 남편을 위해 저녁을 지으러 가야 한다. 그 지극하고 곡진한 절을 올리는 노인의 불심은 이 시의 압권이다. 열망이나 지극한 기원은 강퍅한 현실의 제약을 뛰어넘기 때문이다. 시적 화자는 노인의 간절한 절을 통해 "보이지 않는" 부처에 집중하고 있다. 봉정암은 속(俗)의 세계와는 다른 차원의 성스러운 공간이다. 힘들다는 깔딱고개를 시험처럼 넘어야만 다다를 수 있는 적멸의 세계이다. 시적 화자는 봉정암에 오르는 노인의 행적을 통해 드러나는 적멸보궁의 세계, 즉 속(俗)의 세계 속의 승(僧)의 세계를 발견하고 있다. 이는 곧 시끄러운 세계 속에서 은밀하게 감추어진 승(僧)의 세계를 발견하는 것이다. 그리고 이러한 적멸의 세계, 곧 비움의 세계를 받아 적는 것이 곧 자신의 본업이라고 하지 않았던가(「첫비」). 이러한 속(俗)의 세계에서 승(僧)의 세계를 발견하는 시적 화자의 태도는 금몽암(禁夢庵)이라는 공간으로 변주되어 나타난다.

이곳에서 꿈을 꾸어서는 안 됩니다.
일장춘몽이라도 꾸어서는 안 됩니다.

혹여나 들고난 꿈이 있거들랑
도량 밖 호두나무나 털다 가시길 바랍니다.

머리통 닮은 호두나 깨다 가시길 바랍니다.

꿈을 버린 사람만 여기에 오시길 바랍니다.
자기 이빨로 호두를 깬 사람만 여기에 오시길 바랍니다.
이빨도 함께 깨진 사람만 여기에 오시길 바랍니다.

혹여나 이곳에서마저 꿈이 들고나거든
이 덧없는 암자마저 태우고 가시길 바랍니다.
― 「금몽암」 전문, 『시인시각』 2012년 봄호

시에서 금몽암(禁夢庵)은 꿈을 꾸는 행위마저 금기시된 공간이다. 시적 화자는 금몽암에 오는 이들에게 "―길 바랍니다"라는 청유형의 어미를 사용하여 모든 꿈을 털고 가길 강조하고 있다. 그리고 혹여나 꿈이라도 들고나거든 덧없는 암자마저 태우고 가라 한다. 시적 화자가 강조하는 꿈이란 곧 수족관 속의 입술(「첫비」)이며 어린 아들에게 삶의 고통을 알게 하고 싶지 않은 아비의 욕망(「지누아리」)일 것이다. 시적 화자에게 금몽암은 욕망처럼 단단한 호두를 깨고, 그것도 이빨로 깨야 하고, 호두를 깨다 이빨이 상한 사람만 올 수 있는 곳으로 한정하고 있다. 이때 금몽암에 올 수 있는 자들은 훼손된 신체를 지닌 자들이다. 적멸보궁에 나타난 노인처럼 온몸이 삶의 고통으로 비틀린 자들을 의미한다고 볼 수 있다. 이때의 훼손된 신체는 곧 욕망을 부수고 욕망과 대결한 자들이 신체로서, 몸으로 부딪쳐 지혜를 터득한 자들이다. 이러한 자만이 도달할 수 있는 공간이 바로 금몽암이다. 몸으로 터득한 지혜의 세계란 곧 승(僧)의 세계로 볼 수 있다. 속(俗)의 일상 속에 자리 잡은 승의 세계를 의미한다. 추상적이고 관념적인 공간이 아니라, 일상 속에서 꿈이라는 욕망과 대결한 자만이 도달할 수 있는 곳이다. 일상생활 속에서 끊임없이 욕망을 지우는 삶을 의미한다고 볼 수 있다. 몸으로 터득한 자가 도착하는 금몽암은 승(僧)과 속(俗)의 이분법적으로 구분된 세계가 아니라 승과 속이 얽혀지고 겹쳐진 공간으로 파악할 수 있다. 일상 속의 승의 세계, 그리고 승과 속이 얽힌 세계는 터미널이라는 공간으로 형상화되고 있다.

이 터미널은 지하 1층 지상 3층
지하에는 장례식장
지상 3층에는 산부인과
그 사이를
늙고 병든 환자들이 오간다
사람들은 3층에서 태어나
지하로 내려갔다가
검은 차를 타고 어디론가 떠난다
남아 있는 사람들은
퀭한 눈으로
주머니 속의 차표를 만지작거린다

—「터미널 4」[14] 부분

젊은 아버지는
어린 자식을 버스 앞에 세워놓고는 어디론가 사라지시곤 했다
강원도 하고도 벽지로 가는 버스는 하루 한 번뿐인데
아버지는 늘 버스가 시동을 걸 때쯤 나타나시곤 했다

늙으신 아버지를 모시고
서울대 병원으로 검진 받으러 가는 길

---

14 이홍섭, 『터미널』.

버스 앞에 아버지를 세워놓고는
어디 가시지 말라고, 꼭 이 자리에 서 계시라고 당부한다

커피 한 잔 마시고, 담배 한 대 피우고
벌써 버스에 오르셨겠지 하고 돌아왔는데
아버지는 그 자리에 꼭 서 계신다
어느새 이 짐승 같은 터미널에서
아버지가 가장 어리셨다

—「터미널」[15] 전문

 시에 등장하는 터미널은 지하 1층과 지상 3층으로 이루어진 건물이다. 지하 1층에는 장례식장이 있고, 지상 3층 건물에는 산부인과가 있다. 사람들에게 교통의 편리함을 위해 만들어진 공간이지만, 시인의 감각 속에 터미널은 세계를 축소해 놓은 삶의 총체성의 공간으로 파악되고 있다.
 「터미널」에서는 아버지와 시적 화자의 역할이 역전되고 있다. 젊은 날의 아버지가 어린 시절의 나를 세워두었던 터미널에서, 이제 아버지의 나이가 된 시적 화자가 "어린 날의 아버지를 기다리던 나"처럼 아버지를 세워두고 있다. 아버지는 마치 터미널 3층의 산부인과에서 새로 태어난 아이처럼 세상에서 가장 연약한 존재에 다름 아니다. 이는 터미널이란 공간에 장례식장과 산부인과가 동시에 존재하기에, 시적 화자에게 삶과 죽음이란 지상의 산부인과에서 출생하여 지하의 장례식장으로 내려가는 일에 다름 아니다. 이처럼 터미널은 삶의 일상 공간이 죽음과 탄생의 사유를 드러내는 미학적 공간으로 전환된다.

---

15 앞의 책.

강릉고속버스터미널 기역 자 모퉁이에서
앳된 여인이 갓난아이를 안고 울고 있다
울음이 멈추지 않자
누가 볼세라 기역 자 모퉁이를 오가며 울고 있다

저 모퉁이가 다 닳을 동안
그녀가 떠나보낸 누군가는 다시 올 수 있을까
다시 돌아올 수 없을 것 같다며
그녀는 모퉁이를 오가며 울고 있는데

엄마 품에서 곤히 잠든 아이는 앳되고 앳되어
먼 훗날, 엄마의 저 울음을 기억할 수 없고
기역 자 모퉁이만 댕그라니 남은 터미널은
저 넘치는 울음을 받아줄 수 없다

누군가 떠나고, 누군가 돌아오는 터미널에서
저기 앳되고 앳된 한 여인이 울고 있다

— 「터미널 2」[16] 전문

현대시의 상상력과 감각

    시에서 시적 화자가 바라보는 여자는 강릉 고속버스 터미널에서 갓난
아이를 안은 채 누군가를 떠나보내고 있다. 이별의 안타까움을 감추기
위해 터미널의 기역자 모퉁이를 오가며 울고 있다. 시의 정황상 갓난아
이를 안고 있는 여자가 연인을 떠나보내는 장면인 듯하다. 하지만 연인
은 다시 돌아올 성싶지 않다. 애엄마도 앳되고 갓난애도 앳되다. 이 앳
된 두 사람은 한 몸이 되어 터미널의 기역자 모퉁이를 울음으로 다 적
시고 있다. 그 넘쳐나는 울음을 터미널은 다 받아 줄 수가 없다. 시에서

---

16 앞의 책.

"앳된"은 다섯 번이 반복되고, "앳된"이란 시어의 반복적인 구사를 통해 시는 더욱 심층적인 의미를 획득하고 있다. 앳되어서 슬프기도 하지만, 동시에 앳되어서 희망적이기도 하다. 한때 연인이었던 사내를 보내면서 울고 있지만, 기역자 모퉁이를 오가는 여자는 울음을 삼키려고 애쓰고 있다. 기역자 모퉁이가 간직한 울음이 아름다운 것은 절제의 미를 배태하고 있기 때문이다. 시에서 시적 화자의 시선이 앳된 여인이 우는 풍경에서 멈추지 않고 터미널의 기역자 모퉁이에 집중하는 이유는 곧 속(俗)의 세계 속의 성스러운 승(僧)의 세계를 보여주기 위해서이다.

어쩌면 남자를 떠나보내며 아이를 안고 우는 여인은 보살과도 같다. 다시 올 것 같지 않은 남자를 보내는 몸은 떠나보내지 않으려는 격정적 욕망이 한차례 흔들고 간 몸이기 때문이다. 돌아오지 않을 것을 감지하면서도 떠나보내는 여인의 몸, 그 앳된 몸이 피워내는 울음은 곧 부처의 울음과도 같다. 시인은 「터미널 2」의 작품에서 여인의 울음을 통해 승(僧)과 속(俗)의 이분법적 구분이 아닌, 성과 속의 세계가 혼용된 세계를 보여주고 있다.

이홍섭 시인의 시는 불교적 사유를 바탕으로 하여 전통적인 순수 서정을 계승하면서 시인만의 개성적인 서정시의 미학을 획득하고 있다. 감정 방출을 절제하고, 절제가 배태된 비애의 정서를 통해 가변적인 속(俗)의 세계와 불변의 초월적 승(僧)의 세계를 일상생활에서 발견하고 있다. 이와 같이 이홍섭 시세계의 시의 미학은 속의 세계에서 슬픔을 껴안고 걸어가야 하는 범박한 인간 존재에 관한 연민의 정조를 통해 선량한 그늘의 깊이 같은 아름다운 서정의 결을 드러내고 있다.

『유심』 2013년 5~6월호

기계적 상상력과 디지털적 사유

1. 균질화된 공간과 공간의 재현 형식

독일 시인 하인리히 하이네는 "철도가 공간을 살해했다"고 말했다. 이 멋진 문장은 근대 이후 철도 등의 교통발달이 공간을 균질화하여, 시간과 공간의 사멸되었다는 의미를 담고 있다. 철도 등 교통수단의 발달은 먼 거리를 짧은 시간에 주파하여, 각각의 공간이 지니는 개성을 무화시키고 시간 또한 표준시간을 만들었다.

특히, 대도시는 스펙타클한 정경과 화려한 불빛과 상품의 소비로 넘쳐난다. 이제 도시 공간의 거리는 보행의 통로 이상의 의미를 지닌다. 공간은 그 안에 이미 권력이 숨겨져 있다. 건축과 권력의 밀접한 연관성은 이외로 오랜 역사성을 지닌다. 이제 도시라는 공간은 권력의 시선이 통제하는 공간이 되었다. 이진경 역시, "근대의 시간-기계와 공간-기계가 성립된 것은 사람들의 활동과 행위를 통제 가능한 것으로 만들기 위한 것"[1]으로 보고 있다. 폴 비릴리오[2]도 현대는 공간이 사라진 특성을 지닌다고 한다. 곧 전쟁기계 혹은 다양한 미디어 환경에 의하여 점점 시간이 공간을 대체하고 있다고 말하고 있다.

1990년대 이후 빠르게 우리 삶에 자리 잡게 된 디지털 매체는 문학에도 많은 영향력을 행사하고 있다. 특히, "인터넷과 휴대폰의 보급으로 사이버 공간은 우리에게 낯익은 공간이 되었다. 특히 디지털 미디어의 발달은 기존의 특정 공간을 새롭게 환기시키고 공간 사이의 특징을 매개하고, 새로운 공간을 탄생시키거나 메꾸어 버린다."[3] 디지털 문화를 소비하고 향유하는 현대인들은 어떻게 인식의 전환을 이루고 있는가? 시인들은 이러한 현실을 어떻게 인식하고, 작품 속에 투영하고 있는가? 시인이 이를 어떻게 인식하느냐에 따라 작품 안에서 공간의 재현 형식은 달라질 수밖에 없다. 이때의 공간은 곧 도시와 관련지을 때 그 면모가 명확하게 드러난다. 시인들이 시에서 드러내는 공간 특히 도시 인식을 살펴보자.

> 이 시간이면 그 도시도 전혀 다른 새벽을 보여준다.
> 나의 발걸음도 수상하다. 아무도 없을 때
> 멀리서 걸어오는 사람이 보였다.
> 그의 눈에 띄면서 나는 드디어 사람이 되었다.

---

1 이진경, 『근대적 시공간의 탄생』, 푸른숲, 2005, 296면.
2 폴 비릴리오, 이재원 역, 『속도와 정치』, 그린비, 2004, 20면.
3 텍스트, 이미지, 비디오, 사운드 등과 결합된 웹의 하이퍼텍스트는 웹사이트를 통하여 작가 또는 제작자와 사용자들과 상호작용을 통한 의사소통을 활발하게 해준다. 비선형적 하이퍼텍스트를 통한 상호작용은 수용자들의 근본적인 인식의 방식을 변화시켰기 때문이다. 황재호, 「웹의 매체 미학적 고찰」, 『디지털디자인학연구』 vol. 12 no. 2, 193면.

직전의 영혼은 모두 유령이었다.
누가 발견하기 전 나의 걸음은 어디서도 발견되지 않았다.
나의 보행과 나의 생각과 나의 입김이 그의 눈에서 순간 빛나고
나는 놀란다. 사람이 된 것이다. 아무도 없을 때

나는 어디에도 없었다.
어디에도 없는 나의 보행이 걸어가면서
그를 본다. 멀리서 걸어오는 그를.
한 사람의 윤곽과 어렴풋한 입김을
그 생각을.

멀리서 나를 발견한 그는 가까스로 유령에서 빠져나왔다.
터벅터벅 걸음을 옮기고 있다. 직전의 나처럼.

— 「유령 산책」[4] 전문

김언의 시에서 시적 화자가 걸어가는 장소는 새벽의 도시이다. 내가
위치한 "이 도시"가 아니라 "그 도시"이다. "그 도시"는 "이 시간", 즉 새
벽의 시간에만 보이는 "전혀 다른 새벽을 보여" 주는 공간이다. 스펙터
클한 불빛도 모두 꺼지고 도시의 기능이 정지된 공간이다. "아무도 없
을 때", 모두가 사라진 새벽의 도시는 "나의 걸음은 어디서도 발견되지
않"는 공간으로 타자인 "그"를 만나기 이전에 나는 "유령"과 같은 존재
이다. 비(非) 물질적이며 비육체적인 유령 같은 존재인 시적 화자가 비
로소 육체성을 지닌 "사람"이 되는 순간은 "그"와 마주칠 때이다. "그"
와 마주침으로써 "나"는 "유령"에서 "사람"이 된다. 그런데 흥미로운 점

4 김언, 『모두가 움직인다』, 문학과지성사, 2013.

은, "그" 역시 "나"와의 마주침을 통해서, '나의 보행과 나의 생각과 나의 입김이 그의 눈에서 순간 빛나' 응시에 의해 서로 "유령"에서 "사람"으로 존재의 변이가 이루어진다.

"나"와 "그"의 마주침에는 "걷는다"라는 공간의 수평적 이동이 매개되고 있다. 시적화자인 "나"와 "그"는 서로의 관계망 속으로 얽혀들어가 비로소 비물질적인 존재에서 물질적인 존재로, 공간을 점유하는 존재로 탄생하고 있다. 시적 화자인 내가 걸어가면서 그를 만나는 도시는 공간에서 장소로 탈바꿈된다. 시의 독특함은 주변 사물이나 풍경이 배경 역할이 아닌, 마치 진공 상태처럼 모두 탈각되어 시적 주체와 타자는 서로에게 거울의 기능으로 작동한다. "나"와 "그"는 거울처럼 서로를 비추고서야 존재감을 획득하는 존재들이다.

시에서 "사물들이 화자의 정서나 의식을 드러내는 주변적인 기능을 담당할 때 대상 세계는 화자의 내면에 종속되고 이를 묘사하는 언어는 주체 중심적 성격을 띠게 된다."5고 할 때, 이 시에 나타나는 도시의 풍경들은 흐릿하다. 흐릿함을 넘어서서 주체의 내면에 종속되지 않는 낯선 풍경이 제시되고 있다. 시적 주체의 정서를 투사하는 대상이 아니라 오히려 시적 주체가 타자의 배경이 되고, 타자 또한 주체의 실존 배경이 된다. 하지만 타자인 "그"가 "나"에게 종속되거나, "그"를 묘사하는 "나"의 언어에 힘이 실리지 않는다. 시에서 도시는 시적 주체와 타자가 응시함을 통해서 존재의 근원을 탄생시키는 지점을 보여주는 확장된 공간으로 작동하고 있다. 주체의 언어가 중심이 되는 폭압의 권력이 아닌 상호관계가 이루어지는 사이버 공간과도 그 맥락이 유사하다. 주체와 타자가 동시에 서는 점이 이 시를 특별한 자리에 놓이게 한다. 시를

---

5 김문주, 「한국 현대시의 풍경과 전통」, 고려대학교 박사논문, 2005, 36면.

읽으면서 느끼는 낯설고 신선한 감각은 바로 이 지점에서 발생하고 있음을 알 수 있다. 이때의 도시 공간은 주체로서의 실존적 자아를 상실한 존재가 자아를 회복하는 공간이며, 이때 자아 회복의 공간인 도시는 고립적 공간에서 화해의 공간으로 전이된다.

> 여자는 구로의 미싱사가 되었다.
> 여자의 친구는 영등포에서 몸을 팔았다.
> 여자의 남편이 될 사람은 다리를 절었다.
> 그의 어머니는 고구마를 삶아 담아주었다.
> 그는 딱딱한 고구마 같은 여자와 연애했다.
> 여자의 어머니는 청계천에서 국수를 팔았다.
> 여자의 남자는 잘 익은 국수처럼 사라졌다.
> 딸은 미싱사가 되었다.
> 그는 성수대교와 청담대교를 만들었다.
> 여자의 손가락은 난지도에 버려졌다.
> 그는 다리를 절었다.
> 여자와 여자의 친구와 그는 단 한 번 함께 술을 마셨다.
> 여자는 잔을 돌리듯 이사를 다녔다.
> 그는 아이 둘을 낳고 정관 수술을 했다.
> 여자의 친구는 다리가 없는 섬으로 떠났다.
> 그의 다리가 정상으로 돌아왔다.
> 여자는 미싱질을 그만두었다.
> 여자의 어머니가 죽었다.
> 여자가 집을 사고 집을 팔았다.
> 아이는 압구정동의 가방이 되었다.
> 아이는 가로수 길의 자동차가 되었다.
> 그의 어머니는 고구마를 택배로 보낸다.
> 여자도 아이도 친구도 고구마를 먹지 않는다.

현대시의 상상력과 감각

여자는 국수를 먹지 않는다.

여자는 한강이 보이는 아파트를 사랑한다.

그는 유기농 생고구마를 씹으며 베란다에 서 있다.

아이는 베란다 아래 공원에서 조깅을 한다.

여자는 공원을 가로지르는 청담대교 위에 있다.

여자는 친구의 입을 미싱으로 막아버린 적 있다.

그들이 사는 도시는 다리를 절었다.

다리가 없는 섬에서 편지가 온다.

그들은 문맹이다.

편지가 버려진다.

서울을 벗어나면

이 일이 알려지면

큰일이 벌어진다는 듯

다리에서 몇 대의 자동차가

폭죽처럼

— 서효인, 「서울」 전문, 『시인수첩』 2013년 여름

김언의 시가 유령과 같은 현대인의 실존 문제를 새벽의 도시를 통해 부상시킨다면, 서효인의 "서울"은 감각, 즉 훼손된 신체의 형상을 통해 드러난다. 시에서 "서울"은 3대(代)의 내력을 통해 그려지고 있다. 시에 나오는 내용을 정리하면 다음과 같다. "여자, 여자의 친구, 남자, (여자와 남자의)아이, 여자의 어머니와 남자의 어머니"이다. 여섯 명의 인물의 시간적 경험, 즉 개인적 역사를 통해 서울이라는 도시 공간이 재현되고 있다. 이 시를 제압하기 위해선 순진하게 시인이 배열해 놓은 행의 순서대로 읽으면 혼란스럽다.

왜냐하면, 시에서 드러나는 인물의 호칭이 제각각이기 때문이다. 사실, 이 시의 미덕은 "무엇"을 다루느냐보다, "어떻게" 다루느냐에 있다.

시의 내용에서 독자가 크게 감흥받을 계기가 없기 때문이다. "여자"는 미싱사이며, 여자의 어머니는 청계천에서 국수를 팔고 있고, 그의 남편은 다리를 저는 남자이다. 이후 여자와 남자는 결혼하여 아이를 낳는다. 남자는 도시의 기반 공사인 다리를 놓는 토목사업에 참여했으며, 여자는 미싱일 대신 집을 사고 파는 복덕방 일로 생업을 전환한다. 그 결과 강변의 화려한 아파트를 소유하게 된 개인의 역사성을 담고 있다. 이를 통해 서울이라는 도시의 비정함 혹은 대도시에서 발전의 원동력으로 소모되는 현대인들이 겪어야 하는 비극성 혹은 온정주의를 상실한 현대인들의 아픔쯤으로 해석될 수 있다.

하지만 시를 깊이 들여다보면, 개인의 역사성을 드러내는 방식이 흥미롭다. 시에 드러나는 개인의 역사는 도시의 미로처럼 다층적이다. 시 속의 서사가 비연속적이고, 각 인물이 누구와 관계를 맺는가에 따라 그들의 존재는 입체적이 된다. 가족 구성원과의 배치와 접속의 관계를 통해 드러나는 혼란스러움 또는 생경함이 노리는 효과가 "서울"이라는 도시 공간의 비도덕적이고 비윤리적인 측면을 겨냥하고 있기 때문이다.

시에서 "여자"는 한 남자의 아내이지만, 그녀의 어머니에겐 "딸"이며, 아이에겐 "어머니"라는 관계망 속에 위치한다. 시에서 "여자"는 가족관계 속에서 다섯 명 인물의 다성적인 목소리에 의해 입체적으로 드러난다. "여자"가 남편 혹은 아이나 친정어머니와 시어머니 혹은 친구의 입장에서 명명될 때, 여자의 개인적 역사는 지연된다.

이는 마치 디지털 가상 세계에서 이루어지는 하이퍼텍스트적인 특성을 보인다. "여자"의 이야기 혹은 "남자"의 이야기가 종결되지 않은 체, 새롭게 출현한 인물의 서사가 진행된다. 결국 이 시는 현실을 충실하게 재현하려는, 도시 공간의 다성적 목소리를 담으려는 시인의 의도를 담고 있다. 또한 가족관계에서 여자와 남자의 수평적 관계가 도시의 대로

변을 상징한다면, 어머니와 딸의 관계는 도시의 복잡한 미로처럼 입체
적인 구조를 취하고 있다. 시인은 이처럼 기형적인 서울이라는 도시의
현실과 안락한 현실 속에 도사린 불안감의 정체를 남자의 훼손된 신체
를 통해 드러내고 있다.

2. 질주정의 속도와 펀(FUN)

말과 함께 줄기차게 뛰어가다 돌아본다
암석 동굴의 도시 뒤쪽,
우리가 뛰어온 곳은 앞이 아니었다

우리의 시는 죽어서 살아간다
도시는 죽어서 사는 곳이라고 문장을 수정한다
그들은 시의 종말이 없다고 믿는다
종언만 있을 뿐

모든 말은 죽음 속에 모인다
끝이 늦게 온 시인과 끝이 빨리 온 시인
자기 역에 도착 못한 시인은 불행해 보인다

그들의 시는 파괴되어간다
그래서 모든 역은 모든 시간을 사유화한다
단단한 이 첫 번째 베드에서 나의 꿈은 잠든다
더 이상 시를 배회하지 않는다

모든 시가 죽기 전에 나의 시가 죽는다

죽음의 거리, 시는 책 속에서 절규한다
— 고형렬, 「시(市)는 죽었다」 전문, 『창작과 비평』 2013년 여름

앞의 두 시인이 도시를 통해 실존과 관계망의 다양성을 드러낸다면, 고형렬의 시에서는 시(市)와 시(詩)를 겹쳐 놓음으로써 언어와 도시의 관계에 집중하고 있다.

이 시(詩)는 시(市)와 시(詩)라는 동음이의어라는 펀(FUN)을 통해 시 읽기의 즐거움을 주는 작품이다.

시적 주체는 "말과 함께 줄기차게 뛰어가다" 문득 뒤 "돌아" 보고 있다. "모든 역은 모든 시간을 사유화한다"라는 문장은 곧 성장과 개발 지상주의를 최고의 덕목으로 삼는 질주정 시대의 폭력성을 드러내고 있다. 이 시의 매력은 시(市)와 시(詩)가 함께 읽히면서, 책이 지니는 질서 혹은 권력이 작용하는 공간이 도시로 전이되는 지점에 있다. 도시 혹은 책으로 상징되는 세계의 폭력적 구조를 간파하는 시적 주체에게 시란 배회의 공간으로서의 매력이 상실된 장소이다. 때문에 개인적인 나의 시가 죽음을 맞고 있는 도시는 죽음의 거리와 흡사하다.

언어 혹은 도시의 권력 구조에 포섭되지 않으려는 시인의 시적 고투는 "도시는 죽어서 사는 곳이라고 문장을 수정한다"는 "쓰기" 행위로 드러나고 있다. 책이 인쇄매체를 통해 언어 규칙을 재현하고, 균질화된 공간을 탄생시킨다면, 시적 주체의 "손"으로 쓰기 행위는 곧 속도에 대응하는 육체적 수행의 의지가 동반하여 균질화된 공간에서 주체의 실존을 확인하는 행위이기 때문이다. 이와 같이 시에서 시적 주체는 시집 혹은 도시가 곧 권력의 감시 장치가 내재된 감시의 공간이며, 권력의 힘이 실행되는 공간으로서의 도시를 비판하고 있다.

이상과 같이, 최근 잡지에 발표된 시인들의 작품을 통해, 도시 공간이

작품에 투영되는 양상을 살펴보았다. 또한, 디지털 문화의 자장 속에서
현대인들, 특히 시인들의 디지털 매체 경험에 주목하여, 시에 투영된
매체 경험을 살펴보았다.

『열린시학』 2013년 가을호

빈집의 은유와 폭력의 메커니즘

― 문창갑론

1. 빈집과 가족의 해체

문학작품에 나타나는 공간은 경험 주체의 태도와 정신을 나타낸다. 작품 속 형상화된 공간은 곧 시인의 작품 밖의 현실과 역사를 어떤 시각으로 바라보는지를 파악하는 출발점이기도 하다. 따라서 문학 텍스트 내부에 구현된 공간은 시인의 내면 의식과 세계관을 살필 수 있는 근거가 된다.

문창갑 시인의 시집 『코뿔소』(문학의전당, 2011)에서 '집'은 시인만의 독창적인 공간으로 탄생하고 있다. 문창갑 시인의 시에서 '집'은 IMF 등을 거치며 도시 빈민으로 내몰린 하층민의 고단한 삶과 양극화로 인한 계층 간의 갈등을 보여주고 있다.

눈꽃 날리는

겨울 바닷가 서성이다
파도가 장난치는
빈 고둥 하나 주웠습니다

누가 살았을까요?

호─오 불면
빈자리의 쓸쓸한 공명이
나를 목메게 하는

빈
집

— 「빈집」[1] 전문

죽, 이라는 말 속엔
아픈 사람 하나 들어 있다

참 따뜻한 말

죽, 이라는 말 속엔
아픈 사람보다 더 아픈
죽 만드는 또 한 사람 들어 있다

— 「죽」[2] 전문

작품 「빈집」에서 집은 파도에 쓸려 다니는 빈 고둥과 같이 쓸쓸한 폐

---

1   문창갑, 『코뿔소』, 문학의전당, 2011, 86면.
2   위의 책, 13면.

가의 이미지로 묘사되고 있다. "빈자리의 쓸쓸한 공명이/ 나를 목메게 하는/ 빈/ 집"과 같이 가족 구성원들이 모두 흩어져 외로움이 가득 찬 비탄의 공간이다.

「죽」에서도 집은 "아픈 사람보다 더 아픈/ 죽 만드는 또 한 사람"이 사는 고통스러운 공간이다. 일반적으로 죽은 몸이 아픈 식구를 위하여 끓여 주는 음식이다. 죽을 끓이는 풍경 속에는 가족의 따스함과 정이 상징적으로 드러나기 마련이다. 그러나 「빈집」이나 「죽」에서 보듯, 집은 식구들이 모두 떠나 버리거나 상처 입은 사람들이 주거하는 비극적 공간으로 드러나고 있다.

나 지금 아우라지 정선에 와서
임종 직전의
폐가 한 채 문병하는 중입니다

억새와 거미줄, 그리고
함부로 살 찢고 다니는 바람에 점령당한
스산하고 가련한 폐가지만 이 집도 예전엔
한 가족이 슬어낸 하나한 추억을 머금고 있었을
심줄 푸른 고향 집이었습니다
무조건 받아주고, 무조건 안아주던
고향 집, 아버지와 어머니 선산에 누우신 후
사람냄새 사라지니
빠르게 폐가 되었지요

제 몸의 문이란 문 죄다 열고
집은 아직도 누군가를 기다리는 눈치입니다
저리 숨이 잦아지는 쇠잔한 몸으로

얼마나 더 버틸 수 있을지요

— 「고향 집」[3] 부분

솔숲 어귀에서
물컹물컹 썩어가는 폐가 한 채 만났다

폐가 마당엔
집과 함께 순장된 세간붙이들
고요의 무덤 속에 누워 있었다

저 그릇들은
어느 댁의 밥상과 찬장을
부지런히 오갔을 것이고

이 숟가락과 젓가락들은
누군가의 입속을
부지런히 드나들었을 것이고

저 책가방은, 신발들은, 옷들은……
그랬을 것이고, 그랬을 것이고

— 「폐가」[4] 부분

「고향 집」과 「폐가」에서도 '집'은 단란했던 유년의 기억이 흔적으로만 남아 있는 장소이다. 고향 집은 임종 직전의 부모로 전이되면서 시적 화자의 내면 감정이 고조되고 있다. 시적 화자는 "제 몸의 문이란 문 죄다

---

3 앞의 책, 16면.
4 앞의 책, 42면.

열고/ 집은 아직도 누군가를 기다리는 눈치입니다/ 저리 숨기 잦아지는 쇠잔한 몸으로/ 얼마나 더 버틸 수 있을지요"라며 "숨이 잦아지는 쇠잔한 몸"으로 드러나는 고향 집과 농촌 경제의 몰락을 안타깝게 지켜보고 있다. 「폐가」에서 유년의 삶을 이상적인 세계로 인식하는 시적 화자에게 몰락한 고향 집 즉 현실 공간은 상실의 공간으로 인식되고 있다.

1.
청석골이 신도시 개발 지구에 편입되면서 삼백여 년을 버티어 온 김 충민 씨 댁 古家도 헐리게 되었다 쿵! 하는 신음 한번으로 속절없이 靈物이 무너진 날 매운 흙먼지에 연방 콜록거리는 영물의 심장, 빗살문 하나 얼른 보쌈해와 내 방 벽에 걸어 두었다 이유는 없다 그냥 잘 모셔 두고 싶었을 뿐이다 달이 열어보고 바람이 열어보고 풀벌레들이 열어보던 늙은 門

— 「늙은 문」[5] 부분

겨울밤
지하철 종각역 한쪽 구석에
종이 집 몇 채
또 세워진다

지붕이 없는 집
작은 기침에도 쉬이 흔들리는 집
누추한 주인의 발 숨겨주지 못하는 집
우체부가 모르는 집
가장 작은 집
아침이면 무너져야 하는 집

현대시의 상상력과 감각

5 앞의 책, 62면.

노숙자들의 집

— 「종이 집」⁶ 전문

숨어서, 숨어서
숲 마을 생명들은 치 떨며 되새깁니다
손, 사람 손에선
천지 만물이 다 무기로 변한다는 사실을

— 「손, 사람 손」⁷ 부분

양계장 암탉들이
가슴 치며 벽을 치며 통곡하고 있었다
이 봄 가기 전

제가 낳은 알들 제 가슴에 품어 보고 싶다고

단 한 번, 단 몇 초라도
알을 품는 어미 닭이 되고 싶다고

아무 소용없을 것이다

봐라, 낳자마자 알들은 또
또르르 굴러가 버린다
인간들의 밥상으로

— 「양계장 암탉들」⁸ 전문

---

6 앞의 책, 44면.
7 앞의 책, 115면.
8 앞의 책, 88면.

「늙은 문」을 살펴보면, 삼백여 년을 버틴 고가(古家)마저 도시개발이라는 명목 아래 한순간에 철거되고 있다. 경제적 가치만을 우선순위로 삼는 도시 개발은 도시의 특정 공간에 대한 특이성과 역사적 맥락을 무시한 채 파괴를 일삼고 있다.

시적 화자가 고가의 문 한 짝을 떼어 자신의 방벽에 걸어 두는 행위 역시 도시 개발로 파괴되는 신자본주의에 저항하는 의미를 함의한다. 시적 화자가 소중하게 여기는 고가의 문은 화폐의 가치로는 환산하지 못할 내력이 담겨 있기 마련이다. 고가의 문은 달과 바람과 풀벌레들 즉 자연과의 소통을 가능케 하던 매개물이기 때문이다. 시적 화자가 도시 공간 특히 집에 대하여 비극적인 인식 태도를 보이는 이유 역시 신도시 개발로 대표되는 팽배한 물신주의에 대한 거부감임을 알 수 있다.

'청석골'이라는 공간이 신도시 개발 지구에 편입되면서 사라지는 풍경은 '용산참사'나 아시안 게임 등을 통해 철거되는 노점상과 철거민들의 입장과 다르지 않다. 수많은 이들이 생존권과 주거권을 위해 공권력과 싸우다 화염 속으로 사라진 고통과 아픔이 「종이 집」과 「손, 사람 손」 「양계장 암탉들」에서 명확하게 드러나고 있다. 도시 재개발이란 화려한 단어 뒤에는 기득권층의 부의 증식과 세습의 욕망이 숨어 있기 때문이다. 시적 화자가 고가의 문 한쪽을 거두어 소중하게 방에 걸어 두는 이유도 모든 가치를 단일화하는 자본의 속도를 거부하는 상징적인 행위이다.

신자본주의 자본의 폭력성을 간파한 시적 화자는 「종이 집」과 「손, 사람 손」 「양계장 암탉들」을 통해 도시 빈민들의 삶이 곧 산업화의 희생물임을 강조하고 있다. 도시 빈민의 탄생은 1960년대 이후 전개된 산업화와 무관하지 않기 때문이다.

우리나라 빈민 운동사를 간략하게 살펴보면, 1960년대 이후 전쟁으

현대시의 상상력과 감각

로 파괴된 국가의 재건과 부흥 속에서 산업화란 이름 아래 몰락을 겪은 농민들이 도시로 유입되었다. 윤종주는 산업화 과정에서 농업지역과 공업지역 간 또한 도시와 농촌 간의 소득 등의 격차가 벌어져 장년층의 가구주들은 가족의 생계를 위해 가족을 이끌고 서울 등 대도시로 대거 몰려들었다고 한다.[9]

그러나 저학력과 미숙련의 상태의 중장년층 이농민 가구주들은 경제 성장의 주축인 근대적 산업 부문의 노동력 수요에 적합하지 못했으며 1960년대 제조업 부문도 이농을 통해 공급된 노동력을 흡수하지 못했다. 이농민 가구의 일부 젊은 연령층들만이 근대적 산업 노동자로 취업했으며 나머지 이농민 가구주들은 소규모의 영세상이나 행상·노점상, 건설 노동 등에 종사하여 생계를 유지할 수밖에 없었다[10]고 한다. 이처럼 도시로 유입된 이농민들은 노점상이나 판잣집 등의 생활을 영위하며 도시의 하층 계급으로 전락하였다.

시적 화자가 맞닥뜨리는 현실 공간은 「양계장 암탉들」에서처럼 도시 빈민들의 삶이 잘 드러나고 있다. 달걀을 채 품어보지 못하고 인간들의 밥상 위로 빼앗기는 암탉에게 양계장이란 공간은 수탈 혹은 폭력이 자행되는 공간일 뿐이다. 시적 화자는 「손, 사람 손」에서 보이지 않는 공권력의 폭력을 은유적으로 드러내어 도시 빈민의 열악한 삶이 신자본주의의 구조적 문제점에서 양산된 것임을 지적하고 있다.

시적 화자는 도시에서의 집이 안정적인 공간이기보다는 공권력에 의해 불시에 사라질 수 있는 곳이며 자본주의 폭력이 행사되는 장소이기 때문에 도시 공간을 부정적으로 인식하고 있다.

제2부 현대시의 사유

---

9 윤종주, 「근세한국의 민족이동에 대한 연구」, 『한국의 인구변동과 사회발전』, 서울여자대학교, 1991, 46면.
10 윤종주, 위의 글.

2. 폭력의 메커니즘과 비극적 세계 인식

지아비의 유품을 수습하러
여자는 공사장에 왔다
무너진 여자에게 건네진 유품은

두어 벌 작업복을 삼키고
한껏 헛배 부른 비닐 가방 하나,
그리고 끝까지 주인 섬겼던
피묻은 운동화 한 켤레

붉은 해는 기억하고 있다

여자의 울음에 안겨
유품이 가는,
어둠발에 지워지는 무명(無名)의 저 길은

씩씩 더운 입김 뿜어내며
힘센 코뿔소 오가던 길이었음을

— 「코뿔소」[11] 전문

남루한 사내 하나
공단 앞 건널목을 건너다 그만
사고를 당했습니다. 사내가
적색 신호등을 녹색 신호등으로 착각한 것인지
마음 급한 어떤 차가

---

11 문창갑, 『코뿔소』, 54면.

신호등을 무시하고 달리다 사내를 덮친 것인지

(중략)

도로엔 나사들도 넘어져 있습니다.

사내의 작업복 깊숙한 주머니 속에서

때를 기다리던 나사들입니다.

암나사 수나사 따뜻한 한 몸 되어

세상으로 나갈, 나가서 빛날 나사들이었습니다.

구급차는 아직 오지 않았습니다.

밤이, 늦게 놓아준 사내의 몸

점점 식어갑니다.

점점 집에서 멀어져 갑니다.

— 「집 나간 사내」[12] 부분

「코뿔소」는 시집의 표제작으로 "씩씩 더운 입김 뿜어대며/ 힘센 코뿔소 오가던 길"에 결국 피묻은 운동화 한 켤레를 남기고 허무하게 생을 마감한 사내의 죽음을 그리고 있다. 남편의 유품을 거둬들이러 온 아내에게 남겨진 것은 "두어 벌 작업복을 삼키고/ 한껏 헛배 부른 비닐 가방 하나"뿐이다. 기업의 이윤을 최고의 가치로 삼는 자본가들에게 「집 나간 사내」 속의 사내처럼 공사장 일용직 잡부의 죽음은 영향력을 미치지 못한다. 부품으로 전락한 도시 하층민의 죽음을 통하여 공권력과 자본가의 경제력 증대의 폭력에 노출된 소외자들의 삶을 생생하게 포착하고 있다.

우리 아버지는 권투선수다

잘 때리고 잘 피해야 일류 선수 되는데

때리는 건 못하고 맞는 건 잘해서

---

12 앞의 책, 83면.

삼십 년 넘도록 쭉 삼류 권투선수다

봉숭아꽃 우리 어머니가

뒤란 마당 눈물 우물에 동동 띄워 놓은

그의 경기 전적 성적표는 52전 1승 51패

그래도 한 번은 이긴 경기가 있지만, 그는 내게

지는 선수로 각인된 지 벌써 오래돼

나는 그의 1승 경기를 기억하지 못한다

그런 그도 가끔은 생각하는 사람으로 앉아

패전으로 얼룩진 자신의 전적 성적표 한 귀퉁이에

골몰이 이기는 경기를 설계해 보거나, 두어 나절

신들린 듯 샌드백을 치며 자못 사나운

맹수의 모습 보여주기도 한다 하지만 컴컴한 밤

술병 넘어지는 소리 들리는 곳 가보면 역시나 그는

지는 선수, 매 맞는 선수일 뿐이다

아버지는 오늘도 大 자로 누워버린

패전 하나 추가하고 쭉정이의 모습으로 오셨다

멍으로 도배된 그의 등에 파스를 붙이며

참다 참다 어머니 또 긴 울음 자아내실 것이다

권투시합을 하는 삶은 아버지의 운명일지니

권투선수 우리 아버지 제발

이젠 이기는 경기를 해주었으면 한다

어머니도 웃고 나도 웃고 동생도 웃게

20승, 40승, 60승,

승승장구 이기는 선수가 되었으면 한다

아버지 잊고 계시는지 아버지, 란 이름은

무조건 이겨야 하는 자의 이름이라는 걸

　　　　　　　　　　　　　 ―「권투선수 아버지」[13] 전문

현대시의 상상력과 감각

13　앞의 책, 60~61면.

각박한 현대 사회에서 아버지는 가족들의 건강과 윤택한 삶의 질을 높이기 위하여 자신의 삶을 희생하는 존재이다. 그러나 문창갑 시인의 작품들에서 아버지는 부재하거나, 혹은 무능한 자로 드러나고 있다. 가장의 부재나 무능력은 곧 도시 빈민의 탄생을 의미한다. IMF 이후 중산층의 급격한 계층 하락 때문에 중산층의 몰락이 사회 문제로 심각하게 부상됐다. 400만 신용불량자가 양산되고 가정이 해체되는 등 계층 간의 소득 격차가 심화하였다. 그러나 이러한 빈곤 계급의 증가에도 국가의 위기 관리는 피상적인 차원에서 그치고 있다. 이 시에서 시적 화자는 늘 패배하는 가장의 모습을 통해 양산된 도시 빈민의 무력감과 열패감을 사실적으로 드러내고 있다.

오늘자 신문을 보니 정부 대변인 가라사대
곧 십만 원권 지폐를 발행한다고 합니다
보나 마나 십만 원권 별로 만져볼 일 없을
저 묵정밭 민초들에겐 달갑지 않은 소식이겠으나
사과 상자 하나에
삼십억 원도 담을 수 있다는 십만 원권 발행 소식에
키득키득 참 좋아하겠네요

무겁고 부피 많은 떡값과 비자금 옮기느라
그간 고생 많았을
캄캄한 그 동네 유령들
—「오늘자 신문 독후감」[14] 부분

너무도 기막히고 슬픈 현실의 표징이라 하나 가져왔다고

---

14 앞의 책, 48~49면.

비극의 땅 아이티에 취재차 다녀온 기자 친구가
기도하는 심정으로 만져보라며 내 손에
딱딱한 무언가를 꼭 쥐어 주었다 이것이
굶주림과 질병으로 시달리는 아이티의 아이들이
주식 대용으로 먹는 쿠키란다
그나마도 돈이 없어 마음껏 사 먹지도 못한다는
진흙 쿠키

보고, 또 보아도 불에 구워낸 진흙 덩어리일 뿐인데
이 흙덩이가 어떻게
눈 맑은 아이들의 밥이 될 수 있단 말인가

이 진흙 쿠키 앞에서 나는 인간이 아니다
마귀다, 개 똥구멍이다
아이티의 아이들이 진흙 쿠키, 그 캄캄 절망과
슬픔을 씹고 있을 때 갈비를 뜯으며
고기가 왜 이리 질기고 맛이 없느냐고 씨부렁대던 내가
아이티의 아이들을 위하여 한 번도 저금통 턴 적 없는 내가
어찌 인간일 수 있겠는가
————「진흙 쿠키」[15] 전문

빈곤층의 증가는 비단 우리나라에서만 발생하는 문제점은 아니다. 시적 화자는 「오늘자 신문 독후감」에서 십만 원권 지폐가 발행될 것이라는 신문 기사에서 정치권 그리고 기득권층의 부패와 도덕성의 실종을 신랄하게 비판하고 있다. 특정 계층만을 두둔하는 국가 권력의 폭력의 메커니즘을 시적 화자는 "캄캄한 그 동네 유령들"이라고 지적하

---

15 앞의 책, 30면.

고 있다.

　작품 「진흙 쿠키」에 나타나는 진흙 쿠키란 고운 진흙에 소금과 버터를 넣어 구운 과자이다. 시적 화자는 세계 최대 빈곤 국가인 아이티(Haiti)의 아이들이 진흙 쿠키로 끼니를 때우는 충격적인 참상을 통해 자기 반성과 비움에 대한 실천 의지를 강조하고 있다.

　　텅 비어 있다

　　피리의 몸
　　종의 몸
　　북의 몸

　　기억하라,

　　우리 영혼의 門 문고리를 흔드는
　　맑은소리들은
　　빈 몸에서 나온다는 것을

　　　　　　　　　　　　　　　　　— 「빈 몸」[16] 전문

　　알겠다, 이제야 알겠다
　　내 앞에 오래 서성이던 그 사람
　　이유 없이 등 돌린 건
　　굳게 문 걸어 잠그고 있던 내 몸의
　　이 자물쇠들 때문이었다

　　알겠다, 이제야 알겠다

16　앞의 책, 113면.

열려 있던 그 집
그냥 들어가도 되는 그 집
발만 동동 구르다 영영 들어가지 못한 건
비틀며, 꽂아보며
열린 문 의심하던 내 마음의
이 열쇠들 때문이었다

— 「아, 이 열쇠들」[17] 부분

시적 화자는 진흙 쿠키로 비참한 삶을 연명해야만 하는 지구촌의 고통과 참상을 통해 비움에 대해 사유하는 계기를 맞고 있다. 채워도 이내 또 다른 욕망의 소용돌이에 휩쓸려버리는 인간 본성에 대한 통찰로 이끌고 있다.

시적 화자는 비움의 사유를 통해 타자를 배려하는 실천의지의 어려움이 곧 자신에게 있었음을 깨닫고 있다. 이러한 자기 반성은 열쇠라는 대상으로 은유 되면서 시적 화자의 인식 전환의 계기가 되고 있다.

3. 흙의 생명력과 주체의 회복 의지

흙바닥에 엉덩이 털썩 주저앉고
담배 한 대 불붙이고 있는데
누가 내 엉덩이 쿡쿡 찌르네
엉덩이 들어보니
흙이 키우는 민들레꽃 하나

---

17 앞의 책, 14~15면.

거친 숨 토하고 있었네

애걔, 겨우 민들레꽃 하나?

더 쉬고 싶은 나는

민들레꽃 못 본 척

엉덩이 다시 내려놓으려는데

쩌렁쩌렁

흙이 내게 호통을 치네

흙 한 줌 되어보지 못한 네가

왜? 왜? 왜?

흙의 마음을 거스르느냐고

— 「흙이 내게 호통치다」[18] 전문

흔한 잡초라고 꽃집 구석에

천덕꾸러기로 버려진 식물

한껏 피워 올린 연보라 꽃 송아리가

깜찍하고 사랑스럽기만 한데

이 식물이 왜 잡초여야 하는지 그러면

은은히 내 맘 홀리는 이 잡초는

이름도 없는지 부랴부랴

식물도감 뒤지니 어?

잡초는 없다

식물도감엔

바위구절초 둥굴레 산매발톱 노루귀

꽃창포 하늘지기 물봉선 범부채……

우리나라 들과 산에 이런 식물 산다고

18 앞의 책, 31면.

상큼하고 고상한 이름이 넘실넘실

쥐꼬리망초 개불알꽃 까치수염 각시패랭이꽃
애기똥풀 며느리밑씻개 도둑놈의갈고리……
우리나라 산과 들에 이런 식물도 산다고
우습고도 살가운 이름이 출렁출렁

숨어서 울음 길 가는 사람아,
다시 보면
그대도 이 땅의 어여쁜 꽃이려니
슬퍼 마라!
울지 마라!

어디에도, 어디에도
잡초는 없더라

— 「잡초는 없다」[19] 부분

국립중앙박물관에 가서 꼼꼼히 살펴보니
어라? 진열장 안 명품 고려청자들의 몸엔
다 실금이 그어져 있었다

금이 간 것은 명품이 아니라고 믿어온 내게
누군가 잘 일러 주었다

식은 테, 혹은 빙렬이라고 하는 금이 있기에
이 청자들은 영원히 명품이라고

---

19 앞의 책, 20~21면.

또 언젠가는 북한산 산행길에 보니
어라? 고태 은은한 옛 성곽의 돌과 돌 사이엔
다 틈이 있었다

틈이 생기면 쉬이 무너진다고 굳게 믿는 내게
바람이 잘 일러 주었다

성곽의 숨구멍, 이 틈이 있기에
장구한 세월에도 성곽은 요렇게 건재하다고

인간들은 오늘도
금이 가서 헤어지고, 틈이 생겨 무너지는데
알고 보니

저 자연에선

금이라는 것
틈이라는 것

엄청 좋은 것!

— 「금과 틈」[20] 전문

위의 시에서 시적 화자는 무심히 깔고 앉은 민들레꽃에서 생명의 소
중함을 발견하고 있다. 시적 화자의 엉덩이에 깔린 민들레꽃은 곧 우
리 사회의 소외된 계층을 상징적으로 드러내고 있다. 호통을 치는 대지
(흙)의 목소리는 기득권층에 대한 시적 화자의 질타이다. 타자를 위하

20 앞의 책, 104~105면.

여 "흙 한 줌 되어보지 못한" 시적 화자의 자기 반성 시선은 힘없는 존재를 따뜻하게 감싸는 공존의 미학을 노래하고 있다. 자연의 이치는 곧 인간의 존엄에 대하여 시적 화자에게 큰 가르침을 주고 있다. 가장 낮아서 가장 귀한 존재들에 대한 시적 화자의 따스한 인간애가 느껴지는 작품이다.

「잡초는 없다」에서도 시적 화자는 잡초들을 식물도감에서 찾아보면서 "어디에도,/ 어디에도/ 잡초는 없더라"고 단언하고 있다. 작고 초라한 잡초는 권력의 폭력에 의해 쉽게 뽑혀 버릴 수 있는 계층의 상징이다. 힘없고 소외된 무명의 존재의 이름을 호명함으로써 이들의 주체성을 회복시키고 있다.

소외된 존재에 대한 시적 화자의 관심은 「금과 틈」에서도 잘 드러나고 있다. 박물관의 고려청자에 나있는 수많은 금(빙렬)과 성곽의 돌과 돌 사이의 틈을 긍정적인 시선으로 바라보고 있다. 현실 공간의 틈과 금이 인간관계를 단절하고 건물을 무너뜨리는 힘으로 인식되고 있었지만, 자연에서의 금과 틈은 공존을 전제로 한 생성의 근원이다. 자연에서의 금과 틈은 새로운 발전에 대한 가능성이기도 하다. 문창갑 시인의 시집은 생의 진지함과 절실함이 가득 차 있는 시집이다. 주변의 작고 소박한 대상의 존귀함에 집중하여 공존의 아름다움을 강조하고 있다. 문창갑 시인의 시에서 집이 텅 빈 폐가의 이미지로 드러나는 것은 도시 공간의 집을 폭력이 자행되는 비극적 공간으로 인식하고 있기 때문이다. 이 소통 부재의 공간에서 시인은 신자본주의의 인간 존엄의 훼손과 가치 전락에 대해 다루고 있다. 그러나 시적 화자는 현실 공간의 비극성에 윤색되거나 함몰되지 않고 자연 공간에서 주체의 의지를 회복하고 있다. 즉 자연은 소통의 공간이며 작고 소박한 것들도 상생할 수 있는 조화롭고 이상적인 공간이기 때문이다. 문창갑 시인의 시집은 공간

현대시의 상상력과 감각

과 소통이라는 키워드를 통해 자연 공간을 초월적 세계로 삼아 틈과 금
의 미학을 보여주고 있다.

문창갑, 『코뿔소』, 문학의전당, 2011

전복으로서의 몸

니체는 그의 저서 『자라투스트라는 이렇게 말했다』에서 "내 몸은 나의 전부이며 그 이외의 아무것도 아니다. 영혼이란 몸의 어떤 면을 말해주는 것에 불과하다."라고 말했다. 이는 육체를 정신의 하위주체로 치부했던 플라톤주의와 이성 중심의 이원론적 세계관을 중시하던 데카르트적 관념에 대한 전복이다.

몸을 "사회 문화적 현상을 해석하는 중요한 요소가 아니라 현상학적 철학의 한 하위 단위로 존재했던 몸"[1]은 이제 정신을 담는 그릇 혹은 물적 토대로서 세계를 이해하고 현실과 역사를 지각하는 구체적인 존재 양식이다.

우리 시문학사의 경우 1980년대를 기점으로 하여 90년대에 이르러 몸에 대한 사유가 보다 풍부해졌다. 현대 사회에서 몸(body)은 유기체적인 생물학적인 몸일 뿐만 아니라 사회와 관계를 맺는 매개물이며 동시에 권력이 발생하는 장이다. 광고 및 미디어매체들은 몸과 관련된 다양

---

1 이재복, 『한국문학과 몸의 시학』, 태학사. 2004, 17면.

한 상품들을 통해 꾸준히 몸을 소비하고 창출하고 있다.

성형 수술, 몸짱이나 얼짱, 에스라인, 초콜릿 복근 등 몸은 내면의 품위를 드러내는 가시적인 대상으로 승격되었다. 외형적 몸의 조건이 내면의 깊이와 인격까지도 대신하는 루키즘 등의 현상을 통해 몸의 중요성이 부각되고 있다. 몸은 이제 하나의 권력으로 등극하고 있으며 신체는 관리 대상이 되고 있다. 이 계절에 발표된 신작시에서도 다양한 몸의 양상이 드러나고 있다.

1. 소통으로서의 몸

비 맞으며 개심사 간다. 댓돌 위엔 스님의 젖은 고무신 한 켤레. 나지막한 목탁소리 맞춰 108염주 돌린다. 8, 이승을 붙잡고 있는 기억이 손가락 사이로 흐른다. 36, 염주는 똬리를 튼 비단 구렁이 49, 혀 날름대며 나를 베어 무는 혼령들 89, 속살에 무리지어 피는 동백 93, 숨고픈 부드러운 속살 106, 부처가 내려다보며 묻는다.

내가 누구이더냐

법당 밖 물크러진 동백꽃송이 통째 목 떨구고
젖지 않는 풍경들
처마에 매달린 영혼의 치맛자락
바람에 흩날린다.

비가 간다.

— 박수빈, 「108염주를 따라가다」 전문, 『시와 사상』 겨울호

개심사(開心寺)는 마음의 눈을 뜬다는 뜻을 지닌 논산에 있는 절집이다. 시적 화자는 개심사에서 108염주를 돌리며 내가 누구인가라는 화두에 집중하고 있다. 염주알을 돌릴 때마다 잡념도 따라 돌고 이승의 기억들이 손가락 사이로 미끄러지고 있다.

그런데 시적 화자의 소망과는 달리 염주 알을 돌릴수록 그의 잡념과 욕망의 무게는 커지고 있을 뿐이다. 기도의 과정에서 시적 화자는 몸을 통해 부처의 목소리를 듣고 있다. 마음을 통해서 각성하기보다 몸을 통해 각성의 상태로 진입하는 발화방식이 독특하다. 넘겨지는 염주 알의 숫자를 통해 잡념의 덩어리가 증폭되는 과정은 숙연하기까지 하다.

욕망의 뱀처럼 똬리를 틀고 앉았기에, 법당 밖에 통째로 목을 떨구고 있는 동백은 시적 화자의 욕망의 전이된 대상이다. 내면에서 고개를 쳐드는 욕망의 흐름을 단절시키지 못하는 시적 화자는 자신의 속살 속으로 숨고픈 심정이다. 시적 화자의 영혼은 비에 젖지도 못하고 처마에 매달린 채 풍경소리처럼 바람에 흩어질 뿐이다. 몸을 통해 영혼의 저편까지 해독해내는 시적 세계가 독특한 작품이다.

이 작품에서 몸은 영혼 혹은 정신의 흐름을 담고 있는 그릇과 같은 형상을 취하고 있다. 시적 화자는 자신의 내면에 흘러가는 욕망의 흐름을 염주 알을 돌리는 손을 통해 자아와 소통하고 있다. 몸(신체)을 벗어난 정신을 우위에 두어 몸(신체)을 소멸하는 대상이 아닌, 자아와 외부 세계를 조율하는 소통의 몸을 보여주고 있다.

현대시의 상상력과 감각

짐승에게도 욕을 한다
짐승에게도 욕을 바가지로 퍼붓는다 어머니는
혀가 빠질 놈의 짐승이고, 잡아먹을 놈의 짐승이고, 때려죽일 놈의
짐승이다

어머니는 그렇게 바가지로 욕을 퍼붓고 가축들에게 사료를 준다
바가지로 탁
대가리를 때리고
바가지로 탁 등골짝을 때리면서 준다
그러면 내 착한 아들처럼
어머니의 짐승들은
아무런 대꾸도 없이 고개를 쳐박고 후루룩 후루룩 밥을 먹는다
— 유홍준, 「짐승에게도 욕을」 전문, 『시와 사상』 겨울호

유홍준 시인의 시세계는 독자들에게 웃음을 준다. 그리고 그 유머의 안쪽에는 진성성과 진지함이 있어 잔잔한 감동이 독자의 심장까지 번져가곤 한다. 「짐승에게도 욕을」에 나타나는 어머니는 짐승에게 먹이를 주면서도 욕을 한다. 먹이를 줄 때 바가지로 짐승들의 대가리와 등골짝을 탁탁 때리면서 욕을 바가지로 하고 있다. "욕을 바가지로 한다"에서 욕설을 퍼붓는 은유적인 표현인 '바가지'와 짐승에게 먹이를 주는 '바가지'의 이중적 쓰임이 또한 시를 읽는 즐거움을 더한다.

어머니는 짐승들에게 먹이를 주면서 짐승의 몸을 툭툭 때리고 있다. 이때 "혀가 빠질 놈의 짐승이고, 잡아먹을 놈의 짐승이고, 때려죽일 놈의 짐승"과 같은 욕설은 정겨운 어머니식 칭찬법이다. 어머니의 욕설이 모두 짐승의 몸과 관련되어 있다는 점이 어머니만의 독특한 애정 표현방법임을 확인시켜 준다. 어머니의 손길이 바가지를 매개로 짐승들의 몸과 부딪치면서 어머니의 손과 짐승의 몸이 연결되고 있다. 이때 어머니와 가축의 몸은 하나가 된다.

인간의 신체 중에서 손은 접촉을 우선적으로 한다. 하이데거는 「사유란 무엇인가」에서 인간의 손을 특유의 기관이라 하고 있다. 그는 인간의 손은 동물의 발과 이빨과는 다른 차이가 존재한다고 말한다. 손은

손의 육감성, 손의 사회성, 손의 말하기, 손의 사유를 통하여 인간의 인성을 의미한다고 말하고 있다. 즉 "생각하는 손"은 단순한 몸의 연장이 아니라 "손은 체험된 몸"[2]이다.

이 시에서 어머니의 욕설과 함께 건네어지는 어머니의 손은 가축과 인간의 몸을 연결시키는, "사유하는 손"이다. 어머니의 손길 즉 몸을 통해 소통의 이루어지고 있다. 유홍준의 시에서 드러나는 몸은 소통을 전제로 하고 있는 몸이다. 어머니의 역설적인 화법을 통해 몸과 몸의 접촉은 곧 짐승과 어머니의 순한 삶이 조우하여 진정성의 세계를 드러내고 있다.

> 초등학교 5학년 여자 아이가 마루에 엎드려 구겨진 화선지를 펴고 코를 훌쩍이며 처음 배운 붓글씨를 쓰고 있다.

> 식탁 바닥에서 이 글씨를 발견한 엄마는 각종 고지서를 한쪽으로 밀치고 보란 듯이 냉장고 문짝에 붙여놓는다.

---

2 나카무라 유지로는 "촉각 그 중에서도 손가락 끝의 촉각에서 감각을 집중적으로 받아들인다"고 강조하고 있다. 그는 인간에게는 본래 촉각으로 대변되는 오감과 관련된 종합적이고 전체적인 감득력으로서의 공통감각이 있지만, 근대에 이르러 공통감각은 자취를 감추고 시각이 독주하게 되면서 대상을 주체로부터 갈라놓게 되었으며 인간은 대상을 물화시키고 지배하게 되었다." 라고 손에 의한 촉각을 강조하고 있다. 나카무로 유지로, 양일모·고동호 역, 『공통감각론』, 민음사, 2003, 116면.
이상섭은 그의 책에서 "촉각은 나머지 네 감각과 달리 몸의 특수한 기관에서 전담하지 않고 온몸으로 느끼는 감각"이라고 강조하고 있다. 이상섭, 「촉감의 시학」, 『자세히 읽기로서의 비평』, 문학과지성사, 1988, 228면.
발터 벤야민은 '촉각적 질'을 강조하면서 '촉각'의 중요성을 역설한다. 그에 따르면 보는 행위는 단지 보는 것에서 끝나는 것이 아니라 보는 주체에게 촉각성과 유사한 지각방식을 일깨우며, 보는 행위임에도 불구하고 무언가를 촉각적으로 느끼는 것과 같은 지각방식을 시각행위에서의 '촉각적질'이라 하고 있다. 심혜련, 「새로운 놀이 공간으로서의 대도시와 새로운 예술체험: 발터 벤야민 이론을 중심으로」, 『시대와 철학』 14, 2003, 238면 참고.

걱정 근심을 둘러업은 채 온종일 귀농의 땀을 쏟던 아버지가 늦은 저
녁을 먹다 물끄러미 이 글씨를 바라본다.

— 이창기, 「하루」 전문, 『신생』 겨울호

이창기 시인의 「하루」는 도시에서 귀농한 한 가족의 저녁 식사 풍경
을 그리고 있다. 초등학교 5학년 여자아이가 코를 훌쩍거리며 마루에
엎드려 화선지에 처음으로 배운 붓글씨 쓰기에 여념이 없다. 식탁 바닥
에서 아이의 작품을 발견한 엄마는 고지서를 챙기기보다 아이의 첫 붓
글씨 작품을 냉장고에 떡하니 붙이고 있다. 그리고 귀농의 꿈을 위해
열심히 땀을 흘리던 아버지가 늦은 저녁을 먹다 아이의 작품을 물끄러
미 바라보고 있다.

아이가 처음 쓴 화선지 위의 붓글씨 작품은 도시에서 농촌으로 들어
와 농사를 짓는 아버지의 농사법과도 같이 서툴고 삐뚤비뚤할 것이다.
화선지에 쓴 아이의 필체는 손으로 열심히 쓴 글씨이고, 이를 쳐다보
는 아버지의 농사일 역시 몸을 움직여야 하는 일이다. 농사란 책상머리
에서 머리로 짓는 관념적 행위가 아니라 몸을 움직여 땅의 소리에 귀를
기울이고 땅과 하나가 되는 구체적 "지금, 여기"의 일이다. 아이의 첫
붓글씨 작품은 아버지의 서투른 농사법으로 환치되면서 몸을 통해 진
정성이 환기되고 있다. 이때의 몸은 곧 아이와 아버지를 연결시켜 주는
소통의 통로 역할을 하고 있다.

2. 폭력이 자행되는 몸

여후는 유방의 총애를 받던 후궁의

사지를 자르고(잘 치료해주고)
혀 지지고(죽지 못하게)
눈을 뽑고
귀를 태워선
돼지우리에 넣어 돼지죽을 먹게 했다

인간 돼집니다
맹인
벙어리
중증 지체장애자
귀머거리
열 귀신 스무 귀신 서른 귀신이
수백 마리 돼지들이 드높이 아우성 하는
고요의 우리에서
그녀는 울부짖다 죽었는데

그녀는 제 고통을 보고 들을 수 있었을까

그럼, 그럴 수 있었고말고
그녀는 보이지도 들리지도 않았으니까
그녀는 어디에도 없었으니까, 어떻게든 혼자
보이지도 들리지도 않는 걸 캄캄하게

그러니 이것은 눈과 귀에 대한 짧은 이야기

* 여후는 한 고조 유방의 정실.
　　　　　　　　　　— 이영광, 「눈과 귀」 전문, 『신생』 겨울호

유홍준의 시가 어머니와 가축 간의 관계를 몸을 통해 노래했다면, 이

영광의 시에서 몸은 권력의 힘을 보여주고 있다. 「눈과 귀」는 시의 제목에서도 알 수 있듯이 몸의 각 부위를 대상으로 삼아 파편화된 신체의 양상을 드러내고 있다. 시에서 여후는 왕의 총애를 받는 후궁을 죽인다. 그 죽임의 방식은 너무도 처절하다. 후궁의 비참한 죽음과 파편화된 후궁의 몸은 여후로 상징되는 권력의 폭력이 자행되는 장소로 기능한다. "사지를 자르고(잘 치료해주고)/ 혀 지지고(죽지 못하게)/ 눈을 뽑고/ 귀를 태워선/ 돼지우리에 넣어 돼지죽을 먹게" 한 여후에게 후궁은 최대의 연적이었는지도 모른다. 후궁의 몸을 조각내어 죽인 것은 자신의 권력에 흠집을 내는 조짐으로 판단되었기 때문일 것이다.

여후는 한 고조 유방의 정실이다. 자신의 세력 굳히기를 위하여 자행하는 여후의 행동은 모든 반대세력을 "맹인/ 벙어리/ 중증 지체장애자/ 귀머거리/ 열 귀신 스무 귀신 서른 귀신이/ 수백 마리 돼지들"과 동일한 존재로 취급하고 있다. 그리고 그들이 울부짖는 돼지우리가 "고요의 우리"이다. 혀가 없고 귀가 없다는 것은 거대 권력의 힘에 귀와 눈과 목소리가 거세되어 버린 민중들을 상징한다고 볼 수 있다.

시적 화자는 후궁의 죽음을 통해 "그녀는 제 고통을 보고 들을 수 있었을까"라며 파편화된 신체를 통해 권력의 폭력성을 비판하고 있다.

1. 어제는

아빠와 함께 온 여자가
밥상을 차리는
엄마의 부엌.

꽃밭 없는 대문 밑에
배다른 동생이 싹트는 걸

어린 나는 알지 못한다.

타르 탄 커피를 마시며
끊임없이 중얼거리는
엄마의 입술도
잠이 많아 듣지 못한다.

꼭지를 잠가도 새는
수상한 발단과
개수대에 낀 용종을
실수로 잘라 줄
수술용 메스가 필요했던.

2. 오늘은

헛구역질 하는
남편 여자를 품고 뒹군
내 욕실이 지글거리며
내막염을 앓는다.

구조에 집중할 차례다.

벌레들이 병들어
조잡하게 꽃피는 꿈을 꾸면 안되니까.
곰팡이보다 가벼운
신발을 사러 가면 안되니까.

비극적이지만 딸아,
집나간 결말은

차라리 살해하는 서술이
참혹해서 더 아름답단다.
—이인후, 「이틀 동안 플롯이 필요했던 이야기」 부분, 『시와 사상』 겨울호

이인후의 시에서는 진리가 부재하고 질서가 사라진 카오스적인 세계
가 펼쳐지고 있다. 시 속에 등장하는 인물은 아빠, 엄마, 나 그리고 아
빠의 여자와 대문 밑에서 식물처럼 싹이 트는 배다른 동생이다. 그리고
헛구역질하는 아빠의 여자가 배다른 동생을 잉태하고 있다는 것을 유
추할 수 있다. 이 여섯 명의 인물이 공존하는 기이한 집은 비정상적인
공간이다. 한 집안에 두 명의 아내와 함께 살아가는 아버지로 인하여
시는 비극적인 가정사를 드러내고 있다.

엄마의 부엌에서 아빠의 여자가 밥상을 차리고, 엄마는 담배의 성분
인 타르를 탄 커피를 마시며 중얼거리고 잠이 많은 나는 엄마의 푸념도
응대하지 못하는 무기력한 인물이다. 비정상적 가정의 현실은 개수대
의 수도꼭지를 잠가도 물이 새고, 개수대에는 용종처럼 불순물들이 자
라는 묘사를 통해 드러나고 있다. 대문 밑에서 식물의 싹처럼 자라는
배다른 동생과 엄마의 부엌을 독차지한 아빠의 여자가 개수대의 용종
으로 환치되고 있다. 이처럼 나에게 어제라는 시간은 비정상적이고 온
전하지 않은 시간이다.

나에게 오늘이란 아빠의 여자가 다시 헛구역질을 시작하고, 아빠의
여자가 목욕한 욕실처럼 내막염을 앓는 비극적 시간이다. 목욕탕이 내
막염을 앓고 벌레들이 꽃처럼 피어나는 집은 그야말로 그로데스크한
세계이다. 이러한 비극적 상황은 병들거나 기이한 행동을 일삼는 가족
과 욕실 등 질병의 은유로 묘사되고 있다. 이는 곧 시인의 세계를 인식
하는 정황이 신체의 파편화를 통하여 드러나고 있음을 알 수 있다. 시

의 후반부의 "집나간 결말은/ 차라리 살해하는 서술이/ 참혹해서 더 아름답단다."라는 진술을 제목과 연관시켜 볼 때 늘 잠에 취해 있는 무기력한 "나"가 아빠와 아빠의 여자와 대문 밑에 자라던 배다른 동생을 실수를 가장하여 살해했을지도 모른다. 시의 제목이 "이틀 동안 플롯이 필요했던 이야기"라는 점이 이를 암시적으로 드러내고 있다. 이 작품에서 알 수 있듯 잠에 취한 무기력한 몸을 지닌 "나"와 병든 신체로 은유화된 욕실은 가정 내의 아버지로 상징되는 권력의 폭력을 드러내는 매개물이다.

3. 우주로 확장되는 몸

네가 나에게 식품과 젓가락을 나누어 주셔서
고맙게 생각합니다.

삼부작의 꿈을 모두 꾸고 나니까 몹시 배가 고팠습니다.

삼부에 걸쳐 내가 한 일이라곤
매번 뒤늦게 도착해서 끝을 보며 울어버리는 것뿐이었지만.

그런데 이해가 안 된다. 왜 너의 눈에서
내 눈물이 흐르는 걸까.

나는 너를 꿈에서도 그리워한 적이 없는데.

똑같은 축하 케이크를 반복해서 자르며

너의 뒷모습은 언제나 박수를 치고 있었는데.

— 신해욱, 「간이 식탁」 전문, 『신생』 겨울호

신해욱의 시 「간이 식탁」은 이별에 관한 이야기이다. 시적 화자는 이별의 아픔을 잠과 꿈으로 극복하려 하고 있다. 시적 화자는 이별의 고통을 잊기 위하여 오랜 잠을 잤고 삼부작의 길고 긴 꿈을 꾸었다. 하지만 시적 화자의 몸은 사랑의 기억과 이별의 상처가 각인된 몸이다. 길고 긴 삼부작의 꿈을 꾸고 깨어난 시적 화자는 사랑의 허기로 배가 고프다. 시적 화자는 꿈속에서도 떠나간 대상을 잡기보다는 늦게 도착해 울어버리는 일이 전부인 소극적인 성격이다. 시적 화자는 사랑하던 이와 함께 찍었던 비디오를 보고 있는 듯하다. 비디오 속에서 사랑했던 그는 여전히 케이크를 자르며 박수를 치고 있고, 영상을 리플레이하며 바라보는 시적 화자는 자신에게 식품(케이크)과 젓가락을 나누어준 그에게 고맙다고 하고 있다. 이때의 식품(케이크)은 이별 후에도 몸이 기억하는 사랑의 흔적인 셈이다.

시적 화자는 떠나간 "너의 눈에서/ 내 눈물이 흐르"고 있다는 진술에서 이별의 원인이 연인 사이의 내부적인 갈등보다는 외부적인 상황임을 간접적으로 드러내고 있다. 헤어짐 후에도 연인들은 이별의 고통을 벗어나지 못하는 안타까움을 "너의 눈에 내 눈물이 흐른다"는 진술을 통해 토로하고 있다. 이때 눈물이 흐르는 "너"의 몸을 통해 시적 화자는 이별을 수용하고 있다. 이는 사르트르가 말한 "타자를 위한 몸"이다. 타인의 몸을 단순한 살로 지각하는 것이 아니라 타인의 몸을 통해 나의 내면적 감정을 경험하기 때문이다.

이별한 대상에 대한 시적 화자의 감정은 이별의 고통마저도 사랑의 이름으로 승화시키고 있다. 시적 화자는 헤어진 연인에 대해 원망이나 비극적 정서에 침윤하지 않고 주체성을 획득하고 있다. 몸을 통해 사랑이란 간이 식탁처럼 손쉽게 접히고 펼쳐지는 것이 아니라, 이별의 고통을 거쳐 사랑의 본질에 다가서는 것임을 보여주고 있다. 이때의 몸은 정신에 종속되는 몸이 아니라 사랑의 힘을 주체적으로 실현하는 확장된 몸이다.

타는 여름 붉은 아스팔트 위에 땀 쏟다가
무지 무지 너를 그리워하다가
갈라진 목구멍에 생수 한 잔 붓다가
그 물빛에 새삼 놀라 너에게 묻는다

넌 언제부터 물인가
아니 넌 언제부터 지금인가

백악기 밀림을 적시던 빗방울이었다가
홍적세 빙하에 내리던 눈송이였다가
깊은 바위 속을 수만 년 흐르다가
내 목을 타고 내리기 전에 얼마나 많은 몸을 유전했을까
그런 그 몸 어디에
시간의 흔적이 새겨져 있는가

모든 것은 시간을 부려놓고 수레처럼 빠져나가지만
시간의 주름 하나 잡히지 않는 네 몸
영혼을 빠져나오는 신체처럼
영혼은 화석이 되어도 몸은 시간을 묻지 않는다
　　　　　— 백무산, 「물의 시간」 전문, 『작가와 사회』 겨울호

백무산의 「물의 시간」은 물을 통해 몸의 사유를 보여주고 있다. 물

은 시간이 흘러도 그 속성이 변하지 않고 있다. 백악기와 홍적세를 거쳐 수만 년을 흘러오면서도 시간은 주름 하나 잡히지 않는 몸을 유지하고 있다. 영혼은 화석이 되고 단단하게 굳지만 물의 몸엔 시간의 흔적이 남아 있지 않다. 이때 물의 육체는 시간과 공간에 갇히지 않는 초월적인 몸이다. 팽창하고 수축하고 쏟아지고 흘러넘치는 우주적인 가변의 몸이다.

팔 없는 비너스 생각으로 날이 저문 적이 있다.

그의 잘린 팔을 따라가다 보면, 만질 수 없는 나무, 풀, 바람이 만져진다 만져지는 나무들이 말을 한다 가끔, 팔이 있어도 팔이 없다고, 때로는 팔이 있으나 느낌이 없다고, 나는 바람에 팔을 맡긴다.

하얀 비너스의 사라진 팔과 두 팔 없는 그의 팔을 생각한다.

몸만 있는 생각은 없고, 나는 만져지는 것만 보는 것만, 그 가벼운 것에 의지하여, 쉽게 깨어지고 금이 갔다. 생각의 팔이, 생각의 발이, 생각의 다리가 달린 그를 보면, 눈물 한 방울 닦을 수 없는, 팔 없는 비너스의 비극을 끝내 두 팔 달린 나는 모른다.

이제 나는 비너스를 바라보는 일에 팔을 달지 않는다. 다리를 달지 않는다.

그러면서 나는 또다시 두 팔 없는 슬픔에 천 개의 팔을 단다. 천 개의 다리를 단다.
그 창백한 팔 없는 몸속으로 고개를 들이밀다 풍덩 빠진다.

그랑부르,

그랑부르,

그 푸른 바다의 몸속에 내 팔을 놓아 버린다. 생각을 놓아 버린다.

* 김광호 감독의 두 팔이 없는 장애인(철수)을 다룬 영화 제목 인용. 감
독은 〈궤도〉를 통해 비극이란 인간의 삶, 그 원형의 궤도 속에서 순환되는
것일 뿐, 파국 역시도 또 다른 시작들이 촉발하는 지점임을 말하고 있다.
—송유미, 「궤도, —팔 없는 비너스, 철수 생각」 전문, 『작가와 사회』 겨울호

시적 화자는 팔이 없는 비너스를 생각하고 있다. 그리고 〈궤도〉라는
영화 속의 주인공인 팔이 없는 철수를 통해 시를 전개하고 있다. 시적 화
자는 영화 주인공의 결손된 육체를 통해 몸에 대한 인식 전환을 이루고
있다. 장애를 지닌 불구성의 몸은 고립을 상징한다. 시적 화자는 팔다리
가 결손된 철수라는 대상에게 생각의 팔과 다리를 달아주고 있다. 이는
비극적인 몸을 대하는 시적 화자의 순환론적인 세계관을 나타내고 있다.

시적 화자가 천 개의 팔과 다리를 달고 풍덩 빠져드는 철수의 몸은 윤
회가 이루어지는 우주적인 몸이다. 이때의 몸은 욕망의 절제를 드러내
는 절제의 공간인 동시에 우주적인 소통이 이루어지는 몸이다. 시적 화
자는 생명의 탄생과 죽음이 이루어지는 우주 공간으로 확대된 몸을 통
해 순환론적 세계관을 보여주고 있다.

이 계절에 발표된 신작시 중에서 몸을 다루고 있는 작품들을 중심으
로 읽어보았다. 소통이 이루어지는 몸, 폭력이 자행되는 몸, 우주적으
로 확장되는 현상학적인 몸의 사유를 통해 시인의 현실을 어떻게 인식
하는지를 살펴보았다. 거론한 작품들 이외에도 좋은 작품들이 많았지
만 지면상의 이유로 다 다루지 못해 아쉽다.

『작가와 사회』 2011년 봄호

제3부

현대시의 감각

은유의 실체와 율려

— 정진규론

1. 『芽話集』과 시적 감성

서안나: 선생님, 안녕하세요. 이곳 석가헌(夕街軒) 초봄의 경치가 정말 아름답습니다. 선생님께서 안성 석가헌에 내려오신 지도 4년이 되어갑니다. 이곳 석가헌에서 선생님께서 태어나시고 부친께서 조상의 묘를 돌보시면서 '기유재(己有齋)'라 불리던 이곳을 지켜 오셨다고 알고 있습니다. 어머님의 묘를 천묘하시면서 2007년에 이곳에 묘역을 조성하셨고 '己有齋(몸이 머무는 곳)'라는 이름을 대신하여 선생님께서 석가헌으로 바꿔 부르게 되셨다는 것도 잡지를 통해서 읽었습니다.

이곳이 선생님께는 특별한 공간이라는 생각이 드는데요. 선생님께서 시로도 쓰셨지만 "저승에서 찾아오시는 어머님이 길을 잃으실까 보아 석가헌 앞뜰에 늘 불을 켜둔다."라는 내용이 제 기억에 강하게 남아 있습니다. 이렇듯 50년 만의 귀향 그리고 시력 50년과 더불어 선생님에게 석가헌은 특별한 공간이라는 생각이 듭니다.

정진규: 이곳이 조상 대대로 내려온 집이고 원래 이 집의 명칭이 '기유재'입니다. '기유재'란 이름을 붙이신 분이 저기 모시고 있는 영정에 계신 분입니다. 저분이 영정조 때 좌우의정을 지내신 명신 중의 한 분이십니다. 이분이 당신 아버님 산소를 모시고 묘사를 짓고 베옷을 입고 삼 년 시묘하던 자리입니다. 그래서 이곳을 '기유재'라 붙이신 것입니다. 그 어원은 朱子(주자)의 '家居己有(가거기유)'란 말에 있습니다. 집 가(家) 자 거할 거(居) 자, 몸 기(己) 자 있을 유(有) 자입니다. 제일 근본으로 해야 할 일이 효인데, 또한 효의 근본이 부모 집에 돌아가 그 슬하에 거하면서 부모님을 섬기는 것이라 옛날 분들이 말하지 않았습니까. 이런 연유로 해서 이 집의 이름이 '기유재'가 된 것입니다. 그런 식으로 후손들도 대대로 여기 살면서 효를 실천해 왔던 것입니다. 그 효를 높게 사서 임금님께서 여기 넓은 땅을 하사하셨던 것입니다. 그때 하사하신 임금님이 바로 영조이신데 하사하시면서 또한 함께 내리신 어필이 저기 걸려 있습니다. 그게 바로 "고향에 돌아와서 봄을 맞이했으니 얼마나 좋은 일이냐 나머지 해를 축하한다"란 내용입니다. 봄을 맞이했다는 것은 곧 부모님을 모시게 됐다는 뜻이고, 효를 찾았다는 뜻입니다. 그래서 하사하신 땅에 대대로 살아오신 것이고 아버님에 이어 나까지 내려와 살게 된 것입니다.

서안나: 작년 2010년이 선생님 시력 50년이 되시던 해입니다. 선생님 개인적으로도 감회가 깊으시리라 생각됩니다. 그리고 2008년에 '불교문학상', 2009년에는 '이상시문학상' 더불어 2010년에는 '만해대상' 등 문단의 명성 있는 문학상을 연달아 수상하는 기쁜 일이 있었습니다. 늦었

현대시의 상상력과 감각

지만 다시 한 번 더 축하합니다. 시력 50년을 맞으신 선생님에게 문학상 수상은 남다르게 느껴지실 것입니다.

정진규: 그렇습니다. 연달아 2008년부터 상을 계속 탔습니다. 50년 동안 한 가지 일에 매진하니까 격려로 그렇게 상을 타게 된 것 같습니다. 2007년에 제가 이곳 생가로 내려오지 않았습니까. 그 이후부터 상을 그렇게 받았습니다. 조상의 음덕이 아닌가 하는 생각이 듭니다. (웃음) 좀 더 좋은 작품을 써서 평가를 계속 받고 싶은 개인적인 욕심도 있습니다.

서안나: 시력 50년이란 긴 시간 동안 시를 놓지 않으시고 활발한 창작 활동을 하시는 치열함과 시 정신이 후배 시인으로서 부럽고 또한 배울 점이라고 생각합니다. 그동안 20여 권의 시집과 시선집 그리고 산문집과 시론집을 출간하셨고, 24년간 『현대시학』 주간을 맡아 오시면서 우리 문학사에 커다란 위치에 서 계십니다.

이처럼 치열한 시 정신 뒤에는 선생님의 철저한 자기 관리가 있었다고 봅니다. 일전에 『시안』 잡지의 '시인의 줌렌즈'라는 코너에서 오태환 시인이 쓴 선생님에 관한 글 가운데, 선생님께서 술과 담배 등을 일체 끊으시고 철저한 자기 관리를 하신다는 대목이 있었는데. 요즈음 근황은 어떠신지요.

정진규: 오태환 시인이 나를 만날 때마다 답답할 것입니다. 왜냐면 둘이 만나면 전처럼 술도 좀 자유롭게 들면서 담소도 활발하게 나누어야 할 텐데, 제가 근간에 건강상의 이유로 술 담배를 절제하고 있으니…, 사실은 오태환 시인이 답답하다는 이야기를 칭찬으로 돌려 말한 것 같

습니다. 시인이 뭐 그렇게 절제를 하느냐 하는 그런 아쉬움을 그렇게 둘러서 표현했을 것입니다. 저도 실은 재미도 없고 그저 답답하기만 합니다. 친구들도 제가 건강치 못한 것을 짐작하고 술자리에 불러주지도 않고 왕따를 시키곤 합니다. (웃음) 그래서 조금 섭섭할 때가 있습니다. 시인이라는 것이 뭔가 시인답게 무너지는 대목도 있어야 하는데 어쩔 수 없는 상황이 있어서 제 스스로도 답답합니다. 그래도 자연 속에 있으니까 건강 관리는 잘 되고 있습니다. 특히 석가헌 주변이 소나무 밭입니다. 소나무 밭이 쭉 둘러 있어서 소나무가 주는 영향 때문인지 몸이 아주 좋아졌습니다. 친구들도 오래간만에 만나면 얼굴이 좋아졌다는 말을 많이 합니다. 시인들도 건강이 중요하다고 생각합니다. 과거에는 시인들이 약간 병적인 데도 있고, 퇴폐적인 데도 있어야 어울리는 것으로 생각하는 경향이 있었지만 그건 낭만주의 시대의 감상적 유물이지요. 건강이 중요하다고 생각합니다. 건강해야 많은 일을 할 수 있고 사유도 깊게 끌고 갈 수 있으며 감성도 섬세하게 프리즘화할 수 있습니다. 단적인 예로 그동안 제 시집이 4년 터울로 나왔는데 지금은 2년 만에 한 권씩 시집을 묶어 내고 있습니다. 사이클이 달라졌습니다. 양도 중요하다고 봅니다.

서안나: 선생님께서 시를 처음 접하신 것은 언제부터이신지요. 선생님의 연보를 읽다 보면 "산과 들을 헤매다니거나 뒤뜰 서고에 산적한 고서와 선조들의 문집들 사이에 숨어들어 한나절씩 책 냄새를 맡다가 나오곤 하면서 어린 시절을 보냈다"는 내용이 나옵니다.

그리고 1957년 "안성농업고등학교 재학 중 같은 학교의 김정혁, 박봉학, 홍성택 등과 동인시집 『芽話集』 『바다로 가는 合唱』 등을 프린트본으로 간행하였고, 이해 '학원문학상'을 수상"하셨다고 나옵니다. 고교 시절부터 동인 활동을 하신 걸로 보아 일찍 시를 접하신 것 같습니다. 시를 처음 접하신 계기가 궁금해집니다.

정진규: 저는 어렸을 때부터 선조들의 문집들이 쌓여 있는 서고 안에서 맡은 그 고서 냄새가 그렇게 좋았습니다. 시적 감성을 후각으로 나타내라고 한다면 나는 그 고서 냄새를 아마 첫머리에 놓을 것입니다. 그만큼 내 시적 감성의 중요한 대목을 차지하고 있습니다. 그것도 하나의 자극이 된 것 같습니다. 그리고 또 하나 자연이라는 열린 감성의 세계가 어릴 때부터 내 시적 감성을 자극했던 것 같습니다. 산과 들로 싸다니면서 접한 온갖 생태들이 구체적으로 제 안에 자리하고 있어 지금도 중요한 시의 소재가 되고 있습니다. 무엇보다 내가 시라는 구체적인 장르에 자극을 받은 것은 어머니로부터라고 할 수 있습니다. 어머님께서는 서울에서 진명여자고등보통학교를 다니셨는데, 그때 어머니는 시인 노천명과 한 자리 한 책상에 앉아 공부를 하셨다고 합니다. 그 노천명 시인이 서명해서 어머니에게 보낸 파란색 표지로 된 시집을 지금도 내가 소중하게 간직하고 있습니다. 그 시집이 내가 시인으로서 길을 연 무슨 운명적인 상징물이었다는 생각이 들 때가 가끔씩 있습니다. 어머니께서도 남달리 문학적인 감성이 있으셨던 것 같습니다. 어릴 적에 종종 내게 들려주시던 이야기들이 매우 시적인 정서로 내 기억 속에 남아 있습니다. 그런 영향 때문이었는지 중고등학교 때 작문시간이면 내가 단연 제왕이었습니다. 그리고 그 시절에 큰형님이 서울서 용산중학교를 다니고 있었는데 그 시절의 대표적인 학생 잡지인 『학원』을 늘 보내주었습니다. 거기 독자란이 있어 칭찬받은 작품을 늘 투고하곤 했습니다. 그럴 때마다 자주 실렸고 그러다가 나중에는 학원문학상까지 타기도 했습니다. 그러다 보니 자연스럽게 시적인 훈련이 된 것 같습니다.

2. '靑塔會'와 동인지『白流』

서안나: 1960년도에『동아일보』신춘문예로 등단하셨고, 대학 재학 중 인권환, 박노준, 이기서, 변영림(정진규 선생님 부인) 등과 동인 '靑塔會' 를 만들어 동인지『白流』(프린트본)를 발간하시면서 '고대문학회'의 일 원으로 활동하셨는데요. 사모님과 함께 동인 활동을 하셨다는 대목이 눈길을 끕니다. 당시만 해도 시인들이 많이 배출되지 않던 시절인데요. 지금의 문단 분위기와는 또 다른 60년대만의 풍취 그리고 동인들 간의 교류에도 각별함이 있었을 것 같습니다. 당시의 동인 활동이 궁금해집 니다. 재미있는 추억담이 있으시면 말씀해 주세요.

정진규: 제가 60년『동아일보』신춘문예로 등단하여 활동하게 되었 는데요. 그때가 대학 1학년 때입니다. 고려대에는 조지훈 선생님이 계 셨습니다. 대학을 고려대로 가게 된 것도 바로 고등학교 때부터 조지훈 선생님을 흠모하였기 때문이었습니다. 고등학교 때 어느 백일장에서 조지훈 선생님이 저를 뽑아 주셨고 학원문학상 때도 뽑아 주셨습니다. 그런 인연이 있었습니다. 그때부터 저는 조지훈 선생님 문하에 들겠다 는 다짐을 하곤 했습니다. 제 안사람인 변영림은 한 해 국문과 선배 여 학생으로 시를 쓰고 있었습니다. 자연히 동인 활동을 통하여 자주 만나 다 보니 대화가 이루어졌고 사귀게 되었습니다. 그렇게 인연이 되다 보 니 서로 싸우면서 정든다고 친해지게 되었고 결혼까지 하게 되었던 것 입니다. 한 시인의 아내로 학교 교사 생활을 하며 줄곧 뒷바라지를 해 주었습니다. 그래서 정말 미안한 마음이 듭니다. 뿐만 아니라 지금까지 거의 집안 살림을 도맡아서 해왔습니다. 선대 조상을 줄줄이 모셔야 하

는 큰 살림의 안주인 노릇이 결코 쉬운 일이 아니었지요. 저한테는 귀하고 고마운 사람입니다. 오늘까지도 그렇습니다.

서안나: 아까 조지훈 선생님을 말씀을 해주셨는데요. 개인적으로 영향을 받은 선생님은 없으셨는지요?

정진규: 지훈 선생님과의 영향 관계를 가끔 이야기할 때는 두 가지로 요약이 됩니다. 저는 지훈 선생님의 시가 지니고 있는 민족적이고 전통적인 고풍스런 정서를 소중하게 생각합니다. 특히, 「승무」「고풍의상」같은 작품이 좋았습니다. 하지만 제 작품은 그쪽으로 기울지 않았습니다. 저는 저 나름대로 작품 세계를 펼치고 싶은 욕심이 있었습니다. 선생님도 너는 너대로 가라고 말씀해 주셨습니다. 그래서 작품상으로는 직접 영향을 받지는 않았습니다. 그런데도 또 다른 영향 속에 있었습니다. 그분의 전통 의식이나 고전적인 인식이 바로 그것입니다. 제가 현대시를 써오면서 우리의 전통 의식을 잃지 않고 있으며 사유의 세계를 중요하게 생각하고 있는 것은 지훈 선생님의 영향이 큽니다. 정말 선생님은 선비적인 풍모를 지니신 대단한 분이셨습니다. 「지조론」을 중심으로 하는 당신의 준엄한 시대적 정신과 개결한 시정신은 누구도 따를 수 없는 하나의 사표라고 할 수 있습니다.

서안나: 아까 선생님께서 서재에서 임진왜란 전의 고서를 말씀해 주셨는데요. 전통적인 맥과 선생님의 시세계가 맞닿아 있는 듯합니다. 어떠신지요?

정진규: 현대시라는 것이 실험 의식에서 창의성이 나오는 것이 아닙

니까. 그렇지만 그쪽으로만 너무 기울어졌을 때, 전통 의식이 단절됐을 때 폐쇄적이고 왜소한 세계에 문학이 정체될 수 있다고 봅니다. 그런 면에서 저는 전통 의식을 매우 중요하게 여기고 있습니다.

조지훈 선생 이후에 만난 분을 한 분 더 들라고 한다면 전통적이면서도 실험적인 초현실적 시세계를 지니고 계셨던 산문 형태의 시를 추구한 김구용 선생을 들 수가 있습니다. 늘 취향도 서로 일치하는 바가 있어서 선생님 곁을 맴돌았습니다. 그래서 그분의 영향을 많이 받았습니다. 붓글씨를 쓰고 있는 것도 그분의 영향이었으며 산문 형태를 시에 도입한 것도 그분의 간접적인 영향이었다고 할 수 있습니다.

서안나: 유명한 예술가들의 경우, 정원 가꾸기의 즐거움에 관한 글을 많이 썼습니다. 시인들에게 정원이 딸린 집을 갖는 것은 평생의 꿈이기도 한데요. 선생님께서 석가헌으로 내려오시면서 정원 가꾸기의 즐거움을 맘껏 누리고 계실 것 같습니다. 특히 이곳에서 시를 쓰는 일은 선생님에게 남다른 의미가 있다고 생각해봅니다.

『21세기 문학』(2010년 봄호 대담) 잡지에서 선생님께서 "태어난 곳으로의 귀환은 자아와 자연이 하나가 되는 일일 뿐만 아니라 전일적 실체로서의 몸을 구현해 온 나의 시세계와도 일치하는 듯합니다. …(중략)… 내면적으론 꽃그늘이 꽃보다도 더 실체임을 느끼게 됩니다."라고 밝히신 것처럼 시와 삶이 하나로 통합되기에 더욱 의미가 크다고 봅니다. 곧 『몸시』(세계사, 1994)와 『알시』(세계사, 1997) 시집과도 긴밀하게 연결되고 있다고 생각됩니다.

현대시의 상상력과 감각

3. 리듬의 요체 율려(律呂)

정진규: 우연찮게도 제가 추구하는 세계와 실제 체험의 세계가 일치하는 작업을 계속 해오고 있습니다. 사실 그게 쉽지만은 않습니다. 자칫 체험의 세계가 없으면 시가 관념화되기 쉽습니다. 다행스럽게도 제 관념은 늘 현실적이고 사실적이고 체험적인 세계가 뒷받침해 주었습니다. 고향에 내려온 것도 제가 억지로 내려온 것이 아니라 자연스럽게 집안 일로 귀향하게 되었습니다. 이렇듯 제 시와 삶은 운명적인 일치점을 지니고 있습니다.

저의 시세계를 볼 때, 요즘 작업하고 하고 있는 '율려(律呂)'나 그 이전의 '몸시'를 장르화한 작업 역시 제 체험의 세계가 직접적으로 반영된 것입니다. 더불어 '알시'도 그렇구요. 다만 그런 작업들이 제가 무슨 대단한 이론 공부를 해서 추출된 것이 아닙니다. '율려'의 세계도 처음부터 자세히 알지는 못했습니다. 왜냐하면 '율려'라는 세계가 상당히 전문적이고 난해한 일종의 철학서이고 음악서인 탓이기도 합니다. 그리고 생태 철학을 했다든가 몸 철학을 따로 시간을 내어 연구를 한 것도 아닙니다. 그런데 이상하게도 제가 시인으로서 어떠한 세계를 생각하고 감정이 거기에 끌려 집중하여 작품세계를 추구하다 보면 후행적으로 그 이론과 만나게 되곤 합니다. 선험적인 지식을 바탕으로 한 것이 아니라 시를 쓰고 난 후에 그러한 이론을 후행적으로 만난 격입니다.

전 무식합니다. 대단한 학자가 못 됩니다. 감정을 운용하는 언어의 순종자이지 지식에는 일천합니다. '몸시'와 '알시'만 하더라도 그 시들을 쓰고 나서 한참 뒤에 보니 서양철학의 흐름이 몸 쪽으로 가 있었습니다. 예전에 우리가 상식적으로 알고 있었던 데카르트의 철학, 즉 "나는 생각한다 고로 나는 존재한다." 등의 서양철학은 이미 그 주류에서 벗어난 해묵은 이론이 되어 있었습니다. 이미 몸 철학이 주류 담론이 되어있더군요.

그리고 삶을 살아가면서 자연스럽게 제 자신이 무엇인가를 깨달았다고 해도 알고 보면 이미 고전에 다 있더라구요. (웃음) '율려' 연작 시편의 작업도 그렇습니다. 불이(不二)사상, 안과 밖. 그리고 육체와 정신 등이 하나로 되는 총체적인 세계를 추구하면서 '몸시'와 '알시'의 연장선상에서 작업을 했던 것입니다. 이도 이미 다 불가의 불이사상에 있는 내용입니다. 니체나 메를로 퐁티의 몸 철학처럼요. 안과 밖, 그리고 육체와 정신 그 두 가지 세계의 합일을 계속 추구하다 보니 시에서 하나의 대상에게 다가갈 때 의미나 이미지로 다가가기보다 선율의 생체리듬으로 대상에 접근해 나가는 것이 제 시 속에 자연스럽게 배태되고 분출되었습니다. 그러다 보니 우리 동양철학에서 우주의 순환 리듬을 '율려'로 해석하고 있다는 것을 알게 됐으며, 그 리듬의 원천적인 용어가 '율려'라는 것도 알게 되었습니다. '율려'라는 것은 육률(六律) 육려(六呂), 즉 양성이 여섯 가지이고 음성이 여섯 가지 모두 12율입니다. 이것이 계절적으로 순환되어 봄, 여름, 가을, 겨울이 순행되는 것이지요. 우주가 지닌 리듬의 질서입니다. 우주 생명의 모든 리듬은 '율려' 안에서 만나 하나가 되는 것입니다. 그 점이 곧 '몸시'와도 연관됩니다. 이런 작업을 하면서 '율려'라는 세계에 매력을 느끼는 계기가 되었습니다. 즉, '율려집(律呂集)'[1]은 결국 '詩集'이라는 말이기도 합니다. 시라는 것이 결국 소리들이 조화롭게 만나서 이루어지는 안과 밖의 세계입니다. 서양 시론에서 말하는 내포와 외연과의 관계와도 유사합니다. 그래서 '율려'에

현대시의 상상력과 감각

---

1 송방송, 『국역 율려신서(律呂新書)』, 민속원, 2005.

관해 관심을 갖게 되면서 책을 접하게 되었지요. 다행히『국역 율려신서(律呂新書)』(송방송 저, 민속원, 2005)라는 책을 만나게 되었습니다. 제가 읽은 그 책은 우리나라에서 번역되었고, 조선 전기 세종 때 정리된 책입니다. 원래 중국에서 시작된 것으로 음악서입니다. 그런데『율려신서』는 우주의 리듬을 구체적으로 분류해서 정리한 책이기 때문에 번역서임에도 보통 어려운 게 아닙니다. (웃음) 율려는 조선 시대의 궁중의 아악과도 연결됩니다. 특히 우리의 국어인 훈민정음의 소리글자를 만든 근본 텍스트가『율려신서』였다고 합니다. 발음기관의 모양을 본떠 만든 궁상각치우의 근거가 '율려'에서 나온 것이지요.

우리가 알고 있는『악학궤범』『악장가사』등도 모두 '율려'에서 비롯된 것입니다. 요약하자면 양성인 '율'과 음성인 '려'가 하나로 만나는 순간 그곳에서 태어나는 것이 바로 '정률(正律)'입니다.『예기(禮記)』에도 '정률기화성(正律其和聲)'[2]이란 말이 있습니다. 곧 "소리가 조화롭게 되어야만 그것이 바로 정률이다."라는 의미입니다. 조화롭게 된다는 것은 양성과 음성이 한 몸으로 이루어져야 한다는 뜻이지요. 좀 더 이론적으로 들어가 보면 '퇴계'의 '이기일원론(理氣一元論)'과도 연관됩니다. 성리학의『성리대전(性理大全)』에도『율려신서』가 들어 있습니다. 음악의 텍스트일 뿐만 아니라 동양철학의 기본으로 이것이 다 '율'에 의해서 이루어진다는 점을 알 수 있습니다. 공자님께서도 '예악(禮樂)'이라 하지 않았습니까. 생명의 리듬, 곧 한 몸이 이루어져 화성이 되는 순간이 바로 실체가 태어나는 순간으로 본 것입니다. 한마디로 조화가 되어 한 몸이 되는 순간이 바로 실체가 태어나고 그때가 바로 '율려(律呂)'인 셈입니다.

제3부 현대시의 감각

---

2 박형준,『나는 이제 소멸에 대해서 이야기하련다』, 문학과지성사, 1999.

가만히 생각해 보면 '몸시'나 '알시'도 그 '율려'라는 말로 체계화할 수 있고, '율려'가 그 시들의 실체인 셈입니다. 자연이나 대상에 접근해 나갈 때 "이건 어떤 나무일까?"라는 식으로 지적인 질문 형식을 취하다 보면 그 나무의 실체를 알 수가 없습니다. 리듬으로 다가가야 실체와의 교감이 가능합니다. 대상과 내가 하나의 리듬으로 한 몸을 이룰 때라야 비로소 응답이 가능해진다는 이야기입니다. 이때 대답해 주는 것을 받아쓰기하는 것이 바로 '시(詩)'라는 생각을 해봅니다.

4. 율려와 초끈이론

서안나: 네. '율려'에 대한 선생님의 자세한 말씀을 들으니 비로소 이해가 됩니다. 제 개인적으로도 궁금했고 더불어 '율려'의 탄생의 밑그림이기도 한 '몸 담론'과 관련하여 몇 가지 질문을 드려볼까 합니다. 선생님의 시세계의 지향점이 잘 드러나고 있는 『몸시』와 『알시』를 통해서 여타의 시인들과는 다른 선생님만의 '몸 담론'의 가능성을 보여주고 계십니다.

90년대를 기점으로 하여 우리 문단에 '몸 담론'이 급부상했습니다. 많은 시인들이 몸을 주제로 한 시를 많이 발표했습니다. 여성 시인들의 경우, 가부장적 이데올로기에 저항하는 하나의 시적 전략으로 사용하기도 했고, 몸의 파편화 등 신체 분해와 이탈 및 조합이 가능한 신체 등 '몸 담론'이 활발하게 진행되어 왔습니다. 그런데 선생님의 경우는 이와 달리 『몸시』와 『알시』 두 시집을 통해서 유기체적인 몸과 우주관을 강조하는 '몸 담론'의 가능성을 보여 주셨습니다. 아마도 이 점이 선생님의 '몸 담론'이 여타의 시인들의 '몸 담론'과의 변별점이라 생각합니다. 선생님의 생각하시는 '몸 담론'에 대해 듣고 싶습니다.

정진규: 오늘 이 시대의 상황이 그런 '몸 담론'이 나올 수밖에 없는 이유가 있다고 봅니다. 이 시대가 분열의 시대인 탓입니다. 부분과 전체가 필연적인 관계에 의해서 조직된 것이 생명인데, 이 시대는 사회적 구조가 파괴된 시대입니다. 그러다보니 자연히 젊은 시인들에 의해 추구되는 몸은 유기체적인 몸이 아닌 파괴적이고 기형적이며 파편화된 '몸담론'이 되는 것입니다. 심지어는 시에 관음증적인 몸까지 관습적으로 등장하고 있습니다. 그런데 제가 추구하는 '몸'은 그런 몸과는 달리 앞서 '율려'에서도 말했던 것처럼 합일을 지향하는 '몸'입니다. "부분과 전체가 둘이 아닌 하나로 합일되는 총체적인 존재 탐구로서의 몸"이라고 할 수 있습니다. 그러다보니 제가 추구하는 '몸 담론'이 여타의 시인들과는 다른 '몸 담론'이 된 것입니다.

서안나: 정효구 교수도, 선생님의 시집 『몸시』와 『알시』에서 "낳다" "멕이다" "열리다" 등의 시어를 통해 "자연과 인간 중 어느 하나를 우위에 두지 않고 하나가 된 지점에서 그 매개체가 곧 몸이고 그 몸은 우주와 연결되는 몸"이라고 말하고 있습니다. 그리고 "그 몸은 열린 몸이며, 우주와 소통하는 몸"이라고 강조하고 있습니다.
선생님의 우주와 소통하는 열린 몸에 대한 천착은 '율려' 연작시의 출현을 이미 예고한 것이라고 생각됩니다. 『몸시』와 『알시』를 통해 작업한 '몸 담론'이 '율려' 연작 시편에서 더욱 심화하고 확대되었다고 생각됩니다. 그리고 이때의 열린 몸이 우주와 소통하면서 듣는 우주의 소리가 곧 '율려'라고 생각됩니다.

정진규: 그것이 바로 하나의 끈이라 할 수 있죠. '율려'가 부분과 전체를 이어주는 하나의 끈이기 때문입니다. 서양 이론에 '초끈 이론'이 있습니다. 그 이론이나 '율려'가 대동소이하다고 할 수 있습니다. 쉽게 말씀드리면 교향악에서 바이올린의 선율과 북의 울림에 의해서 교향악이 이루어지는 것이고, 모든 음악의 진동과 음역이 형성되는 것과 같습니다. 북의 막과 바이올린의 끈이 선율을 만들어 내는 것처럼 '율려'도 끈과 막에 의해 하나의 생명적 선율이 만들어지는 것입니다. 이처럼 하나의 우주적 질서를 이어주는 끈이 바로 '율려'라고 봅니다. 이것이 서양철학의 한 흐름이기도 하고 우리 동양철학의 '율려'이기도 한 것입니다.

서안나: 선생님께서 『문학들』(2010년 가을호) 잡지에 발표한 글을 보면 '율려'에 대하여 설명하고 있습니다. 이 글을 읽으면서 선생님께서 앞서 설명해 주신 것처럼 선생님의 시에서 추구하시는 리듬의 요체인 '율려'가 "우주의 생체 리듬"이라는 점을 알 수 있었습니다. '율려'에 대하여 좀 더 말씀을 듣고 싶습니다. 독자들이 선생님의 '율려집' 시편을 이해하는 길잡이가 되었으면 합니다.

정진규: 『문학들』에 소시집을 엮으면서 '율려'에 대해서 적었습니다. 그것을 다시 소개하면, '율려'란 우주의 생체 리듬이다, 내가 추구해 온 '산문시'의 리듬이다, 라고 했었는데요. 설명을 덧붙이면, 제 시가 산문 형태가 된 이유도 음과 양이 아우르는 하나의 장을 만들다 보니 필드가 넓어지게 되었습니다. 그래서 산문 리듬이 자연스럽게 나오게 되었습니다. 이 산문 리듬이 바로 '율려'라 할 수 있습니다.

또, 음(陰)과 양(陽)을 모든 대상으로부터 감지, 무봉교합(無縫交合)하는 존재의 총체적 실현이다, 몸이다, 라고도 썼습니다. 무봉교합이란 곧 이어진 자리가 없다는 뜻인데요. 그것이 바로 생명입니다. '알시'를 받치고 있는 핵심도 바로 그것입니다. 달걀을 보면 꿰맨 자리가 없습니다. 음과 양이 배태되어 출산된 것이지요. 생명 자체는 꿰맨 자리가 없습니다. 존재의 총체적 실현이라고 할 수 있는데요. 그것이 몸이고 알이라고 생각합니다. 불이(不二), 즉 두 개가 아닌 하나인 것입니다. 그리고 불이의 궁극이다. '律'의 어느 부분에 '몸'를 얹고 '몸'의 어느 깊이에 '律'을 놓느냐, 어느 무게를 골라 얹느냐, 그리하여 서로의 어느 길섶에서 몸 섞이게 하느냐, 그 순간을 듣고 보느냐, 실체를 생산하느냐, 하는 것이 시의 관건이다, 라고도 말했습니다. 요즘 부분과 전체가 깨지는 쪽으로 추구하는 '몸 담론'이 많은데 저는 그 반대로 하나로 합하여 생명 추구를 하는 것입니다.

그리고 순서대로 싹 틔우고 꽃대궁 세우고 노랑꽃 한 송이 피우다가 허공에 날리는 민들레의 飛白, 모두가 '律'과 '몸'의 여합부절(如合符節)이다, '몸'이라는 생체가 그런 구조로 틈이 없이 흐른다. 육률 육려를 감지하면서부터 내 시도 음양을 제대로 드나들고 있다고 할 수 있다, 쓰고 나면 온몸이 개운하고 시장기가 돈다, 제가 '여합부절'이란 말을 아주 좋아합니다. 불가에서 많이 쓰기도 하는데요. 여합부절은 부와 절의 여합. 그리고 여합이란 하나로 딱 맞아떨어진다는 의미입니다. 여기서 말하는 부절이란 하나의 신표이며 믿음의 표지를 말합니다. 옛사람들은 대나무 뒷면의 하얀 속살 부분에 글을 쓰고 그것을 반으로 쪼개어 신표로 서로 나누어 가졌습니다. 그것을 부절이라 합니다. 바로 맞아떨어지는 여합이 된 것입니다. 안과 밖이, 너와 내가 경계가 없이 하나가 되는 불이의 순간이 된 것입니다. '용비어천가'를 보면 첫머리에 "해동 육룡이 나라샤 고성이 동부하시니"라는 대목이 나옵니다. 여섯 조상이 나타나서 고성 즉, 옛날 중국 성인들이 동부하셨다는 이야기인데요. 이때의 '동부'가 여합부절과 같은 것입니다. 이는 동양사상과 불교의 불이 사상 등과도 연관된다고 볼 수 있습니다.

여합부절, 곧 '육률' '육려'인 리듬, 이 리듬을 제가 감지하면서부터 직접 체험했습니다. 시를 써도 거짓말하는 것 같지 않고 정직하게 정률을 쓰는 것 같은 느낌이 옵니다. 우리가 시를 창작할 때 제대로 맞아떨어지면 흐뭇하지 않습니까? 그것이 바로 정률의 감각을 지니는 것입니다 거짓말을 하지 않는다는 느낌. 시를 쓰고 나면 몸이 개운하고 배가 고파지기까지 합니다. 그러한 만남이 아주 중요합니다. '율려', 육률, 육려 이것이 제가 최근에 초점을 두고 다가가는 화두이기도 합니다. 실제로 사물에 다가갈 때, '율려'의 눈으로 다가가면 내가 이제껏 못 듣던 소리가 절로 들립니다. 귀로도 듣게 되고 눈으로도 보게 됩니다. 단면으로 보면 전체를 파악하지 못하는 법이니까요. '율려'라는 것은 양과 음을 동시적으로 듣는 것입니다. 그래야만 사물과 대상의 제대로 된 모습을 들을 수 있는 것입니다. 그것이 바로 '율려'의 기본입니다.

5. 산문시와 내재율

서안나: 선생님의 3시집인 『들판의 비인 집이로다』(교학사, 1977)가 산문시 행로의 첫 출발을 알리는 시집이기도 합니다. 그리고 선생님께서 "내가 구현해 내고자 한 '실체시'는 표현의 양식에서부터 내재율에 치중하는 줄글 형태의 산문시"(『21세기 문학』, 2010년 봄호 대담)라고 하셨는데요. 기존의 연과 행을 가르는 시 형식과는 다른 산문시의 형식적인 실험과 리듬 때문에 김춘수 선생님과 김종길 선생님과 관련된 에

피소드도 생기지 않았습니까?

정진규: 산문시가 처음 창작된 기점을 70년대 출간된 제3시집인『들판의 비인 집이로다』(교학사, 1977)라고 말을 해오고 있습니다. 산문형태의 시를 제 나름대로 추구해 오고 있습니다. 일종의 형식 실험이라고 말할 수 있습니다. 그러한 형식 실험에 대해서 회의를 나타내시는 분이 더러 있었어요. 그중에 김춘수 선생님이나 김종길 선생님이 회의를 표현하기도 했습니다. 그러나 나중에는 결국 두 분 모두 긍정을 하셨습니다. 왜 긍정을 하셨냐 하면 제가 산문 형태의 시 형식에 나타내는 표현이 산문 양식이 아니라 리듬에 의한 시 양식임을 긍정하셨기 때문입니다.

사실 서양과 동양 그리고 한국에서도 산문 형태의 사설시조나 가사 등이 있었습니다. 서양의 산문 형태의 시나 한국의 고전시 양식에서도 중요하게 생각한 것이 곧 리듬이었습니다. 시는 설명이 절대 아니었습니다. 저는 한 번도 제 시에서 서정적인 억양을 잃어본 적이 없습니다. 이미지를 추구하더라도 그 이미지의 연결, 그리고 연결과 굴곡 그리고 파고를 인식하면서 그것을 이어갔습니다. 지금에 와서 생각해 보니 그것을 연결하는 고리가 바로 '율려'임을 알게 되었습니다. 양성과 음성을 느끼면서 그 다음 말을 이어받고 이어받았습니다. 이미지의 파도라는 말도 썼습니다. 이미지에도 음성적인 이미지가 있을 수 있고, 밝은 양성적인 이미지가 있을 수 있습니다. 양성적인 이미지로 시작했을 경우 그 다음에 음성적 이미지를, 음성적인 그늘을 갖고 있을 때 밝음을 배려하면서 맥락을 통하게 하고 그 흐름을 이어 나갔습니다.

김춘수 선생님도 제 시에서 내면적인 어둠과 밝음이 교차되고 있다, 정진규 시인의 산문시에는 리듬이 있다, 라고 공식적으로 긍정하시는 말씀을 하셨습니다. 그때 기분이 너무 좋아서 저는 지금도 선생님의 말

제3부 현대시의 감각

씀을 또렷이 기억하고 있습니다. 그리고 김종길 선생님 역시, 제가 시집을 보내드렸을 때 답장으로 엽서를 보내시면서 "행과 연을 가르는 것이 객쩍다."라고 엽서에 쓰시기도 하셨어요. 꼭 행과 연을 갈라야만 리듬이 생기는 것은 아니라는 다른 표현이셨지요. 산문으로도 리듬의 표현이 가능하다라고 하시면서 제 시집에서 나타나는 표현이 산문 양식이 아니라 리듬이 있는 시 양식이라는 점을 긍정하셨습니다.

6. 실체의 은유와 시의 미학적 가치

서안나: 선생님의 시에서 "수사법을 배제한 무기교의 기교"(『21세기문학』, 2010년 봄호 대담) 에 관련해서도 이야기를 듣고 싶습니다. "사물의 실체를 은유의 수사로부터 해방하"여 기교를 버리고 "실체의 은유"에 다가선다는 선생님의 말씀처럼 시의 수사에 대한 선생님의 자각은 곧 산문시 형식과 더불어 선생님 시의 미학적 가치와도 연결되고 그것이 바로 '율려'와도 연결된다는 생각을 해봅니다.

정진규: 네. 아주 중요한 말씀입니다. 잘 보셨습니다. 제 시의 아주 중요한 대목이기도 합니다. 초기에는 시가 이미지라든가 은유 구조에 의해서 생산되는 것인 줄로만 생각했습니다. 그런데 언어의 부림에 의해서 만드는 은유도 은유이겠으나 그보다 더 앞선 깊숙한 생명적 은유가 있다는 생각을 했습니다. 대상에서 살아 있는 것을 감지하게 된 것입니다. 그것을 찾는 것이 진정한 은유라는 생각을 하게 되었습니다. 예를 들자면 제가 한때 감명을 받았던 문구이기도 합니다만. 우리 여자들의

여성어 중에서도 특히 나이든 할머니가 쓰신 말 중에 "눈에 밟힌다"는 말이 있습니다. 보고 싶어서 못 견디겠다, 라는 뜻입니다. 이는 언어에 의한 은유가 아니라 몸에서 나온 은유입니다. 그것은 곧 몸의 기관인 눈이 그리움의 무게를 몸으로 직접 느끼는 것이지요. 이때의 은유는 추상적인 것이 아닌 몸이 느끼는 그리움의 무게입니다. 그리워서 무게를 눈으로 느낀다는 것은 언어 구조에 의한 은유가 아니라 몸의 언어로서 느끼는 은유의 실체라고 봅니다. 또 애가 밖에 나가 늦게 들어오면 "밥은 먹었니?"라고 하는 여성어가 있습니다. 이때 어머니에게 밥은 곧 사랑입니다. 밥이라는 실체가 사랑이라는 은유 관념으로 나타나는 것이지요. 은유가 먼저가 아니라 사랑이 나오고 그에 따라서 은유가 나오는 것입니다.

'율려'의 원리도 마찬가지입니다. 표현이 따로 있고 실체가 따로 있는 것이 아니라 항상 한 몸으로 함께 있다는 점입니다. 바로 이것이 몸으로 느끼는 '실체 은유'라고 생각합니다. 그리고 이러한 살아 있는 은유의 실체는 은유의 구조와도 무관하지 않다고 봅니다. 추상적인 것도 하나의 실체라는 생각을 하게 될 때, 시란 은유적 수사에 의해서 표현하는 것이 아니라 실체의 발견에서 이루어지는 것이구나 하는 생각을 하게 됩니다. 이와 연관지어 볼 때, 요즘의 시에서 걱정되는 점이 있다면 너무나 현란한 은유 구조를 구사한다는 점입니다. 수사의 화려함으로 인하여 말이 많아지고 구조가 복잡해지며 따라서 시어의 선택이 무분별해지는 경향이 강하게 드러나고 있습니다. 그러다 보니 시의 애매모호함으로 인하여 이해할 수 없는 폐쇄 공간이 생기고, 소위 시의 울림, 북의 끈과 막의 울림과 간극이 없어지고 곧 감동이 사라진 시가 되어 버립니다.

일반 독자들이 시에서 멀어지는 이유 역시 그러한 시에서 감동을 느낄 수 없기 때문이라고 생각해 봅니다. 저질 감동을 주는 시가 아닌 좋은 감동을 주는 시를 시인은 작업을 통해 보여줘야 한다고 생각합니다. 이 이야기는 요즘 시를 공부하는 문학청년들과 시를 쓰고 있는 젊은 시인들에게 들려주고 싶은 말이기도 합니다.

서안나: '몸시'와 '알시'와 율려에 대해서 좋은 말씀을 들었습니다. 그리고 시를 쓰는 시인들에게 경계해야 할 점도 함께 말씀해 주셨는데요. 잘 새겨서 듣도록 하겠습니다. 선생님, 시력 50년이 넘으셨는데요. 선생님의 시세계를 시기별로 나누어 보신다면 어떻게 나눌 수 있을까요? 그리고 시력 50년을 맞으시면서 선생님에게 시란 어떤 의미로 다가오는지를 여쭙고 싶습니다.

정진규: 시인에게 누구나 다 전환점이 있다고 생각해 봅니다. 전환점이 없이 한평생 시작을 일관해 오는 것도 경계해야 될 점이라고 봅니다. 옛말을 사용한다면 '복고창신'이란 말이 있듯이 옛 것을 이어받으면서도 새로운 질서를 위한 변화는 당연한 것입니다. 우리의 일상적인 삶에 있어서 아쉬움과 갑갑함을 느낄 때가 많은데요. 이러한 아쉬움을 궁이라고도 했잖습니까. '궁즉변이요 변즉통이다'란 말이 있잖습니까. 궁하면 변하고 싶고 변하면 통한다라고 하듯이, 변화가 시의 창조의 기본이기도 합니다. 저의 경우도 제 시에서 아쉬운 점이 많기는 마찬가지입니다.

처음에 시를 시작했던 등단 시절과 '현대시' 동인 시절이 저의 첫 시세계라고 할 수 있습니다. 그 당시 '현대시' 동인들의 관심은 "현대시로서의 시어와 시작 방법을 어떻게 추구할 것인가?"이고 이를 위해 기댄 것이 내면 탐구였습니다. 눈에 보이는 것보다 내면의 것을 탐구하자는 취지였습니다. 그러다 보니 자연스럽게 현대시의 이미지를 추구하게 되었고 그 결과 '현대시' 동인들의 작품이 유사해졌습니다. 이름을 가리고 보면 누구의 작품인지 모를 정도로 유사해졌습니다. 이 점이 동인 활동의 맹점이기도 합니다만. 동인 공동의 이념을 추구하지만 동시에 동인 각자의 개성을 지녀야 하는데 말입니다. 그래서 저는 그런 '위험성'에서 발을 뺐어요. 그래서 갈등도 생기기도 했지요. 그때 제 시세계의 변화를 처음 맞았어요. 그때가 첫 번째의 변화기라고 할 수 있습니다. 아시다시피 그 당시 사회적으로도 불안했었고 현실 참여라든가 해서 사회적 관점이 중요하게 부각되던 시기였습니다. 저 또한 사회적이고 집단적 문제의식을 시에 반영하고자 했습니다. 그러한 점에서 '현대시' 동인과의 사이에 많은 갈등이 있었습니다. "개인과 집단에 대한 대립적 사고의 통합 의지"를 통해 양자합일을 꿈꾸었던 것입니다. 그 작업이 오늘날까지 지속되었다고도 볼 수 있습니다.

제가 "개인과 집단에 대한 대립적 사고의 통합 의지"를 실현할 수 있는 끈을 찾기 위해 고민하던 끝에 시에 산문성을 도입하게 되었습니다. 내재율에 치중하는 줄글 형태의 산문시였습니다. 산문시를 쓰게 되면서 '현대시' 동인 활동에서 갈등했었던 '개인과 집단 양자의 만남'을 푸는 실마리를 얻은 셈입니다. 이때가 제 시의 두 번째 변화기인 셈입니다.

그리고 그러한 작업의 심화를 통해서 제가 조우한 시세계가 바로 '몸담론'입니다. 그리고 '몸시'의 연원으로서 연관되는 질문아래 태어난 것이 바로 '알시'입니다. 즉 '불이' 세계의 구체화이면서 동시에 일상적인 은유가 아니라 은유의 실체를 만나는 접점이기도 합니다. 구체적인 은유가 살아 있다는 것, 은유는 말로서만 살아 있는 것이 아니라 일상 체험에서 구체적인 객체로 살아 있다는 것을 알게 된 것입니다. 다시 그것의 철학적 연원을 찾다 보니 리듬으로서의 접근, 그것이 바로 '율려'가 된 것입니다.

이야기하다 보니 제 자신이 나누는 제 시의 세 번째의 변화가 '몸 담론' 관련 시를 쓸 때이고, 마지막으로 '율려집'이라는 세계가 완성이 되면 크게 네 개의 시기로 나누어 볼 수 있겠네요. 지금은 '율려' 쪽에 치중하고 있습니다. '율려'라는 이론이 어려워서 독자들이 접근하기에는 어려운 점이 많습니다. 그래서 이러한 '율려'를 시라는 형식으로, 즉 감동이 배태된 시의 세계로 표현하려는 작업에 치중하고 있습니다.

저는 시인들이 겸허해지면 난해한 시적 발견도 시의 양식으로 표현해 낼 수 있다고 봅니다. "아직도 나는 이론에 치우치는 것은 아닌가?" 혹은 "나도 유식한 척하고 싶은 게 아닌가."라는 제 자신의 오만함을 경계하고 있습니다. 늘 제가 강조하는 점이 '화자 우월성'을 극복해야 한다는 것인데요. 저는 '화자 우월성'을 배제하려 무던히도 노력해 왔습니다. 집 주변의 소나무나 자연에 흩어진 사물들이 곧 나와 같은 반열이고 위치이고 생명체라고 생각합니다. 그것이 바로 '율려'라는 끈이기도 합니다. 주변의 사물과 대상이 이러한 이치 속에서 태어난 존재라고 생각하고 만나는 지점이 바로 '율려'의 끈이면서 하나의 네트워크가 만들어진 것이지요. 그것을 깨닫는다면 화자 우월성의 극복과 겸허가 이루어진 것입니다. 마치 물처럼 말이죠. 어떤 시의 한 구절처럼 물은 대상에 다가갈 때 늘 엎드린다는 내용이 있습니다. 그러한 겸허가 바로 사물을 가리는 은유가 아닌 '실체의 은유'를 발견하는 시선의 창문이라 생각합니다. 불가에서도 진정한 깨달음에 들려면 오체투지를 하라는 말이 있습니다. 바로 자신을 내려놓는 진정한 엎드림의 시학이란 생각을 해봅니다.

서안나: 선생님이 이제까지 작업해 오신 '몸시'나 '알시' 그리고 '율려집' 연작 시편들을 대하면 점점 일정한 시세계가 심화되고 있다는 생각을 해봅니다. '몸시'와 '알시' 그리고 '율려집' 시편의 차이점이 있다면 어떤 점을 들 수 있는지요? 그리고 신간 시집 계획에 대한 계획도 말씀해 주세요.

정진규: 결국 '율려' 연작 시편과 '몸시'와 '알시'와는 당연히 연관성이 있습니다. 굳이 차이점을 찾자면 대상에 대한 접근 양식이 좀 더 율, 즉 리듬 쪽에 가까이 가 있다는 점이라고 말할 수 있습니다. '율려' 연작 시편 이전에도 시의 리듬을 많이 고려했지만 '율려집' 연작 시편에서는 좀 더 적극적으로 치중하고 있습니다. 실제로 '율'이라는 것이 살아 있는 실체이기 때문입니다. 그리고 신간 시집은 아마도 '율려집'이라는 이름으로 나오게 될 것 같습니다.

서안나: 작품도 왕성하게 집필하시고 빠듯한 일정 속에서도 『현대시학』을 오랫동안 운영하고 계시는데요. 2010년에 『현대시학』 통권 500호 출간이란 기쁜 일도 있었습니다. 선생님께서 잡지를 만드시면서 고수하시는 기본적인 철칙이나 신념이 있다면 그것을 마지막으로 듣고 싶습니다.

정진규: 『현대시학』을 펴내면서 칭찬도 많이 받았습니다. 그리고 제 스스로 칭찬받기를 요청하기도 했어요. 『현대시학』 500호를 맞으면서 기념식을 열어서 많은 분들을 모시기도 했습니다. 그러나 아직도 저는 늘 부끄럽기만 합니다. 현재까지도 『현대시학』이란 잡지의 재정적인 기반을 마련하지 못했구요. 하지만 그동안 잡지 기획은 잘 꾸려왔다고 생

각합니다. 그리고 좋은 시인을 발굴하는 면에서도 나름대로 열심히 했다는 자부심을 갖고 있습니다. 늘 머릿속에 갖는 생각은 이렇습니다. 잡지에 좋은 작품이 실려 있어야 같은 잡지에 시가 실리는 시인들도 기분이 좋은 법입니다. 시인들의 좋은 작품을 항상 좋은 자리에 모시겠다는 그런 기본 신념을 갖고 있습니다. 그러한 시의 염결성과 순수성을 『현대시학』은 고집하고 있습니다.

제가 언제까지 『현대시학』을 만들 수는 없지 않습니까. 언젠가는 젊은이에게 넘겨줘야 하지요. 그런데 요즘 젊은이들이 생각하는 것은 우리 세대가 갖는 생각과는 많이 다릅니다. 그런데 요즘 젊은이들은 몸으로 부딪쳐 열악한 상황을 개척하고 변화시키기보다는 금전적인 이익을 우선시하는 경제논리에 물들어 있는 경우가 많습니다. 우리 세대만 하더라도 몸으로 부딪쳐서 밀고 들어가는데 지금은 세태가 달라져서 아쉬운 점도 있습니다. 하지만 희망적인 것은 능력 있는 젊은이들은 많다는 점입니다.

『현대시학』의 경우 재정적인 문제를 해결해야 한다는 점이 제일 고민입니다. 기반을 잡은 후에 젊은 세대에게 맡겨 더욱 좋은 잡지를 발간하는 것이 저의 소망이기도 합니다. 시인들이 좋은 시를 발표하고 창작 활동을 자유롭게 할 수 있게 잡지의 지면을 제공하는 것이 곧 한국 시단의 발전에 일조하는 것이라 생각하고 있습니다.

서안나: 아름다운 봄날에 선생님의 근황과 선생님의 심도 있는 시세계에 대한 이야기를 나누게 되어서 너무나 즐겁고 의미 있는 시간이었습니다. 따뜻하게 맞아주시고 미숙한 질문에 현답을 주셔서 감사합니다.

정진규: 이렇게 시에 대해서 진지하게 오랫동안 이야기를 나누어서 즐거웠습니다. 서 시인님도 수고했습니다. 감사합니다.

석가헌을 나서면서 선생님께서 당호를 왜 석가헌이라 명명했는지를 생각해 보았다. 저녁이라는 시간은 만물이 고요해지면서 사물의 외피를 벗겨버리고 사물의 실체에 닿을 수 있는 시간일 것이다. 「율려집 1— 조선 채송화 한 송이」(『서정시학』, 2010년 봄호)에서도 "소리의 속살"이란 시어가 나온다. 선생님은 어둠의 깊이와 힘으로 석가헌 주변의 나무와 풀과 꽃과 새와 벌레의 소리의 속살을 들여다보는 시안을 이미 터득한 시인이다. 고요함 속에서 몸 안과 밖의 경계를 지워 사물에 다가가고 사물과 하나가 되어 자연과 우주의 소리인 율려의 리듬에 몸을 여는 선생님의 고요한 산책길을 떠올려 보았다.

『열린시학』 2011년 여름호

광주라는 정치성

— 강인한론

1. 아버지의 창작 노트와 『학원』지

2012년이 지나가는 연말의 저녁에 강인한 선생님과 만났다. 등단 50
년을 바라보는 시인의 눈빛이 젊은이보다 더 청청하다.

강인한 시인은 1967년 조선일보 신춘문예에 작품 「대운동회 만세소
리」로 등단했다. 등단 전에 제1시집 『이상기후』(가림출판사, 1966), 등
단 후 7년 만에 제2시집 『불꽃』(대홍정판사, 1974), 제3시집 『全羅道 詩
人』(태·멘 기획, 1982, 초판 5천 부 발행, 1982년 전남문학상 수상), 제
4시집 『우리나라 날씨』(나남출판사, 1986), 제5시집 『칼레의 시민들』(문
학세계사, 1992), 시선집 『어린 신에게』(문학동네, 1998), 제6시집 『황홀
한 물살』(창작과비평사, 1999), 시론집 『시를 찾는 그대에게』(시와사람
사, 2003), 제7시집 『푸른 심연』(고요아침, 2005), 제8시집 『입술』(시학,
2009), 제9시집 『강변북로』(시로여는세상, 2012) 등 총 아홉 권의 시집
과 시론집 등을 출간하면서 활발한 창작 활동을 펼치고 있는 시인이다.

그리고 다음에서 '푸른 시의 방'이란 온라인 카페를 운영하여 독자들에게 좋은 시를 소개해주고 있다.

선생님과 인터뷰를 하던 날은 20년 만에 처음 찾아온 강추위가 서울을 강타하던 날이었다. 선생님과 아담한 카페에서 따뜻한 차를 마시면서 평소에 궁금했던 점들을 질문했다.

서안나: 선생님, 오랜만에 뵙겠습니다. 이번 겨울은 유독 날씨가 춥습니다. 한파가 심하게 몰아치는 추운 겨울을 어떻게 지내고 계시는지요. 선생님이 운영하시는 다음의 '푸른 시의 방'에 게시되는 좋은 시를 자주 읽습니다. 늘 시에 대해 고민하고 왕성하게 창작 활동을 펼치고 계신 선생님과 시에 관한 이야기를 나누게 되어 기쁩니다.

강인한: 서안나 시인. 오랜만입니다. 내가 시를 써온 기간에 비해서 학문적 이론은 미약해요. 단지 경험으로 체득한 시에 대한 이론이 아주 쪼끔 있을 뿐이니, 아프지 않게 살살 질문해 주세요. (웃음) 잘 부탁할게요.

서안나: 네. (웃음) 선생님 존함이 특이합니다. 필명으로 알고 있는데요, 한 번 들으면 잊히지 않을 만큼 개성적인 필명이라 생각됩니다. 필명은 직접 작명하신 것인지요? 필명과 선생님의 시 작업과의 특별한 연결고리가 있는지요.

강인한: 본명인 동길(東吉)이 실은 더 좋은데, 너무 어린 느낌이 들어 싫었어요. 그래서 대학 시절 내 손으로 필명을 지었어요. 인(寅)은 셋째 지지 인, 동방 인, 새벽 인 자, 한(翰)은 날개 한, 높이 날 한, 글 한 자입

니다. 인(寅)자가 지니는 호랑이, 새벽이란 뜻에다가 붙여지는 이미지가 멋져서—호랑이의 날개, 호랑이의 글, 새벽의 날개, 새벽의 글 같은 이미지 조합이 좋아서 만든 이름입니다. 그런데 성(姓)과 함께 부르면 갑자기 장난스런 이름이 되고 말죠. (웃음) 보시다시피 별로 강인하게 보이지도 않은 주제에….

서안나: 그러시군요. (웃음) 문단 행사에서 자주 뵙기는 했지만, 막상 대담 자리에서 선생님을 뵈니 이전과는 느낌이 다릅니다. 먼저 선생님의 어릴 적 이야기를 듣고 싶습니다. 선생님 프로필을 보면 고향이 정읍으로 되어 있습니다. 언제까지 정읍에서 사셨는지요. 부모님에 관한 이야기나 유년 시절의 선생님의 모습은 어떠셨는지요. 그리고 선생님 시에서도 "아버지가 끄을려 가고 있었지./ 먼 데 개 짖는 소리 속으로/ 그 어둠 속으로 아버지는 끄을려 가고 있었지./ 우리사 아무 죄도 없응게,/ 걱정 마라, 후딱 오마./ 어머니는 행주치마로 우리를 포옥 감싸고/ 울고 있었지.(「전라도여 전라도여」 부분)를 보면 아버지의 투옥과 관련한 내용도 볼 수 있는데요.

강인한: 정읍에서 태어났고 아버지가 세무서 직원이셨습니다. 6·25 당시에 아버지가 지금의 익산인 이리의 세무서 서장을 지내셨어요. 지금으로 말하면 국세청 과장에 해당하는 자리였지요. 당시 인민군과 대치 상황 때 아버지께서 교도소에 끌려가셔서 고통을 당하시다가 전쟁 말미에 인민군이 퇴각할 때 구사일생으로 형무소를 탈출하셔서 이리까지 맨발로 걸어서 오셨다고 합니다. 나중에 알고 보니 당시 투옥되었던 감옥에 소설가 하근찬 선생의 부친도 함께 계셨다고 하더군요. 아버지는 수복되고 난 후 광주에서 돌아가셨어요.

아버지의 성격이 무척 청렴하셨어요. 제가 초등학교 5학년 때 아버지가 돌아가셨어요. 세무서장을 지내셨는데도 불구하고 집 한 채나 변변한 땅 한 평을 남겨두시지 않았지요. 그런데 강직하고 꼿꼿하시기도 하신반면, 글과 그림을 좋아하시는 부드러운 감성 역시 지닌 분이셨어요. 나중에 아버지가 돌아가신 다음 유품을 정리하다 보니 아버지가 직접 손으로 쓰신 창작 수첩 노트를 보게 되었고요. 대학 노트보다 크기가 조금 작은 노트에 7~80페이지 정도 분량의 글이 적힌 노트였습니다. 수채화를 그린 스케치북도 한 권 있었는데 상당한 수준이라고 느낄 수 있었습니다.

서안나: 선생님의 이야기를 듣다 보니 부친께서 쓰셨다는 창작 노트가 갑자기 궁금해집니다. 부친이 쓴 창작 노트가 선생님을 시인의 삶으로 이끄는 계기가 되었는지요. 그리고 부친께서 세무사셨다면 당시로써는 고위직 공무원이셨는데요. 어릴 적 삶이 별 무리 없이 유복한 삶을 지내셨겠네요. 보통 시인은 결핍에서 태어난다고들 하는데요. 시를 언제부터 쓰기 시작하셨는지요?

강인한: 아버지의 창작 노트를 보고 저도 나중에 일기를 쓰기 시작했어요. 고교 문예반 시절 인쇄소에서 구한, 교지 준비를 위한 가제본 두꺼운 노트에 하루에 최소한 한두 페이지 정도 글을 쓰자는 계획을 세웠어요. 그래서 일기를 대학 3학년 때까지 열심히 썼어요. 대학 3학년 때까지 계속 긴 글을 써 버릇해서 긴 글에 대한 부담감이 없었습니다. 그리고 시는 고등학교 때 처음 접했습니다. 한 가지 재미있는 일은 고등학교 때 일기를 쓰기 시작하면서 펜팔을 했었어요. 당시에는 지금처럼 이메일이나 핸드폰으로 소식을 전하기보다 주로 편지를 많이 이용

했던 시절이었죠. 저도 강원도에 사는 한 여학생과 펜팔을 시작했었어요. 그때 그 여학생이 하얀 조가비를 선물로 보내온 적이 있었어요. 그 인연으로 결혼 직후 「하얀 조가비」란 노래 가사를 작사하기도 했어요. 결혼 후에도 여학생이 준 선물과 일기장을 아내 몰래 책상 서랍에 넣어두고 자물쇠로 잠가두었어요. 나 혼자만의 추억의 저장소였던 셈이지요. 그런데 어느 날 아내가 낡은 책상을 고물상에 팔아버리는 바람에 지금은 읽을 수 없는 일기가 되고 말았지요. (웃음)

아버지가 그림을 좋아해서인지 저 역시도 그림에 관심이 많았답니다. 그런 이유로 저도 중학교부터 고등학교 1학년 때까지 미술반에 가입했었지요. 그런데 우연한 기회에 문예반으로 편입하게 되었지요.

서안나: 네. 정말 재미있는 에피소드입니다. 그림에도 소질이 있으셨군요. 그리고 시와 함께 한 낭만적인 고교 시절의 추억이 있으셔서서 행복하시겠어요. (웃음) 당시에는 문인 수도 많지 않고, 또 고교생들 또한 시에 대한 열정과 몰입도가 지금의 학생들과도 다르리라 생각해 봅니다. 제가 듣기로는 당시에 『학원』이란 잡지가 굉장히 유명했던 걸로 압니다만.

강인한: 맞아요. 그 『학원』지에 전주고등학교 강동길의 시도 몇 번 실렸지요.

서안나: 아, 그러셨군요? 그리고 선생님의 두 번째 시집인 『불꽃』에 보면 시집 서문에 "존경하는 신석정(辛夕汀) 스승님께 바칩니다."라는 내용을 볼 수 있습니다. 신석정 선생님과의 인연도 말씀해 주세요. 언제 인연을 맺으신 건지요?

강인한: 그 당시 전주고등학교에 문예반이 있었고 국어 선생님으로 신석정, 백양촌 신근 선생님, 김해강 선생님이 계셨어요. 그리고 1962년 무렵 『현대문학』으로 추천 완료되어 등단하신 박희연 선생님도 학교에서 작문을 지도하고 계셨지요. 그러니까 시인 네 분이 학교에 재직하신 거예요. 대단하지요.

제가 문예반에 가입하게 된 인연이 재미있어요. 고등학교 1학년 여름방학이 시작될 무렵 박희연 선생님께서 방학숙제로 시, 수필, 소설 중 자유롭게 선택하여 작품 한 편을 제출하라고 하셨지요. 그중 잘 쓴 작품을 뽑아 교지에 실어주신다고 하시면서. 그때 제가 처음으로 동화를 쓰게 되었는데 아마 원고지로 50여 매 정도를 썼던 것 같아요. '복실이'라는 이름의 강아지를 주인공으로 삼은 동화였어요. 방학이 끝나고 동화를 제출한 후 9월 어느 날이었을 거예요. 문예반 1년 선배가 저를 찾아왔어요. 신석정 선생님께서 저를 보자고 하신다더군요. 당시 문예부 총괄 지도교사가 바로 신석정 선생님이셨거든요. 댁으로 선생님을 찾아뵈니 선생님께서 말씀하시길 제가 쓴 동화를 교지에 실으려 했는데, 선생님의 개구쟁이 손자가 동화 원고의 끝 장을 뜯어 종이 비행기를 만들어 놀다가 잃어버렸으니 다시 보충해서 작품을 쓰라고 하시더군요. 그래서 결말을 더 늘려 원고지로 네댓 장을 다시 썼어요. 그게 인연이 되어서 문예반에 가입하게 되었습니다. 우스운 인연이라 할 수 있지요.

당시 『학원』이라는 잡지엔 학생들의 산문(콩트)은 20매 안팎. 그 무렵 『현대문학』에 실린 기성작가들의 단편소설이 7~80매였어요. 전주고등학교 문예반 시절 우리들은 이미 소설을 쓴다 하면 으레 기성작가나 된 듯 원고지 100매 정도를 곧잘 쓰곤 했어요. 다른 시내 고등학교 동아리와는 상대되지 않을 정도로 치열하게 문학 습작기를 거친 셈이지요.

2. 광주의 비극과 「대운동회의 만세소리」

서안나: 네. 한 학교에 무려 네 분의 시인이 국어 교사로 계셨다는 게 신기할 따름입니다. 아마도 그러한 학교의 풍토가 고등학교 시절부터 탄탄한 습작 활동과 신춘문예 응모의 촉발점이 된 것으로 보입니다. 선생님 이력을 보면, 1967년 『조선일보』 신춘문예로 등단하셨는데요. 이때 등단작품이 「대운동회의 만세소리」입니다. 이 작품은 월남 파병문제를 다루고 있는 작품입니다. 지금 읽어도 무게감이 있고 현실 비판 의식이 강하게 드러난 작품이라 생각됩니다. 동아일보 당선 취소가 된 작품 「1965년」에서도 월남 파병을 문제를 다루어 전쟁에 대한 비극성과 묵직한 사유를 보여주고 계십니다.

그리고 1965년에 이미 『전북일보』 신춘문예에 시 「당신 앞에서」로 입선되었고, 동아일보로 신춘에 당선되셨다가 취소된 것으로 알고 있습니다. 그리고 1966년 전북대학교 국문학과 졸업하시는 해에 당시 김광림 선생님이 운영하시던 『현대시학』에 「귓밥파기」라는 시로 1회 추천을 받으셨고요. 같은 해에 제1시집 『이상기후』를 출간하셨네요. 그리고 1967년에 조선일보에 등단과 더불어 제6회 신인예술상에 「임진강」으로 시조 부문에도 수석 당선이 되셨군요. 마치 양파를 까듯 알면 알수록 선생님의 창작 활동 이력과 시의 스펙트럼이 넓고 깊음을 알게 됩니다. 고등학교와 대학의 습작 시절과 아울러 문청 시절을 거치면서 첫 시집과 등단까지 에피소드가 많을 듯합니다.

강인한: 『조선일보』 등단 1년 전에 『동아일보』에 시가 당선되었었어요. 「1965년」이라는 작품이었고 12월 24일에 동아일보에서 당선 통지

가 오고, 당선 소감도 보냈었지요. 그런데 제가 그해 12월 15일자 전북대학신문에 시를 발표했었는데 그 이유로 동아일보 신춘 당선이 취소되는 에피소드가 있었어요. 그래서 1년 만에 재도전하여 조선일보 신춘에 당선되었지요. 시만 파고든 덕분에 조선일보에 당선되던 그해에 한국일보와 중앙일보 등 일간지에 세 군데 모두 최종심까지 오르는 행운도 맛보았어요. 그 시절에는 미련할 정도로 온통 시에 열중하고 의욕이 충만하던 시기였어요. 어떻게 하면 시를 잘 쓸 수 있을까란 생각에만 몰입하던 시절이었습니다. 대학 시절 많은 입상 경력이 취업에도 큰 영향을 미쳤고요.

대학 시절에 흥미로웠던 것은 대학신문사의 학생 기자 활동이었어요. 그 당시에 대학신문에서 학생 기자가 처음 활동하던 시절이었어요. 대학 1학년 때 대학신문사 기자 생활을 하면서 문학에 관련한 정보를 얻고 신춘문예에 도전하는 계기가 되었어요. 원래 계획은 대학 재학 중 신춘에 등단하려는 욕심이 있었지만 그게 뜻대로 되지 않아 졸업하고 이듬해에 등단한 셈이지요. 제대로 했으면 만 22세에 등단할 수 있었을 거예요. 따져보니 고등학교 2학년 때부터 무려 스무 번 가까이 신인작품 공모나 신춘문예에 응모하고 낙선하면서 어렵게 등단한 셈입니다. 물론 대학 시절에 수없이 도전하면서 낙선할 때마다 저 스스로에 대한 불만으로 우울한 문청 시절을 겪기도 했어요. 당시만 해도 신춘문예나 『사상계』 신인상으로 등단하는 게 문청의 꿈이었거든요. 물론 아는 선생님의 추천을 받아 『현대문학』에 추천 등단할 수도 있었지만 그건 떳떳하지 못하다는 생각이 들어서 계속 신춘문예에 도전했어요.

3. 『이상기후』와 『불꽃』의 현실 인식

서안나: 네. 스무 번 가까이 신인 작품 공모나 신춘문예에 응모하고 낙선했다는 말씀이 인상 깊습니다. 아마도 그러한 시간이 선생님의 시를 더욱 단단하게 만들었다는 생각이 듭니다.

그럼 본격적으로 선생님의 시 세계와 관련하여 이야기를 나누어 볼까합니다. 선생님이 기존에 출간하신 시집이 모두 아홉 권입니다. 선생님의 시세계를 제 나름으로 나누어 보면 총 3기로 구분해 볼 수 있습니다. 그중 1기는 60년대 중반에서 70년대 초반까지 제1시집 『이상기후』와 제2시집 『불꽃』으로 보입니다. 그리고 2기는 80년과 90년대 초반까지 출간한 제3시집 『全羅道 詩人』, 제4시집 『우리나라 날씨』, 제5시집 『칼레의 시민들』로 나누어 보았습니다. 마지막 3기는 90년대 후반에서 2000년대에 출간한 제6시집 『황홀한 물살』, 제7시집 『푸른 심연』, 제8시집 『입술』, 제9시집 『강변북로』로 나누어 보았습니다. 선생님이 자신의 시세계를 나누어 본다면 어떻게 시기 구분을 하실 수 있는지요.

강인한: 안나 시인이 잘 나눠 주셨습니다. 그럼 그렇게 살펴보도록 하지요.

서안나: 네. 먼저 1기에 해당하는 시 세계와 관련하여 이야기를 나누어 볼까 합니다. 제2시집 『불꽃』 후기를 보면, 1966년부터 1973년까지 8년 동안 쓴 3백여 편 중에서 101편만 골라 두 번째 시집으로 묶었다는 내용이 나옵니다. 첫 시집이 1966년에 출간되었고 1967년 신춘문예에 당선된 점으로 미루어 보아 『불꽃』 시집이 등단을 시작으로 이후 7년까

지의 창작, 즉 20대 시절의 시작 활동을 아우르는 의미 있는 시집이라 생각됩니다.

시집 『불꽃』에는 연작시가 많습니다. 총 3부로 구성된 시집에서 1부는 「불꽃」 연작 시편이고, 2부는 「눈먼 사내」 연작 시편입니다. 신덕룡 평론가의 글(『원탁시』 48집(2004. 5)에 발표된 특집 기획)을 참고할 때 "따뜻한 등불을 찾아 나서는 사랑에 관한 서정시편을 통해서는 사랑을 통해 꿈을 일궈갈 수 있다는 믿음을 주조로 삼고 있으며, 다른 하나는 등불을 위협하는 세계에 대한 비판으로 개인적인 것을 넘어 공동체적인 성격을 띠고 있으며, 우리 삶을 왜곡시키는 모순에 대한 탐색이며, 분단이라는 민족의 현실, 독재자의 폭력에 대해 절망과 분노 때로는 날카로운 비판의 모습을 보이며 전개된다"고 말하고 있습니다.

초기의 사랑에 관한 서정시편과 「1965년」과 「대운동회의 만세소리」 등 일련의 작품에서 나타나는 현실 비판의 세계가 혼재되어 있다고 볼 수 있는데요. 이러한 현실 비판 의식은 2기로 들어서면서 광주 관련 현실 인식과 맞물리면서 시인의 시 정신이 더 강화되고 있음을 알 수 있습니다. 곧 어두운 시대의 독재정치 탄압 아래서 시인이 체험한 비애와 좌절감이 닿을 수 없는 부재한 대상으로 형상화하고 있다는 생각도 해봅니다. 첫 시집과 두 번째 시집을 관통하는 1기 작품에 관한 말씀 부탁드립니다.

강인한: 첫 시집에 대한 일화 한 가지. 그 시집은 문고판 크기였고, 신춘에 당선됐다가 좀 억울하게 취소당한 「1965」이며 전북일보 신춘에 당선 없이 가작 입선한 「당신 앞에서」라든지 청구대학, 고려대학, 경북대학 대학생 현상문예에 당선한 「인형」 「내 이마의 꽃밭에서」 「사자공화국(死者共和國)」 등 습작시 30편이 실려 있습니다. 이 책을 아마 3백 부

찍었을 겁니다. 친구들에게 주로 나눠주고, 경희대 국문과에 다니는 친구에게도 몇 권 주었는데 그 친구에게서 책을 건네받은 전주고 3년 후배가 그 시집 속의 시들을 늘 암송하다시피 좋아했나 봐요. 그 시집 속의 시들 여기저기에서 구절구절 따다가 짜깁기하여 1968년 신춘문예에 당선했습니다. 좋게 보면 혼성모방, 엄정하게 보면 열 군데쯤 내 시구들을 표절해서 당선한 건데 그 후배는 전혀 표절이라고는 생각지 못한 모양이었어요. 지금은 가고 없는 시인이지만….

4. 현실 인식과 미학성의 구현

서안나: 네. 그런 에피소드가 있으시군요. 선생님의 1기 시세계에 이어 2기에 해당하는 작품에 관하여 이야기를 나누어 볼까 합니다. 1982년부터 1992년까지 출간한 제3시집『전라도 시인』, 제4시집『우리나라 날씨』, 제5시집『칼레의 시민들』까지가 이에 해당한다고 볼 수 있습니다. 이때 선생님의 나이가 30대에 해당하는데요. 당시 시대 상황과 선생님 개인적 체험을 중심으로 전개되는 이 시기 작품의 화두는 광주로 압축할 수 있을 것 같습니다. 광주민중항쟁이 그 핵심 모티프로 작용하고 있는데요. 그리고『전라도 시인』의 해설을 장석주 선생님이 쓰셨는데 이 해설 내용이 당시 시대상을 직설적으로 비판한 내용이라 군 계엄당국에서 논란이 되었던 것으로 알고 있습니다.

우리 현대사에서 광주가 갖는 의미는 선생님에게도 개인적인 체험과 더불어 남다르리라고 생각해 봅니다. 선생님의 시에서도 광주민중항쟁 당시 상황이 자주 등장하곤 합니다. 제가 생각할 때 선생님의 2기 작품에서 드러나는 현실 비판 인식의 경우, 독특한 지형을 선보이고 있다고 생각합니다. 광주민중항쟁 관련 내용을 소재로 삼고 있음에도 시적 발화가 직접적인 감정 노출이기보다는 알레고리와 상징 등을 통해 냉정한 객관적 거리 두기가 이루어지고 있다는 점입니다. 직접 광주민중항쟁을 체험한 선생님의 원체험을 생각할 때 시가 구호화하거나 주관적 감정에 매몰되지 않고 절제미를 바탕으로 시의 미학성을 구현한다는 점이 쉽지 않았을 터인데요.

강인한: 어떤 상황에서도 시에는 미학이 구현되어야 한다고 봅니다. 현실 인식을 시에 드러낸다고 할 때도 시가 선동 구호로 전락해서는 안 되며 미학적으로 완성되어야 한다고 봅니다. 그러기 위해서 시는 구조화되고 작품으로서의 완결성도 지녀야 합니다. 제 시가 정치 현실을 다루었을지라도 단순히 표면적인 정치 현실을 보여주는 건 의미가 없다고 생각했습니다. 정치 현실을 알레고리와 상징 등으로 변용하여 미학적으로 승화해야만 했습니다. 외부로의 통로가 꽉 막힌 채 고립된 도시에서의 열흘 동안. 거기서 자행된 학살의 비극, 이것을 나는 하분에 간힌, 허공에 높이 뜬 꽃으로 형상화했지요. 금남로 가로변에 울음빛으로 피어있던 「팬지꽃」이라는 광주민중항쟁을 다룬 시가 있습니다. 유신 말기에 발표한 「검은 달이 쇠사슬에 꿰어 올린 강물 속에」도 그로테스크한 초현실주의 그림 같은 시로서 언론의 자유가 없는 절망적인 독재의 시대를 표현한 시였지요.

서안나: 네. 「팬지꽃」이란 시 일부를 보면 "허공에 높이 떠 있습니다./ 내려갈 길도, 빠져나갈 길도/ 흔적없이 사라진 뒤/ 소문에 간힌 섬입니다./ 살려주세요, 살려주세요, 살려주세요"처럼 광주민중항쟁 당시의

비극성과 절박함을 잘 구현한 작품이라 생각됩니다. 이와 같이 「팬지꽃」을 비롯한 선생님의 2기 작품에서 '광주'라는 특정 공간과 역사의식에 관한 시 세계를 보여주었다면, 3기에 해당하는 작품들에서는 또 다른 미적 지향점이 있다고 생각됩니다. 3기에 해당하는 작품들이 최근 선생님께서 발표한 시집까지 아우를 수 있는데요. 이 시기 작품에서는 문명 비판적인 시선과 언어 감각의 조형미를 특징으로 하고 있습니다. 제6시집 『황홀한 물살』, 제7시집 『푸른 심연』, 그리고 근간에 출간한 제8시집 『입술』, 제9시집 『강변북로』인데요. 선생님이 생각하실 때 이전 출간 시집과 차이점이 있다면 무엇인지요.

강인한: 등단하고 오늘까지 만 47년. 그동안 시를 쓰며 시가 무엇일까 나름대로의 생각을 정리해 보았습니다. 문학을 언어의 예술이라는 관점에서 볼 때 시는 '언어의 보석'이라고 생각합니다. 언어의 보석을 빛나게 하는 광채는 무엇이겠는가? 그 요체는 시인의 영혼이라 생각합니다. 즉, 시 정신이라 할 수 있겠습니다. 언어의 예술 혹은 언어의 보석이란 언어로 이루어진 예술이며 미학의 추구가 당연히 따라야 한다고 봅니다. 『황홀한 물살』 『푸른 심연』까지는 광주에 살며 출간하였고, 그 이후 『입술』과 『강변북로』는 서울로 정착한 후에 쓴 시를 모아 출간한 시집들이지요. 확실한 건 90년대 말에 들어서부터 내 시에서 참혹한 정치적 현실의 잔재가 걷히기 시작했다는 걸 거예요. 그 대신 순수 서정 내지는 인생에 대한 관조로 나아간 것이 『푸른 심연』까지의 작업이고 그 이후로는 조형미 내지 구조미의 세계에까지 관심의 폭을 미학으로 더욱 넓혀가고 있다고나 할까요.

현대시의 상상력과 감각

5. 시의 엄결성과 시인 정신

서안나: 네. 선생님의 시 세계를 전체적으로 조망해 보는 의미 있는 시간이었습니다. 이번에는 선생님이 운영하고 계시는 온라인 카페로 화제를 옮겨볼까 합니다. 요즘 문단에서 시를 쓰거나 시를 공부하는 시인 지망생들 중에서 선생님이 운영하시는 인터넷 카페 '푸른 시의 방'을 모르는 이가 없을 것입니다. 카페 대문을 장식하고 있는 "시가 무엇인지 알려면 좋은 시 천 편을 필사하라"는 구절이 인상 깊습니다. 사실 날마다 업데이트해야 하는 카페 운영이 쉽지는 않을 것이라 짐작해 봅니다. 카페를 운영하시는 선생님의 상당한 공력이 있어야 하는 작업일 텐데요. 요즘 발행되는 문학 관련 잡지를 고루 탐독해야 하고, 잡지에 발표된 시를 선별하는 작업과 더불어 시를 타이핑하여 올려야 하는 고된 노정이 요구됩니다. 그 결과 1인 미디어 역할을 넘어서서 시의 대중화를 실천하고 계신데요. 이러한 고된 작업을 요하는 카페 운영 동기가 궁금합니다. 그리고 카페에 소개하는 시를 선별하는 작업 과정 역시 궁금합니다.

강인한: '푸른 시의 방' 카페를 2002년 3월에 시작했습니다. 벌써 12년째입니다. 제 딴에는 열린 관점을 토대로 좋은 작품들을 열심히 올리고 있어요. 하루에 평균적으로 2, 3백 명이 카페를 방문하고 있습니다. 그리고 요즘에 잡지 판매에 영향을 준다는 의견도 있어서, 월간지는 잡지 발간 후 한 달이 지난 뒤에 작품을 소개하는 방법을 택하고 있습니다. 물론 계간지도 마찬가지고요. 제가 카페를 만들었던 처음 의도는 시인 지망생들에게 체계적인 우리 현대시사 익히기를 하면서 좋은 작

품들을 선별하여 소개하려는 의지가 강했습니다.

물론 카페에 방문자 수가 많고 시인들 역시 방문이 잦다 보니 제 의도와 달리 문단의 권력화가 되어버릴 수 있다는 우려도 있긴 합니다만. 제 의도는 언제나 좋은 작품들을 다수와 함께 향유하는 점에 중점을 두고 있습니다. 어떠한 하나의 시 경향이나 시류에 편승하거나 국한되지 않으려 노력하면서 열린 안목으로 신중하게 작품을 소개하곤 합니다. 잘 아는 지인의 작품이 신작으로 발표되었다고 해서 카페에 작품을 소개하지는 않습니다. 제 나름의 기준과 원칙을 가지고 작품을 선별하곤 합니다.

그리고 신간 시집을 소개할 때도 원칙이 있는데요. 보통 한 시집에서 세 편을 기준으로 아주 많게는 다섯 편 정도 골라서 카페에 소개하곤 합니다. 그리고 다섯 편을 올리는 경우에도 한꺼번에 올리지는 않고 2회 정도로 나누어 소개합니다. 물론 내게 보내오는 시집들 중엔 단 한 편도 소개할 수 없는 경우도 있고요.

서안나: 1인 미디어가 갖는 매력과 더불어 카페 운영의 어려움 또한 많으리라 생각해봅니다. 1인 미디어 소비 행태 또한 기존의 일방향적인 미디어와는 또 다른 점이 있습니다. 카페를 찾는 유저들과의 원활한 소통을 매력으로 꼽을 수 있는 반면에 직접 담론을 생산하는 것이 아닌 여타의 문학 관련 잡지가 생산한 텍스트를 리뷰한다는 점에서 1인 미디어 운영의 한계를 배제할 수 없습니다. 조심스러운 질문이지만 저작권과 관련한 점에서는 예민한 부분이라 할 수 있는데요.

강인한: 저작권을 따지는 계기는 그게 돈벌이가 가능할 때 발생하는 것이 아닐까요. 시를 써서 돈벌이가 된다고 생각하지는 않습니다. 오래 전 내가 쓴 노래 가사는 저작권을 양도하면서 편당 3백만 원씩 두 건을

팔아본 적 있습니다만, 시는 어림없는 얘기지요. 시작품의 경우 상업적 음반의 노래와는 경쟁이 안 됩니다. 그리고 시집을 팔아 부를 누린다는 생각에는 동의하지 않습니다. 솔직히 시집이 많이 판매되기보다는 더 많은 독자가 시를 읽고 공감한다면 그게 시인의 가장 소중한 기쁨 아닐까요. 그런 점에서 저는 좋은 시 소개와 좋은 시에 관한 각종 비평 에세이 등의 글을 소개하는 데 내 카페의 존재 의의를 두고 있습니다.

서안나: 카페를 통해 실현하시고 싶은 점이 있으시다면요?

강인한: 현재 카페를 운영하는 지침은, 한 달에 최소한 5~60편 정도의 좋은 작품들을 선별하여 시를 사랑하고 시를 쓰려 도전하는 후배 문학청년들에게 올바른 시, 참다운 시를 알려주는 것입니다. 60년 가까운 전통의 월간 『현대문학』에서 어떤 달엔 단 한 편도 좋은 시로 건질 게 없을 때도 있고, 계간 시지에서 좋은 시를 보통 두 편 내지 네 편쯤 고를 수 있으면 다행입니다. 제가 받아보는 월간 시지, 계간 시지가 대충 30종 내외가 됩니다. 시인도 많고 발표되는 시도 많은데 정작 시가 읽히지 않는 게 안타까운 우리 시단 현실입니다.

우리나라에 시인이 2만 명이라 합니다. 공인된 권위 있는 등단 과정을 거치고서도 3년이 경과해야 신입회원으로 가입할 수 있는 한국시인협회 회원이 재작년에 1천 명을 넘어섰습니다. 그 숱한 시인들이 수많은 잡지와 시집 등을 통해, 한 계절에 수천 편 발표하는 요즘같이 어지러운 시의 난바다에서 그야말로 옥석을 가려 시를 쓰려는 후학들에게 좋은 시가 무엇인지 똑바로 가리키는 나침반의 구실을 하는 것은 경륜을 지닌 선배 시인으로서 마땅히 떠맡아야 할 책무라고 생각합니다.

서안나: 날마다 시를 직접 타이핑하여 카페에 소개하시는 경우에, 잡지에서 시를 읽는 것과 타이핑을 하면서 작품을 재감상하는 것과는 많은 차이가 날 것 같아요. 저도 습작기 때 필사를 자주 하였고 지금도 가끔 필사하곤 합니다.

강인한: 저도 직접 시를 타이핑합니다. 시를 타이핑하다 보면 시가 가슴으로 깊이 와 닿는 체험을 할 때가 많습니다. 머리로 읽을 때 좋은 시라 생각된 시가 필사하는 과정에서 좋은 시가 아니라고 느껴질 때도 있어서 소개하지 못하는 경우도 많습니다.

평균적으로 하루에 두세 편의 시를 쉬지 않고 선별하여 카페에 소개합니다. 멀리 외국으로 여행을 갈 때도 미리 시를 준비해서 떠납니다. 카페에 저만 사용하는 코너를 마련하여 시를 미리 올려놓고 그날그날 차례대로 새롭고 좋은 작품들을 소개하고 있습니다. 하루에 두세 편씩 일 년에 시를 천 편 정도 올리고 있는 셈입니다. 이 작업을 12년 동안 해왔습니다. 그리고 시뿐만 아니라 시와 비평 등의 코너에 다른 시인들이 진행하는 산문이나 비평을 소개하기도 합니다.

서안나: 선생님의 시에 대한 열정이 놀라울 뿐입니다. 늘 시와 함께 하는 삶을 사시는군요. 선생님께서 시를 써오신 지 47년이 되셨는데요. 오랜 기간 동안 시를 써오시면서 선생님이 생각하시는 좋은 시 혹은 좋은 시가 갖추어야 할 요건이 있다면요? 그리고 마지막으로 시를 쓰는 후배들을 위해서 한 말씀 해주세요.

강인한: 시는 시인의 천성에 의해서 쓰이는 것이지 억지로 제작할 수 있는 것은 아니라고 생각합니다. 시가 의도적으로 제작되는 것이라기

현대시의 상상력과 감각

보다는 우연의 힘 혹은 영감에 의하여 창작된다고 봅니다. 저도 몸이나 마음에서 시가 익었을 때 비로소 시를 쓰는 편입니다. 시집 제작 의도에 맞추어서 기획으로 시집을 만들기 위한 시를 써내는 행위는 매우 자연스럽지 못하다고 생각합니다.

다만 한 가지 경계해야 할 점이 있다면 시인 자신도 모르고 쓰는 시가 상당수 발표되고 있다는 점입니다. 그러한 시 창작은 지양되어야 합니다. 제가 47년 이상 시를 공부하고 쓰는 입장인데 요즘 잡지에 발표되는 시를 읽다 보면 여러 번 읽어도 이해되지 않는 작품들이 많습니다. 그렇다면 그 시에 문제가 있다고 저는 생각해 봅니다. 그런 시는 나쁜 시라고 생각합니다. 아닙니다. 21세기를 사는 오늘, 아직도 소월 시나 고독과 사랑을 상품으로 포장한 감상적인 시가 나쁜 시겠지요. 그런데 더 큰 문제점은 가짜 시라고 생각합니다.

문학은 소설이건 시건 일단 기본은 '문장'에서 출발합니다. 그 가장 기본인 문장의 요소를 갖추지 못한 언어도단뿐의 문자의 배열을 시라 할 순 없습니다. 요즘 극소수 뻔뻔한 시인들 중 문장도 아닌 문자의 배열들을 조합한 언어도단을 가지고 마치 시가 지니는 애매성의 미학을 표방하는 듯 발표하는 걸 더러 봅니다. 그건 감상적인 수준 낮은 시— 나쁜 시도 아니에요. 문장으로 성립하지 못하는 그건 아예 시가 아닌, 가짜 시인 것이지요. 사기 치는 것과 똑같습니다.

제가 한국시인협회 회보에 발표했던 글 중에 저의 소박한 시론을 대신해 줄 구절이 있어 다시 써봅니다. "시인은 정년이 없습니다. 나는 진정한 '젊은' 시인이 되기로 마음먹었습니다. 그래서 오늘도 나는 재기발랄한 젊은 시인의 시집도 사서 열심히 읽어보고, 좋은 시는 날마다 내 손으로 직접 베껴 써보기도 합니다. 더 깊이 생각해 보면, '젊은' 시인은 시집이나 문예지를 열심히 사 읽는 이이고, 시인을 장식으로 달고 다니는 이는 시집이건 문예지건 잘 사 읽지 않는 이입니다."
우리 모두 늘 시 정신이 젊은 시인이 되도록 늘 시와 함께 길을 떠나
야 할 것입니다.

서안나: 선생님의 시세계에 대하여 좀 더 심도 이야기를 나누고 싶은
데 지면의 한계로 여기서 마쳐야 할 듯싶습니다. 늘 좋은 시 많이 보여
주시고 건강하세요. 긴 시간 대담에 응하시느라 수고하셨습니다.

강인한: 안나 시인, 변변치 않은 선배의 시들을 찾아 읽느라고, 바쁜
사람의 귀한 시간을 빼앗게 돼서 정말 미안하고 고마워요. 이 추운 날
고생스런 대담을 진행하느라고 수고했어요. 그리고 곧 나오게 될 안나
시인의 세 번째 시집이 많은 독자들의 사랑 듬뿍 받게 될 것을 기대해
봅니다.

『시와 환상』 2012년 봄호

현대시의 상상력과 감각

서정의 근원으로서의 기억과 감각

— 박형준론

1. 도시 체험과 감각의 재편

서안나: 안녕하세요, 박형준 시인님. 메일로나마 인사드립니다. 어느 사이엔가 가을이 깊을 대로 깊어졌습니다. 전 개인적으로 가을을 아주 좋아하는데 더불어 이 계절에 박형준 시인의 신간 시집을 읽을 수 있어서 더욱 좋았습니다. 요즘은 시집을 출간한 뒤라 아마도 영혼까지 투명해졌을 것 같아요. 근황이 궁금합니다. 어떻게 지내시는지요.

박형준: 서안나 선생님을 이렇게 이메일 대담으로 만난 것도 인연이네요. 질문을 준비하시느라고 고생이 많으셨을 텐데 성실한 답변을 해드릴 수 있을지 걱정입니다. 이번 시집이 다섯 번째이지만, 언제나 준비할 때가 설레는 것 같아요. 넉넉한 살림을 아니지만 잔칫상을 준비하는 기분이라고 할까요. 그렇지만 시집이 나오고 나면 한동안은 여흥

은 있을지 모르겠지만, 어느 순간부터는 우울해집니다. 연꽃을 퍼내고 난 뒤 연못을 보는 기분이랄까. 제 영혼은 투명하다기보다는 진흙투성이인 것 같아요. 이제 누가 거기에 숨결을 불어넣어 주었으면 좋겠는데…. 그래야 조금씩 뭐라도 싹이 트겠지요.

서안나: 다시 한 번 시집 출간 축하드립니다. 이메일 대담이라는 게 소통의 한계가 있어서 제가 미리 박 시인님에 관한 자료를 찾아보았습니다. 그 내용을 참고 삼아 대담을 시작하겠습니다.

1991년 『한국일보』 신춘문예로 등단한 지 20여 년이란 시간이 흘렀습니다. 20여 년 동안 한 길을 걸어오기가 쉬운 일은 아닌데요. 어떤 계기로 시를 쓰게 되었는지요. 그리고 시를 써오면서 창작의 고투 때문에 잊지 못할 에피소드는 없으셨는지요.

박형준: 누구나 다 그렇겠지만 저에 대한 확신이 환상이라는 걸 알게 되면서부터인 것 같아요. 그러면서 세상이 불편해지기 시작했어요. 도시로 올라오지 않았더라면 문학 애호가는 되었겠지만 시를 쓰지는 않았을 거예요. 이상하게 제 안에서 안 풀리는 기억을 시로 쓰게 되면 조금 편해져요. 아름답든, 불편하든…. 저는 시를 쓰는 것이 제 안의 기억을 소멸시키는 행위라고 생각해요. 저는 제가 좀 편해졌으면 좋겠어요. 창작의 고투야 누구나 있겠지만, 저는 좀 기다리는 편이에요. 세속적인 것의 장엄함을 느낄 때, 혹은 어떤 풍경이 총체적 경험으로 다가올 때. 가끔씩 나무가 크면 나이테가 생겨나는 것처럼 사람도 성장하면서 경험이 이미지화된 나이테가 있는 것이 아닐까 하는 생각이 듭니다. 그런데 나무가 자기 속을 볼 수 없듯이 사람도 자기 속을 들여다볼 수가 없고, 그렇기 때문에 어떤 풍경과 마주치면, 아, 내 마음의 나이테가 저

거다 싶게 생각이 드는 경우가 있습니다. 그런 풍경은 정말 나만을 위해 있는 것 같을 때가 있는데, 곰곰 생각해 보면 내 경험과 풍경이 겹쳐지는 시간대가 세속의 시간 속에는 존재하고 있음을 느끼게 됩니다. 그 순간 세속은 너무나 장엄해지고 풍경은 내 마음처럼 잘 비칩니다. 시를 쓰고 싶을 때는 그런 풍경과 마주칠 때입니다. 저는 내면 속에서 샘솟는 영감으로서의 상상력보다 제 경험 혹은 기억이 사물이나 인간과 겹쳐지는 순간을 발견할 때 시를 쓰고 싶어집니다.

서안나: "경험 혹은 기억이 사물이나 인간과 겹쳐지는 순간을 발견할 때 시를 쓰고 싶어"진다는 박시인의 말에 정말 공감해 봅니다. 박시인께서는 시 이외에 영화나 미술, 철학 등 인접 예술에 대한 관심이 많은 것으로 알고 있습니다. 좋아하는 화가나 음악은요? 인접 예술에서도 시적 발상을 많이 얻는 편인가요?

박형준: 책을 읽으면 잘 잊어버리는 편이에요. 망각하기 위해 책을 읽는다고 할까. 사실 영화는 잘 보지 않는 편이에요. 보는 도중 줄거리나 인물을 자꾸 혼동하게 돼요. 음악이나 그림은 좋아하는 편입니다. 그러나 특별하게 누군가를 좋아하는지는 잘 모르겠어요. 하지만 예술 작품에 잘 빠지는 편입니다. 자꾸 동일시가 돼요. 그러다가도 어느 순간 다 잊어버립니다.

서안나: 하이데거나 횔덜린 등 철학 서적이나 그 이외에도 독서의 범위가 넓다는 이야기를 주변 시인들에게 들었어요. 아마도 단단한 시적 사유의 뿌리가 독서와 명상에 있는 게 아닌가 합니다. 박 시인께서 영향을 받은 작가가 있다면요.

제3부 현대시의 감각

박형준: 저는 뭔가를 잃어버렸다는 생각을 해요. 그래서 그런지 자꾸 뒤돌아보게 돼요. 별것도 아닌 것이 제 안에서는 크게 부풀다가 해결되지 못한 채 꺼져버리는 것 같아요. 그런 게 마음 속에 자꾸 쌓입니다. 저는 사실 바슐라르를 아주 좋아합니다. 그에게는 슬픔도 행복으로 전화시키는 무한하고 넉넉한 힘이 있는 것 같습니다. 저는 그처럼 '샘물의 거울'을 가졌으면 좋겠어요. 자신의 이미지가 비치는 물 앞에서, 자신의 아름다움이 계속되는 것, 또 그것이 완성되지 않아, 완성시키지 않으면 안된다는 것을 느끼는 바슐라르-나르시스가 되고 싶습니다. 문명이라 부르든 인위라 부르든 제 자신의 삶을 재자연화된 상상력으로 열리게 만들고 싶어요. 그를 읽다 보면 우리의 정신이 한없이 높아지는 것이 깊어지는 것임을 알게 됩니다. 그러면 상승과 추락의 어느 한쪽만을 볼 필요가 없지요. 그러나 사실 저는 상승하는 인간이기보다는 추락하는 인간인 것 같습니다. 한번도 저는 나는 꿈을 꾼 적이 없습니다. 언제나 떨어지지요. 그런 인간이 고민하게 되는 것은 결국 고향입니다. 2년 전인가, 고향에 내려갔다가 추락해서 팔이 부러진 적이 있습니다. 고향의 밤하늘에 별이 빛나는지 보려고 하늘을 올려다보다가 그만 2미터쯤 아래로 떨어진 적이 있습니다. 그야말로 팔이 부서져 두어 달 병원 신세를 졌지요. 그때 하이데거나 횔덜린을 읽었지요. 몸은 아팠지만 마음은 정말 행복했지요. 그들에게서 위안을 얻고 또 만난 것이 고향입니다. 정신적이든 실생활에 있어서이든 고향을 떠난 자는 비상을 꿈꾸는 자이지요. 그러나 비상만으로 이루어진 인간은 없어요. 특히 저 같은 인간은 떠돌이가 되지요. 그들에게서 깨우친 게 있다면 이 떠돌이의 인간이 어떻게 자신의 삶에서 고향적인 것을 만들어내느냐 하는 것이었어요. 참 역설적이지요. 제 자신의 삶에서 고향은 떠나기 위해서 있었는데, 시는 그것을 어떻게든 붙잡으려 하니 말입니다. 물론 그 고향

은 지리적인 것을 가리키지만 또한 삶을 성숙시키기 위한 정신적인 것이기도 합니다. 그런 고향을 탐문하는 시인이나 작가를 좋아합니다. 보들레르부터 박재삼까지…. 그들의 시를 읽을 때 쓴 사람의 마음을 떠올리면서 읽습니다. 이 시인이 이런 표현을 했을 때는 어떤 심적 상태였을까. 혹은 시적 이미지에서 한 시인의 체험을 구성해 봅니다. 그렇게 읽다 보면 옛날 시인들이 이웃집 아저씨거나 친척 같아집니다. 그들을 제멋대로 상상해 보면서 시인들의 시적 이미지에서 제 경험과의 유사성을 찾아봅니다. 시인에게서 혈통을 찾아보면서 그 속에 녹아들 때 행복을 경험합니다. 하지만 동료 시인이나 같이 활동하는 지금 시인들의 작품을 읽을 때는 좀 냉정하고 거리를 두긴 합니다. 동화와 이완을 하지만 그래도 좋은 이미지에서 시인의 마음이 느껴질 때 동류라는 것이 기쁩니다.

2. 감각과 서정

서안나: 신문기사나 여러 글을 통해 박형준 시인의 시 세계를 "감각적인 세계와 서정적인 세계의 공존"이라고 한 내용을 볼 수 있었습니다. 아마도 시의 내용과 형식에 관한 전반적인 특징을 말하는 것 같습니다. 이러한 평가에 관한 박형준 시인의 생각은 어떠신지요? 이러한 수사가 선생님의 시세계를 정확하게 짚어낸다고 생각하시는지요. 그리고 이를 수용한다면 박 시인께서는 어떠한 창작 기법으로 "감각적인 세계와 서정적인 세계의 공존"을 추구하시는지요. 박 시인의 시론을 간단하게나마 듣고 싶습니다.

박형준: 시인에게 직관은 곤충의 더듬이가 아닌가 싶습니다. 감각은 그런데서 생겨나지요. 일종의 생존본능입니다. 감각이란 것이 그런 것 같습니다. 시를 쓰는 것은 정말 살고 싶어서입니다. 그럴 때 저는 그것을 상상력이라고 부르고 싶습니다. 저는 상상력이 영감인지 아닌지 잘 모르겠습니다. 다만 상상력이라는 것이 있다면 그것은 우리의 신체기관이 꾸는 꿈이 아닌가 싶어요. 우리의 신체의 여러 부분은 각각의 욕망을 가지고 있습니다. 팔과 다리, 뇌가 각각 따로 꾸는 꿈이 있지요. 우리가 됐든 그것을 인간이라 부르든, 아니면 저 개인 하나로 축소시키든 감각은 그런 것이지요. 결핍되고 불안한 존재이기에 그런 감각이 생겨납니다. 살기 위해선 예리하고 냉철해져야 합니다. 때로는 남들에게 못된 짓도 서슴없이 하는 인간이 감각적 인간입니다. 사실 저는 그런 감각만으로 살고 싶고 사람과 사물을 대하고 싶습니다. 하지만 그런 욕망이 강하면 강할수록 이상하게 저에게는 끊을 수 없는 연민이 생겨납니다. 그걸 서정이라 부를 수 있겠지요. 감각은 무엇이든 욕망하고 그걸 먹고 이 세상 밖으로 탈주하려 하지만 서정은 그걸 자꾸 붙잡습니다. 그 서정을 우리 인간이 가지고 있는 삶의 바탕이라 불러도 될 것입니다. 제게는 그것이 고향이나 어머니, 아버지, 식구들도 되고 제가 도시에 올라와서 떠돌아다닌 변두리의 풍경이기도 합니다. 어쩌면 그걸 하나로 묶자면 고향이라고 해도 될 것입니다. 아무리 부정하려 해도, 그걸 폐허라고 불러도, 더 나아가 소멸시키려 해도 제 안에서 그것은 냄새를 풍깁니다. 형체는 사라져가도 말입니다. 어쩌면 저는 그런 제 안의 피비린내 나는 냄새를 맡는지 모르겠습니다. 감각과 서정의 공존이란 다른 말로 하면 감각과 서정의 파탄이기도 합니다. 거기서 겨우 어떤 하나의 끈을 만들어내 살고 있는 형편인데, 그 끈을 제가 쓰는 시라고 해야 할지 어떨지…．

현대시의 상상력과 감각

서안나: 이번 출간한 시집 『생각날 때마다 울었다』(문학과지성사. 2011)에 관련하여 이야기를 나누어 볼까 합니다. 이번 시집은 시집에 실린 작품의 양으로만 해도 100편이 됩니다. 거의 시집 두 권의 분량인데요. 이번 시집에 이렇게 많은 작품을 수록한 이유가 궁금합니다. 그리고 우문이긴 합니다만 가장 애착이 가는 작품이 있다면요? 그리고 기존의 시집 사이의 출판 간격에 비해 오랜 시간이 걸렸는데요. 그 느림의 미학이 이번 시집의 무게를 더해주는 것 같습니다. 출간 시기에 관한 이야기 역시 궁금합니다.

박형준: 솔직하게 말하자면 다 털고 싶어서였습니다. 100은 완전수니까요. 이제는 결별하고 싶기도 하고요. 그래서 조금 시가 덜되고 풀어진 것도 제 모습이라도 생각하고 있는 그대로 보여주고 싶었습니다. 다 풀어지고 힘이 느껴지지 않아도 괜찮다고 생각했습니다. 그렇다고 뭐 대단한 세계와 그러자는 것이 아니지요. 제 시의 목소리는 묻혀도 충분하다고 생각해요. 겨우겨우 들리는 걸 굳이 들을 필요가 있겠어요? 그러나 누군가는 듣는다는 게 신기하고 그분들이 고맙습니다. 핸드폰 문자가 참 유용하고 인간적이라 생각한 것도 이번 시집을 내고 나서예요. 글쓰는 사람들이 그렇지 않습니까? 직접 말은 잘하지 못합니다. 참 많은 분들이 문자로 격려를 해주셨어요. 편지도 보내주시고요. 문자를 지우지 않고 보관하면서 그분들께나마 욕되지 않은 시인으로 살아야겠다는 생각을 했어요. 독자분들께도 마찬가지구요. 그분들은 100편이나 되는 시를 읽어주셨으니까요. 그리고 이번 시집은 6년 만에 낸 것인데, 이 기간은 아버지의 죽음과 겹쳐지는 시기입니다. 네 번째 시집이 나왔을 때, 그 시집을 아버지의 장례식장에서 받았습니다. 그때 아버지의 영전에 시집을 바쳤고, 그 안에 편지를 썼습니다. 그 시집은 아버지의 하관

과 함께 묻혔습니다. 그때 아버지께 쓴 편지가 이번 시집의 바탕이 되었습니다. 그렇다고 한 권의 시집을 아버지의 이야기로 채우고 싶은 생각은 없었습니다. 아버지의 삶을 회상하는 건 결국 제가 살기 위해서였으니까요. 그 이후로 아버지에 대한 시를 생각나는 대로 썼습니다. 무작정, 그러나 조금씩 체계를 만들어 가면서요. 그러면서 다른 시도 쓰게 되었지요. 그러나 시집을 꼭 묶어야겠다는 필연성은 없었습니다. 몇 년 뒤에도 상관없겠지만, 매듭이 필요하니까 낸 것입니다. 그리고 애착이 가는 작품들이 없다고 할 수 없는데, 그건 참 말하기 부끄럽네요. 아마 그것들은 다음 시집의 씨앗들이 되겠지요. 그건 그냥 제 안에 묻어두고 싶습니다. 하지만 이번 시집을 계기로 아버지와 제가 연결되어 있다는 걸 깨닫고, 그걸 계기로 모든 것은 연결되어 있다는 생각을 하게 된 건 아버지께 감사드려요.

서안나: 이번 시집은 어찌 보면 또 다른 세계로 진입하는 경계점에 서 있는 것 같습니다. 이전 세계와의 결별의 자리이자 새로운 세계로의 출발의 첫 자리에 서 있는 생각이 들었습니다. 박형준 시인의 내면의 온갖 짐승과 식물과 모든 우주를 탈탈 털어내어 한 권의 시집에 다 몰아넣은 느낌이 듭니다. 아버지, 어머니, 사랑과 이별 그리고 죽음까지도요. 마치 궤도를 이탈하여 우주를 한 바퀴 돌고 나온 단단한 얼굴이 보입니다. 이번 시집에서 박형준 시인께서 심도 있게 밀고 나가려 했던 시적 지향점이 있다면 말씀해 주세요.

박형준: 저는 초등학생이 숙제를 하듯이 시를 쓰는 편이에요. 잘 되든 못 되든 제가 시를 쓴다는 것에 대해 안도감을 느낍니다. 한 해에 한 20여 편은 꾸준히 쓰는 편입니다. 예전에 인사동에 갔다가 우연히 어

느 선생님을 만났는데, 저더러 "야, 모범생" 하고 부르더군요. 그 말 속에서는 부정의 의미도 있겠지만, 저는 그걸 긍정의 의미로 받아들이고 싶어요. 다른 것에는 실패해도 시에서는 실패하고 싶지 않습니다. 그나마 시에서는 잘해온 편입니다. 그러나 잘 쓰겠다는 것이 아니라 어찌되었든 쓰는 것이 중요하다는 의미입니다. 하지만 한동안은 소진되었다는 느낌에서 벗어나기 어려울 것 같습니다. 그러나 비어 있을 때가 사랑이 찾아올 순간이라고 믿습니다. 동문서답이긴 하지만, 그 지속이 제 삶에 있는 한 저는 행복할 것 같습니다. 사실, 지금의 저는 무기력합니다. 내 나름대로는 최선은 아니지만 차선은 했다는 느낌입니다. 차선이 아니라면 이번 시집은 차선의 차선 정도는 된다고 생각합니다. 무기력하지만, 어둠에 자신을 맡기고 맡기면 그 어둠의 어느 순간에 빛이 보인다는 말이 있듯이 지금의 상태가 그렇습니다. 이제는 좀 무방비 상태로 사물과 만나고 싶습니다. 어느 정도는 제 안의 추억을 소진시킨 느낌입니다. 이제껏 저는 뭔가를 반복하면서 그걸 소진시켜 왔고, 나름의 체계로 그걸 순간으로 응결시켰습니다. 시간은 지속되지만, 그 지속의 어느 순간에 고향을 만듭니다. 그것은 절대적인 고향은 아닙니다. 지리적이든 정신적이든. 삶의 터전이지요. 저는 이번 시집에서 그걸 해보고 싶었습니다. 내 안에서 지속되는 모든 것들을, 어떤 순간으로 만들고 싶었습니다. 저는 욕망의 덩어리입니다. 그 욕망의 얼굴들이 제게는 가족이며 변두리이며 사랑이고 이별입니다. 그걸 어떻게든 아름답게 성화(聖化)하고 싶었습니다. 비천한 것을 아름답게 만들고자 하는 욕망이지요. 그걸 한 장의 투명한 그림이 되게 하고 싶었습니다.

3. 죽음, 부정적 초월로서의 의지

서안나: 이번 시집에서 1부는 아버지에 대한 헌사라고 할 만큼 아버지에 관한 내용으로 가득합니다. 아버님의 죽음이란 사건을 통해 죽음에 대한 사유가 심오하게 잘 드러나고 있습니다. 그리고 죽음이 단절되고 암흑처럼 캄캄한 공간이라기보다는 절연되지 않고 오히려 살아 있는 자들을 따스하게 감싸주는 피가 돌듯 따스한 공간으로 드러나고 있습니다.

박형준: 그렇게 생각하지 않으면 어떻게 하겠습니까. 죽음이란 그런 것 같아요. 생의 긍정적 의지를 다지게 만드는 부정적 초월로서의 의지…. 우리 존재란 누군가에게 초대받고 어딘가를 향해 떠나는 것이며, 끝내 그 부름에 응대를 받지 못한다 하더라도, 이 삶의 한계로부터 초월하지 못한 그것 자체로서의 '부정적 초월'이 소중한 것이지요. 시는 인생이라는 막막한 공간 속에서 유리병 편지처럼 부유하면서 누군가를 향해 있을 뿐입니다. 그 과정 속에서 시는 소외받고 하찮은 존재들에 의해서 잠깐씩 존재를 증명받을 수 있을 뿐이겠지요.

서안나: 아마도 박 시인의 시를 좋아하는 독자들이 아직도 생생하게 기억하는 시집이 첫 시집인 『나는 이제 소멸에 대해서 이야기하련다』일 것입니다. 박 시인에게도 첫 시집이 갖는 의미는 각별하리라고 봅니다. 첫 시집에서 보여준 "소멸에 관한 사유"와 "저녁"의 이미지가 다른 시집들에서 더욱 심화하고 확장된다는 점에서 첫 시집은 박 시인의 시 세계를 잉태하고 촉발시키는 어머니의 자궁과도 같은 느낌이 듭니다만.

현대시의 상상력과 감각

박형준: 그렇게 봐주셔서 감사합니다. 제가 그런 생각을 한 것은 시골의 체험을 잊지 못해서인 것 같아요. 어렸을 때 추수가 끝난 들판에 혼자 불을 지르며 다닌 기억이 납니다. 들판을 가르는 작은 냇물 곁의 갈대나 그런 것들을, 또 혼자 여름에 신작로 곁에 핀 풀꽃들에 떨어지는 강한 햇빛을 바라보면서 무작정 걷다가 캄캄해져서야 집에 돌아오기도 했지요. 담벼락 밑에 앉아 담벼락 밑의 구멍을 바라보면서 햇빛이 녹아 사라지는 걸 바라보던 어떤 저녁도. 그런 것들이 계기가 되어 사라지는 것들이야말로 강렬하다는 생각을 하게 된 것 같아요. 거기서 에로스를 느끼기도 하구요. 그런 에로스들이 내 몸에 각인되어 있는 것 같습니다. 그 에로스들은 자꾸 늙은 것들에게서 신생하는 걸 느껴요. 사실 저는 젊은 어머니를 기억하지 못합니다. 제가 어머니를 인식하게 되었을 때, 그녀는 자궁이 텅 비어 있는 여자였다고 할 거예요. 제가 너무 늦게 태어난 거지요. 제 산문이나 시에 등장하는 할머니도 그렇습니다. 제가 할머니를 인식했을 때, 그 할머니와 저는 부엌에 앉아 있습니다. 치매에 걸린 할머니가 콩나물 시루를 통째로 가마솥에 익혀서 저에게 콩나물을 먹이던 기억이 납니다. 그때 아궁이에 타오르던 불빛들과 콩나물은 이상하게 제 안에서 섞여서 성적이라고 부르기는 그렇지만, 제 안에서 어떤 욕망이 되었지요. 비약이 있지만 그게 제 안에서 우주적 욕망으로 자라나는 걸 느껴요.

4. 인천의 지리 심상

서안나: 한 잡지의 인터뷰 내용을 보면, 처음 도시에 와서 삶을 정착

한 곳이 인천의 송현동이고, 그곳에 수문통이라는 곳에 관한 이야기를 읽었어요. 이번 시집에서도 인천에 관한 시가 여러 편 있는데요. "인천에 살 때는 끊임없이 떠돌면서 고여 있는 것 같은 느낌이 들 때가 많았어요. 그런데 그게 아마 나한테는 시를 쓰게 하는 힘이었던 것 같아요. 아마 시골에서 살았다면 시를 쓰지 않았을 거예요. 그냥 시를 동경하거나 문학하는 사람을 동경했겠죠. 도시에 올라와서 시를 써보겠다는 생각이 든 것 같아요."라는 회고담처럼 수문통이란 곳은 수상시장으로 뻘이 있는 곳이고 바닷물이 들어와서 벽에 금이 그어지는 동네였다 라는 내용이 인상적이었어요. 그리고 그 이후 수문통을 떠나 수도국산이란 고지대로 이사를 하였다는 내용도 읽었습니다. 그곳은 수문통과는 달리 높은 산동네 고지대라 이사한 첫날 학교에서 집을 찾아가다 미로처럼 얽힌 길에서 길을 잃었다는 내용도 있던데요. 이런 내용들을 볼 때 박 시인에게 인천은 "도시 안의 시골"과 같이 포개어지고 겹쳐지는 독특한 공간이란 생각이 듭니다.

박형준: 네, 그런 것 같아요. 인천은 제 시의 젖줄입니다. 고향에서 결핍된 것을 실체로서 확인하게 된 게 인천입니다. 고향에서 자랄 때는 저는 가난이 무엇인지 잘 알지 못했습니다. 다른 식구들은 보리밥을 먹을 때도 저는 쌀밥을 먹고 자랐으니까요. 누나들에게는 미안하지만 어머니가 형과 저를 특별하게 생각했으니까, 저는 고향에서는 좀 특별한 아이가 된 셈이지요. 그런 자부심이 있었습니다. 사람에게는 누구나 그런 정도의 특별한 시절이 있어야 합니다. 하지만 인천에서는 좀체로 그런 특별한 순간이 만들어지지 않았습니다. 오히려 어렸을 때 고향에서 자라면서 느꼈던 그 특별함의 실체가 무엇인지 깨닫게 된 시기였습니다. 가족의 희생이 있었으니까 어찌됐든 지금의 내가 있게 된 것을 알

현대시의 상상력과 감각

게 된 것이지요.

서안나: 앞의 질문과 유사한 내용인데요. "덧없이 변화하고 끊임없이 욕망을 자극하는 도시가 있음으로 해서 유년의 비루한 것들, 천한 것들이 성스러워지는 지점들을 보게 되는 것 같아요 그 덧없는 찰나들이 변하지 않는 성스러운 것들로 지각되는 것 같습니다."란 잡지의 대담 내용을 보면 "도시" 공간에 관한 박 시인의 인식 정황과 사유를 엿볼 수 있습니다. 박 시인의 시에서 도시는 기억이나 존재의 근원과 상처를 성스러운 신화적 세계로 승격시켜 전도를 촉발하는 공간으로 읽혀집니다.

박형준: 도시는 끊임없이 펄럭거리는 커튼과 같아요. 그 커튼 사이로 잠깐씩 성스러운 것이 보입니다. 이상하게도 저는 불우한 생각을 많이 하는 편인데, 그 불우가 좋은 것이 그 불우 사이로 행복한 게 보이기 때문입니다. 도시의 변두리나 골목을 지나다니다 보면 참 행복해져요. 어떤 때는 골목을 돌아다니면서 집 구경을 합니다. 뭐 도시에 사는 게 그렇지요. 그럴듯한 집 한 채를 갖고 싶어서 살지요. 천상병 시인의 시를 읽다 보면 누군가 나에게 집 한 채를 사줄 사람이 있느냐 하는 구절이 있는데, 그게 실지의 집이든 우주의 집이든 도시는 집의 욕망입니다. 도시는 변두리도 변해요. 제가 살고 있는 곳도 그렇습니다. 제가 전세로 살고 있는 낡은 아파트를 포위하듯이 사방에서 공사가 벌어져요. 지금은 이제 그것들이 아파트로 형상을 갖추어 가고 있지만, 재개발을 하면서 한때 그것이 공터인 적이 있었지요. 철거했지만 떠난 사람들의 흔적이 남은 집들이 있었지요. 허공에 계단만 덩그러니 남아 있는 그런 집들을 그 공터에서 많이 보았지요. 집은 부서져 버렸는데 허공에 계단

이 있고, 그 계단 위에는 대문이 있는 거예요. 위험해서 그 계단을 밟고 올라간 적은 없지만, 그 대문을 아래서 올려다보면 삐긋 열어보고 싶은 욕구가 생겨나기도 했어요. 동일시가 생기는 것이지요. 도시는 사람의 욕망을 자극해요. 결핍을 보게 하죠. 다르게 이야기하면 꿈이 태어나는 곳이기도 해요. 저는 도시를 부정적으로만 보지는 않습니다. 그러나 보들레르 식으로 말하자면 내 마음보다 빨리 변해서, 그 매혹이 원한으로 바뀌게 만드는 것 같아요. 하지만 그 덧없는 시간들 속에서 저는 변하지 않는 그 무엇을 봅니다.

5. 기억과 서정의 근원

서안나: "기억"에 관해서도 이야기를 나누어 보고 싶었습니다. 박 시인의 시 중에서 "기억은 더러운 물질이다."라는 시행이 떠오르기도 합니다. 그리고 박 시인의 첫 시집에 관한 강계숙 평론가의 글에서 "기억에 대한 맹렬한 거부는 90년대 많은 시인들이 보여준 인식상의 공통된 특징이자 중심 화두였다."(강계숙, 「기억의 힘, ─박형준론」, 『창작과비평』 2004년 봄호)라는 내용이 있습니다. 그리고 박 시인의 시집 『물속까지 잎사귀가 피어 있다』(창작과비평사, 2002)에 대해서 "소멸의 문제를 깊이 천착해 온 박형준은 지나간 시간들을 현재로 불러들여서 서로 접목시키며, 의식 속의 자연의 풍경을 공들여 묘사한다. 그는 '시간의 주술사'처럼 "기억이 없는 곳"(「城에서 1」)까지 손길을 뻗쳐 '시간의 성(城)'을 축조한다."(김수이, 「시간의 원근법적 잔여물」, 『창작과비평』 2002년 여름호) 라는 내용이 있습니다. 이러한 내용을 볼 때 박 시인의 시에서

"기억"은 "더러운 물질" 혹은 "기억이 없는 곳"까지 뻗어가는 손길처럼 시인의 시간관을 드러내는 핵심 키워드가 아닐까 생각해 봅니다.

박형준: 기억은 제 서정의 근원이지요. 도시가 감각을 활성화시킨다면, 그러니까 덧없이 변하는 그것들에서 어떻게든 살아보려는 맹목적 의지가 생겨난다면 기억은 자꾸 저더러 뭔가를 외면하지 말라고 손짓하는 안타까운 고향의 모습입니다. 제 안에서 기억의 문제는 해결되지 않아요. 제 안에서 기억과 현실은 뒤섞여 있어요. 저는 사실 기억을 소멸시켜 버리고 싶어요. 현실의 문제보다 더 복잡하게 뒤엉켜 있는 게 저에게는 기억입니다. 기억은 저를 끈질기게 붙잡습니다. 놓아주지 않습니다. 뒤돌아보게 만듭니다. 저는 시에서나 삶에서나 멀리 가고 싶습니다. 내 나름의 감각으로 갈 수 있는 곳까지 가고 싶습니다. 내 감각이 그대로 실체가 되는 땅을 밟아보고 싶습니다. 그런데 그게 되지 않아요. 기억은 저를 약하게 만들고 연민하게 만들고 주저앉게 만들고 수긍하게 만듭니다. 그런데 그것이 역설적으로 저에게 의지를 줍니다. 저는 뛰어난 시인은 못 되겠지만 성실한 시인은 될 것 같습니다. 기억이 있으니까요. 그건 저를 붙잡아 줍니다. 저는 기억 속으로 추락하는 것을 기억에로의 비상이라고 할 수 있는 지점으로 만들고 싶습니다. 저는 이제 조금은 나는 꿈을 꿀 것도 같습니다. 이번 시집으로 저는 그 비상의 받침대를 조금은 만든 것 같습니다. 아직 자신은 없지만, 서정주 식으로 말하자면 이제 날개에 조금은 힘이 생긴 것 같아요. 기억은 깊지만 부력을 만들어 줍니다. 날려고 하면 날 수 있도록 말이지요.

서안나: 박 시인께서 시 창작 강의도 많이 하는 것으로 알고 있습니다. 박 시인의 대담 내용 중에서 "대개의 좋은 시는 70%의 묘사와 30%

의 진술로 이루어진다. …(중략)… 극단적으로 이야기하자면 시는 누군가에게 하는 말이 아니라 말을 그리는 것입니다. 최근에 들어서는 확산되는 이미지보다는 수축되는 이미지들을 선호하는 편이에요. 짧은 시를 많이 쓰는 것도 그것 때문일 겁니다. …(중략)… 시적 객관성을 유지해야 하고 그러기 위해서는 대상을 그리는 방법밖에 없습니다. 대상을 그림으로써 그것이 자기 마음의 풍경이 되게 하는 거죠."라는 내용을 보았습니다.

시를 공부하는 후배들에게 많은 도움이 되는 이야기라고 생각합니다. 그리고 박 시인의 "수축되는 이미지의 선호"와 "짧은 시" 형식의 추구는 이번 시집에서도 유효한 게 아닌가라는 생각이 듭니다. 그래서 박 시인의 시를 읽으면 잔잔하게 물결치는 물의 입자들이 보이곤 합니다. 시를 여러 번 읽을수록 그 입자들이 서로 호흡하여 다양한 맛이 우러나온다고 봅니다. 은근한 빛이 오래도록 식지 않는 물속의 돌멩이 같은 느낌이랄까요.

박형준: 그렇게 봐주시니 겸연쩍기도 하지만 고맙습니다. 시를 가르친다는 게 사실은 갈수록 거짓말쟁이가 되어간다는 생각이 들게 합니다. 세상은 드러나기 전까지는 다 독특하지요. 드러나기 전까지는 우리의 마음은 우주의 생성 입자나 마찬가지 것들로 가득 차 있습니다. 우주에 잠재되어 있는 것들은 그것들이 다 형상으로 굳어지기까지는 끊임없이 운동할 것입니다. 우리들 마음속에도 바로 그러한 상상력의 운동체들이 존재하지요. 누구나 그걸 인식하고 변형하면 시도 뭣도 될 것입니다. 시 선생은 그걸 자극시켜 주기만 하면 됩니다. 그러니까 학생들하고 술만 열심히 마셔주면 됩니다. 이런저런 이론이란 것이 굳어진 형식을 보고 체계화한 것에 불과합니다. 그걸 시쓰는 법이라고 제가 가

현대시의 상상력과 감각

르치고 있는 셈이지요. 그러니까 다른 말로 하면 학생들을 가르치는 것이 아니라 제 스스로 저를 가르치려고 하는 셈인 거지요. 뭔가 알리바이를 만드는 것입니다. 그래서 묘사를 잊지 않으려고 합니다. 묘사는 뭘 알려고, 그것을 개념화하려고 하는 태도가 아닙니다. 묘사는 모르는 것을 모른다고 하는 것입니다. 모르니까 관찰하고 상상하고 그걸 시적 논리로 만들어가는 과정이 묘사입니다. 따라서 진술도 묘사가 바탕이 되어야 울림이 있습니다. 그리고 앞으로 어떤 시를 쓰게 될지 모르겠지만, 당분간은 저에게 수축이 필요한 시기가 아닌가 싶습니다. 사실은 선생님이 질문한 것과는 달리 이번 시집에서 저는 너무 말을 많이 한 것은 아닌가, 그래서 좀 진이 빠져 있다고 해야 되겠기에 그렇습니다.

서안나: 박 시인께서 "나를 객관적으로 표현하려면 시적 객관성을 유지하면서 끊임없이 변화하는 나 자신을 좇아 변화할 수밖에 없어요. … (중략)… 내가 시인으로서 갖고 싶은 두 가지가 있습니다. 하나는 자유자재한 언어고 하나는 영원성입니다. 영원성을 갖고 싶은 것은 아마도 끊임없이 본질적인 것으로 돌아가고자 하는 욕망이 작용해서인 것 같아요. …(중략)… 고향 귀향이라고 하는 것이 내게 어떤 의미인가를 탐색하는 과정이 내게 중요한 요소로 다가왔었죠. 늘 그런 생각을 많이 해요. 나만의 언어를 갖고 싶다는 생각. 그 언어들로 내 정신들을 살아 있는 것처럼 빚어보고 싶다는 욕구. 사실은 그게 되지 않아서 서정성이 개입되는 거죠. 서정성조차 완벽하게 객관화시켜 봤으면 하는 생각을 하는데 …(중략)… 삶이라든지 사람이라든지 풍경이라든지 하는 대상에서 마주치게 되는 연민에서 벗어날 수 없어요."라는 내용이 있었습니다. 아마도 이 말이 앞으로 박 시인의 시 세계가 나아가는 방향의 이정표가 아니냐는 생각을 해보았습니다. "고향" 혹은 "나만의 자유자재한

제3부 현대시의 감각

언어" "영원성" "서정성의 객관화"라는 내용에 대한 박 시인의 이야기를 듣고 싶습니다. 독자들이 박 시인의 시를 더욱 심도 있게 이해하는 데 도움이 될 것 같습니다.

박형준: 그런 말에 책임을 지려면 아직은 침묵하고 있어야 될 것 같아요. 제가 한 말이지만 조금은 거창하게 느껴지기도 하구요. 그런 생각을 가지고 있고 노력하겠다는 말로 대신하고자 합니다.

서안나: 마지막으로 후배들을 위한 몇 가지 질문으로 대담을 마칠까 합니다. 시를 창작하실 때 특별한 습관이나 시상이 잘 떠오르는 장소가 있으신지요. 시 창작과 관련한 좋은 방법이 있다면 말씀해 주세요.

박형준: 돌아다니라고 이야기해 주고 싶어요. 그러나 절대로 자신과 절연하지 말라고 이야기해 주고 싶습니다. 시 쓰는 사람은 좋은 곳에 가게 되면 찬탄하면 안 됩니다. 그곳에서도 남들이 못 보는 변두리를 봐야 합니다. 남들이 못 보는 곳에서 시의 뮤즈의 눈짓이 있습니다. 똑같이 보아도 사람이나 만물에게는 잠재되어 있는 수많은 눈짓들이 있습니다. 시는 방에서 쓰더라도 마음만은 늘 배회하도록 해야 합니다. 시는 이상한 암호로 되어 있는 것이 아니라 아주 원초적인 에로스로 다가오는 것입니다. 그것을 붙잡으려고 하지 말고 그것이 자연스럽게 오도록 마음을 지옥으로 만들어야 합니다. 시의 뮤즈는 번민하고 결핍된 자를 좋아합니다. 왜냐면 인간만큼이나 외로운 것이 고향이고 절대이기 때문입니다. 시는 찰나로 변하는 인간의 마음이 잠깐 성화된 순간이고, 거기에 변하지 않는 무엇이 있습니다. 잡을 순 없지만 함께 동행하고 포개어질 수는 있습니다. 그게 저에게는 결론적으로 고향이고 이 정

처없는 도시의 집이라고 할 수 있겠네요. 그리고 서안나 선생님의 훌륭한 질문이 저를 배려하는 따뜻한 마음에서 나온 것이라는 것을 이메일 대담의 마지막에 와서야 깨닫게 되네요. 언제나 그런 것 같아요. 소중한 것은 지나고 나서야 겨우 흐릿하게 깨닫게 된다는 것을요. 대담 서두에 선생님께서 가을을 좋아하신다는 말로 이야기를 열었는데, 이제야 그 가을이 선생님께 어떤 느낌인지 궁금해지네요. 선생님의 시세계와 더불어서요. 세상은 그렇게 덧없이 순환하지만, 그 순환의 어느 지점에 붉어진 단풍이 있고 행복이 있고 슬픔과 시가 있는 것 같습니다. 가을의 끝자락에서 선생님의 건강과 건필을 빌어봅니다.

서안나: 서투른 질문에 답변해 주시느라 고생 많이 하셨습니다. 덕분에 저도 박 시인님의 멋진 시세계를 여행할 수 있어서 즐거웠습니다. 감사합니다.

『시와표현』 2011년 겨울호

남도의 해학과 유랑의 감각

— 정윤천론

1. 시와 정치성

서안나: 계간 『시향』은 금번 호부터 '시인과 삶'이라는 기획 코너를 시작합니다. 독특한 삶의 이력을 지닌 시인 한 분을 초대하여 말 그대로 '시와 삶'에 대해 이야기를 나누려고 합니다. 첫 순서로 멀리 남도에서 고향을 지키며 살아가는 정윤천 시인을 모셨습니다. 되도록 편안한 자리가 되었으면 합니다. 선생님의 시에서처럼 "地上의 사람들이/ 하나 둘 어두움 속으로 문을 걸어 잠그기 시작하"면(「십만 년의 사랑」) "이 겨울의 예감들이 문득 캄캄"(「겨울강 겨울저녁」)하였던 그런 계절을 보낸 것 같습니다. 지난 겨울 폭설이 유난한 곳도 많았는데 선생님의 겨울나기는 어떠하셨는지요.

정윤천: 얼마 전에 「面에 살어리랏다」라는 아주 옛날스러운(?) 시 한

편을 퇴고한 게 있습니다. "배달에서 돌아온 김양이 지분거림으로 흘러 내렸는지/ 실한 허벅지 위로 살색 스타킹을 끌어 올린다./ 껀정한 중늙은이 하나 빵구난 메리야쓰 닮은 버스에서 방금 내렸다./ 단걸음에 다방 안으로 들어선다./(중략) 사람들이 면에 오는 일은 크게 두 가지여서 하나는 면에게 사정할 일이 생겼거나/ 오늘처럼 김양 곁에서 짧은 방심의 시간을 물 사먹고 가기도 할어리랏다./ 호적계 창구에 들러 등본과 초본과 인감증명을 수습한 뒤에/ 그새 면사무소보다 혈색이 좋아진 농협 출장소를 들렀다 가야만 하는 경우도 있다.// …(중략)… 그런 날은 군이나 도에서 까만 승용차들이 닥치는 날이어서/ 그런 날은 면사무소도 밍크 고래처럼 크륵거리는 찦차에게/ 한 뭉치의 고지서를 싣거나 사후 약방문 같은 홍보지 남은 거라도 옮겨 싣고// 저 고요의 오후 속으로, 검버섯 즐비한 골목 속으로/ 돋보기와 도장밥과 살어리랏다를 싣고 출장을 나서기도 한다./ 너도 그렇게 딸기처럼 익어가기를 빌으리랏다./ 면에 살어리랏다." 「面에 살어리랏다」 일부

어쩌면 인용시에서 나타나는 모습이 지금 이 나라의 변방의 한 모습일 겁니다. "검버섯"과 "고요의 오후"들은, 또 "농협 출장소"를 다녀와야 하는 아픈 현실의 사람들이지요. 여기에선 서울이 멉니다. 아니 서울로 통칭되는 '경제'나 '정치'가 사실상 남의 나라 일 같다는 말입니다. '종편'이라던가 하는 이상한 방송매체들이 불어났는데, 오히려 그것들은 하루 종일 허접한 말장난들로 변방의 사람살이를 더욱 허망하게 하거나, 이마가 너무 단단하게 생겨먹은 호국귀신(?)들 같은 눈빛을 한 인사들이, 한쪽으로만 작심한 말들로 속보이는 분위기를 조성하는 걸 봅니다. 소위 이 나라에서 기득권이라 불리는 계층을 어떻게 해석하고 바라보아야 하는지에 대한 대목입니다. 대부분의 그들은 변방의 그늘과 참상을 알지 못합니다. 알려고 하지 않습니다. 그나마 저 같은 시각으

로 그들이 주지하는 발언들을 똑바로 바라보려 하는 사람들도 갈수록 적어지고 있습니다. '불감증'들입니다. 마이크만 들려주면 모두 다 자신들의 입장에서만 소리들을 외칩니다. 반한 것들에 대해서는 '웬수' 취급을 하거나 저주합니다. 마치 미친 사람들처럼 보입니다. 외국의 사례와 용어까지 들먹이며(유식한 척…) 자신들의 입장만을 추켜 세우지만, 하는 짓이 애초부터 편집증이라는 게 문제입니다. 다시 '겨울'로 돌아가자는 뜻일까요? 제발 벽창호 같은 '서울 나으리'들의 말투가 공평무사해졌으면 합니다. 서두부터 너무 정치적인(?) 발언을 했는지도 모르겠습니다만,

서안나: 시는 언제나 정치적이어야 하고, 한편으로 정치적이지 않아야 하리라는 측면에서, 선생님의 시적 내면의 일단을 엿보게 하는 발언이라 생각합니다. 어차피 세상은 두 개인 좌, 우의 눈으로 바라보이는 공간일 것이구요. 남쪽에선 백매가 피었다는 꽃의 전언이 들리기도 합니다. 선생님의 시에서처럼 왠지 지금도 "천 번쯤 나는 매미로 울다 왔고/ 천 번쯤 나는 뱀으로 허물을 벗고/ 천 번쯤 개의 발바닥으로 거리를 쏘다니"(「십만 년의 사랑」)고 계실 것 같은 느낌을 지울 수 없는데, 실재하고 계시는 화순의 초봄 풍경은 어떠신지요?

정윤천: 어떤 풍유의 글쟁이 한 사람은 "사꾸라 꽃 피면 여자 생각난다."라고 쓴 걸 보았는데, 봄이 오면 우선 저는 희미하게 슬퍼집니다. 깊은 적막의 시간들을 견디고 나와, 어디선가 불쑥 쑥부쟁이 같은 '푸르름'들이 사방에서 사방으로 맺히는 기색일 때, 다시 또 때 낀 목숨 하나를 일으켜 세워 가야만 하리라는 환절의 바람소리들, 그렇게는 한동안 까닭도 모를 비애에게 져서 휘청거리지요. 그러나 봄은 저 혼자서 화들

현대시의 상상력과 감각

짝 깊어집니다. 그때쯤 저에게도 여자 생각은 아니라 해도 사는 일의 '물컹물컹'한 느낌이라거나 바라봄 같은 서정이 찾아왔으면 좋겠습니다. 그렇지 않아도 시골의 봄은 제법 관능적이어서 여기저기서 끙끙 몸을 앓아대는 소리들을 퍼 올려 주기도 하지요.

서안나: 원래 고향이 전남 화순이신가요? 선생님의 제1시집인 『생각만 들어도 따숩던 마을의 이름』(실천문학사, 1993)에서도 농촌의 현실과 농사를 짓는 이웃에 관한 시편들이 많습니다. "막술에 상한 얼굴"을 한 "깎은 머리의 재섭이 아재"며 "젖통 한쪽이 유난히도 컸었던" "동네 형님의 키 작은 각시"와 그리고 「그」에서처럼 "왼 한해의 노고를 깡그리 저버린/ 뼈아픈 지난 가을의 흉작이 그렇듯/ 만취로 비틀거려 보는 저 반생의 날들이 그렇듯" 누군가들의 고단한 삶을 연민의 시선으로 통찰하는 눈길을 느낄 수 있습니다. 이는 제2시집인 『흰 길이 떠올랐다』(창작과비평사, 2004)에서도 여전한 시적 질료들로 자리 잡고 있습니다. 그렇게 농민시 경향의 시적 출발에도 불구하고 선생님이 농민시 계보의 시인으로 독자들에게 남아 있지 않다는 점도 특별한 경우라고 생각합니다.

정윤천: 맞습니다. 전남 화순의 고향 집에서 스무 살 남짓까지 살았지요. 첫 시집은 '그 마을 공화국'의 원형성(고향)에 기댄 이야기들입니다. 이를테면 그리움이거나 추억에게 말을 붙인 이야기 떨기들이지요. 세계를 향해 말을 걸기엔 아직 사유의 폭이 엷었고, 그땐 자꾸만 우둘투둘한 산문시 경향에 취해 있기도 했었어요.

인생의 시작이 좀 남다른 데가 없지 않습니다. 스무 살 남짓까지만 나는 그 "생각만 들어도 따숩던 마을"의 정주민이었고, 속옷 가방만 하나

달랑 챙겨 들고서(자그마한 여자 하나 때문에…) 그 마음의 원적지로부터 출가를 결행한 연후에, 나는 아직도 심정적이거나 현실적인 유랑객으로 살아가고 있습니다. 유랑의 외로움 때문에 대면한 게 시문(詩門)인 것 같고요. 천지간이 사뭇 적멸에 꼬였던 강마을의 저녁에 무슨 원귀에게라도 이끌리듯 신춘문예 투고작을 끄적이던 서른(서러운) 무렵의 한밤중이 지금도 눈에 선합니다. 태어난 기질만을 살피면, 시인이거나 예술 쪽의 고상함이거나 '척'하는 일에는 먼 바탕이었는데, 어쩌다 다른 길에 들어서 아직도 실컷 헤매는 중이라고 봅니다.

『농무』라는 시집을 우연찮게 접하였던 게 사고의 발단입니다. 그때까지만 해도 시는 '지상의 말'들이 아닌 "고이 접어서 나빌"거리거나 "청노루 눈알"에 돌아댕기는 구름 같은 거라고 생각했는데, "이발소 앞에서 참외를 깎거"나 "못난 것들은 얼굴만 봐도 반갑다"라던 구절들 앞에 이르러 숨이 탁 멎을 것 같은 느낌에 빠졌습니다. 촌놈이었고, 자연스럽게 농촌의 이야기들이 시 속으로 걸어왔습니다. 그 후론 목소리를 갱신하려는 노력들이 반영되어 아마도 농민시인(?)에서 해방되지 않았을까요? (웃음)

서안나: 선생님이 등단하신 지도 벌써 25여 년을 넘어서고 있습니다. 그동안 가져왔던 시에 대한 생각이 궁금합니다. 또한 선생님의 학창시절에 광주는 민주화 운동의 상징으로 비쳐진 공간입니다. 마치 "시방·여기·이곳과 더불어/ 힘없는·버림받은·죽어가는·온갖 것들과/ 더욱 더불어"(「詩는 쓰러지거라」, 『흰 길이 떠올랐다』)에서처럼, 그렇게 현실 속에서의 통한이 서린 광주의 삶이 선생님의 시 세계에 미친 영향을 생각해 보게 합니다.

현대시의 상상력과 감각

정윤천: 지금도 저는 여전히 비시적인 기질의 사람입니다. 외려 남도 창 한 대목을 잘 구슬려 제법 그럴듯한 한량의 길로 나섰거나, 아니라면 사주 관상쟁이 같은 짓으로나 무질러 앉아 우스갯소리나 해대며 사는 게 훨씬 어울렸을 겁니다. 누구에게 무슨 지시를 받거나 간섭을 당하는 일을 죽을 만큼이나 싫어해서, 잠자코 따라 앉아 무언가를 얻어 배우거나 쌓아 올리는 일에 몹시 서툴렀던 것 같습니다. 그러니 내가 깨치고 있는 '일반상식'들 역시 몽땅 우둘투둘한 '독학방식' 뿐이지요. 어쩌면 시를 가까이하였던 연유 역시 그것이 나를 가르치려 들거나, 설교하려 들지 않았기 때문입니다. 시는 저에게 들꽃처럼 피는 야성의 건달성(?)으로 얼마든지 상상하게 하고 소리쳐도 되는 노래이자 위안이었습니다. 가장 간결하고 참답게 '아름다움'에 대하여 천착하게 하는 우아함 같은 게 있었지요.

하필이면 가난하고도 별 볼일 없는 내가 아름다운 아무개를 좋아해서는, 그래서는, 흰 눈이 나린다고 말할 때(「나와 나타샤와 흰 당나귀」에 기대어서) 여기에 무슨 이데올로기 같은 것이 끼어들 틈이 있겠는지요. 왜소하고 처연하지만 시는 아직 인간이 지닌 영역과 종목들 중에서 마지막 허무이자 허공이라는 생각을 가져봅니다.

광주 이야기는 그냥 넘어가는 게 좋을 것 같습니다. 그 성지는 아직도 우리 모두에게 공룡 같은 형극의 백화점이어서, 언뜻 '미니스톱' 앞에서처럼 발길을 멈추고, '종편'의 출연자들과 닮은 표정으로 한쪽의 입장에서 발언하거나 유포해서는 안 되기 때문입니다. 또한 광주에서의 시들은 비단 광주 시인들만의 부채는 아니라고 봅니다. 광주에 관한 더 많은 내재율들이 예술 작품들로 혹은 건강한 담론으로 그치지 않아야 하리라는 바람입니다.

제3부 현대시의 감각

2. 거대 서사와 향토성

서안나: 중견 시인의 한 사람으로 오랜 시간 시에 고투하시는 선생님의 시 세계에 대해 알아보는 중입니다. 1990년『무등일보』신춘문예 당선과 1991년『실천문학』여름호로 등단하였습니다. 제1시집인『생각만들어도 따숩던 마을의 이름』(실천문학사, 1993), 제2시집『흰 길이 떠올랐다』(창작과비평사, 1999), 제3시집『탱자꽃에 비기어 대답하리』(새로운눈, 2003), 제4시집『구석』(실천문학사, 2007)을 출간하였고, 2001년에는 시화집『십만 년의 사랑』(마흔 한 편의 사랑노래와 한 닢의 편지)(문학동네, 2011)을 펴내셨는데요.

새 시집의 출간 때마다 시적인 탐로와 목소리들이 변모했음을 알게됩니다. 선생님의 일부 시들은 기운차고 웅장한 거대 서사풍이 있기도하거니와, 맛깔나는 토속어 사용과 함께 능청거리는 유유자적이 보입니다. 한편에서는 섬세한 언어의 세공과 함께 감각적인 시 세계를 펼쳐주는데, 자신의 작품세계에 대하여 자유롭게 발언해 주셨으면 합니다.

정윤천: 처음엔 시가 그렇게 어려운 세계인지 잘 몰랐습니다. 무조건쓰기부터 시작한 우직한 습작기의 와중에 신춘문예에 덜컥 당선이 되었고, 소위 중앙문단에 가서 등단을 하였고, 오리지널 출판사에서 시집들을 간행했지요. 처음에 시는 저에게 만만한 것이었습니다. 하지만 사는 일의 빈틈들과 더불어 제게도 "시가 써지지 않은 시기"가 찾아옵니다. 7년여의 고단한 공백기 뒤에서야 네 번째 시집인『구석』을 펴낼 수있었지요.『구석』이 저에겐 시의 탈출구였습니다. 나중엔 무슨 '우수문예도서'라는 타이틀 붙여 주고, 문학상 후보에도 거론되더군요. 그만큼

현대시의 상상력과 감각

구석의 시편들에겐 재미있는 일화가 많은데 여기서 살피기엔 무리가 있을 것 같습니다.

그때의 시들이 찾아올 때도 나는 부러 시를 쓰기 위한 책갈피이거나 노력에 매달리기보다는, 시가 와서 맺히는 발화의 순간과 그것을 발견하는 마음을 가다듬었던 것 같습니다. 무작정 길을 나서서 저녁때까지 걷다가, 코스모스에게 쑥부쟁이들에게 말을 붙여 보기도 했고요. 세월만큼이나 주름진 약사에게 물파스 한 통을 사들고 나오다가, 저처럼 욕 없이 늙어 간다는 일의 가없음에 대하여 사무쳐 보기도 하였는데. 「늙은 약사를 만나고 왔다」라는 시는 곧장 길 위를 걸어가다가 써지더군요. 그러니 그 시집은 목소리들이 '조곤조곤' 하지요.

이후에 나온 시화집은 아마도 내 몸과 마음이 가장 결정적으로 떠돌던 시기에 써졌습니다. 정해진 거처가 마땅치 않아 남광주 시장 어귀의 비린내 나는 여관방에 앉아, 이삼 개월 동안에 집중적으로 썼을 것입니다. 그때 참 "사랑"이라는 단어를 너무 많이 입에 올렸다는 생각입니다. 해서 '연애대장'으로 오인받는 경우도 더러 있습니다. (웃음) 그때까지도 그럭저럭 교유하며 지내는 몇몇의 시인들 말고는 별다른 독자층이 없는 한산한(?) 시인이었던 저에게, 시화집은 기대 이상의 반응으로 시의 대중들과 만나는 자리들을 만들어 주었습니다. 여러 도시에서 말로만 듣던 팬 사인회가 열렸고, 특히 대구에서는 소극장을 대관하여 출판기념회 겸 대형 사인회를 열어주었던 열혈 독자팀들도 있었지요. 지금도 그 시화집은 꾸준히 팔려 나가는 추세이고, 그동안 5~6천여 권 정도가 이런 저런 방식으로 독자들의 손에 들려졌습니다. 물론 아름다운 그림들을 책갈피에 넣어 주었던 화가 한희원 형의 도움이 적지 않았을 거라고 봅니다. 애초엔 '십만 권'의 사랑이었는데, 그에 미치지 못한 것은 제가 저지른 작업의 두께가 별로였기 때문이겠지요. (웃음)

서안나: 인터넷 검색을 통해 선생님의 이력을 살피던 중에 이채로운 부분이 있었습니다. 시 전문 계간지 『시와 사람』의 편집 동인과 부주간으로 활동하시면서, 『광주타임스』 신문사를 거쳐 프리랜서 겸 고향 지역 신문에서 편집국장을 역임하기도 합니다.

그리고 『구석』의 후기에서 "이 시집을 첫 시집으로 삼아도 좋을" 만큼이라거나, "탈출구"라고 말할 정도로 각별함을 보입니다. 실제로 지면에서 접한 다른 시인의 감상평에서도 시집 『구석』을 대할 기회가 있었습니다.

"종일 정윤천의 시집 『구석』과 놀았다. 이런 날엔 소주가 없어도 좋고, 그렇다고 굳이 다과상도 필요 없다. …(중략)… 예전 시보다 한층 더 좋아졌다고들 입을 모은다. 이는 대개 과거의 이름으로 행세하기 일쑤인 정윤천 정도의 오랜 시력을 가진 중견에게 있어서 그 시간을 다독여 발효시킨 만큼의 고무적인 경사이자, 작가회의로 봐도 주마가편의 축복일 것이다. 그의 시는, 가볍고 메마른 기교가 판을 치는 요즘 시풍에 대한 반란이며, 미래파 같은 불안한 반시적 돌출에 대한 옐로카드이다"(김규성 시인) 선생님의 '선운사 시절'이 함께하는 『구석』은 어떤 의미의 시집입니까.

정윤천: 순서대로 답해보자면, 『시와 사람』은 광주에서 맨 처음 강경호 시인(현 주간)과 제가 벌였던 작은 모의의 소산입니다. 당시 강 시인이 출판사를 경영하고 있었기에 가능한 일이었지요. 처음엔 아무도 눈여겨보지 않았던 변방의 잡지 속으로 그동안 몇 명의 유명한 주간들이 지나갔고, 걸출한 신인들이 걸어갔습니다. 늘 떠돌이 체질이어서 막상 일을 맡아야 하는 자리엔 부재하곤 했는데, 근자에 이르러 저에게도 안팎에서 주간의 제의가 있었지만 지금도 무슨 일을 혼자서 맡아서 하기

엔 천성적인 약점이 있기에, 올해부턴 강 시인과 공동 주간을 맡기로 하였습니다. 생각 같아선 '문학회'도 하나 꾸리고 문우들 간의 소통들도 하면서 시작(詩作)과 더불어 '문학 일'에도 관심을 가져볼 생각입니다.

언론사 생활은 노름판을 기웃거리던 백수의 시절에 주위의 권유로 한동안 발을 걸치기도 하였는데, 별다른 소명감 없이 시작했던 일들인지라 그리 오래가지는 않았습니다. 먹고살 만한 직장에 있었을 적에, 주위의 빚보증들을 너무 함부로 서주었던 일이 틀어지기 시작하면서 사는 짓이 뒤따라서 꼬이기 시작했습니다. 그 뒤로 급하게 저질렀던 '먹고사는' 일들은 자꾸 저희들이 알아서 무너져 버렸고요. 눈빛이 퀭해져서 "개의 발바닥"으로 부랑의 변두리들을 한동안 기웃거렸다는 기억입니다.

그러다가 어느 날 스무 살 때의 괴나리봇짐처럼 가방 하나만 달랑 챙겨 들고, 훌쩍 떠나간 곳이 선운사 아랫마을의 민박집입니다. 불혹의 출가이거나 가출은 다시 또 가슴이 먹먹해지더군요. 다정민박. 두어 달이 지나면서부터 그 집의 양주는 저에게 밥값과 방값을 면제하여 주었습니다. 무엇 때문에 그런 특혜를 받았는지 잘 몰랐는데, 제가 한때 시를 썼던 작자라는 걸 알고 장학제도 같은 걸 신설하여 주신 게지요. 수 년간의 '공밥살이'를 지냈습니다. 언젠가 한 방송매체에서 '선운사 정 시인'의 취재가 있을 때 피디에게 끌려온 민박집 사모님이 「저, 감옥」이란 시의 전문인 "사랑한다고애써말해버렸다"를 두 눈을 꼭 감고 암송하던 바람에 하마터면 눈물이 날 뻔했습니다. '가난 감옥'의 시절이었기에 그 집이 저에게 베푼 호의와 우정을 지금도 한사코 잊을 수 없답니다.

그때 거기에서 복분자주 공장을 운영하는 한 문우를 만나게 되지요. 한편에서는 참으로 오랜만에 얼마든지 고요해져도 좋은 차갑고도 명징한 시간들이 곁으로 왔습니다. 그때부터는 닥치는 대로 일거리들을 찾아 바지런을 떨기도 했지요. 서서히 백수와 건달이 스스로 떠나가기 시작하였습니다. 그새 서울로 유학 간 딸내미에게 학비를 부치는 아비의 노릇도 제법 감당하였지요. 언제부턴가 다시 시가 찾아오는 기척이 있었습니다. 그것들은 내 고립 같은 방문의 문고리를 흔들어 주더군요. 그예 모여진 시편들이 나중에 『구석』이라는 시집이 되어 줍니다. 부르기 편하게 '선운사 시절'이라 칭하는 내 생의 어느 한 계절은, 나에게 있어 갱생과 참회, 슬픔과 광휘로 부스러지고 다시 이루어진 눈물의 순간들이었다고 봅니다. 그 선운사 시절이 가장 짙게 밴 시 한 편이 아마도 "어디 숨었냐, 사십마넌"(안도현의 시 배달로 널리 읽혀짐)이 아닐까합니다. 지금도 남도의 시 낭송가들 사이에서 널리 암송되고 있답니다.

현대시의 상상력과 감각

3. 시와 자연

서안나: 전남 화순 도곡면 대곡리에 술도가 '술빚는 마을'를 운영하신다는 소식을 접했습니다. 선생님이 운영하시는 블로그('술시')에서 '술빚는 마을'과 관련한 사진들과 함께 선생님의 근황도 엿볼 수 있었습니다.

제 생각으론 오늘같이 흐린 저녁이면, 선생님께서는 지인들과 함께 어울려 복분자주나 뽕주를 앞에 두고 "초가을 바다에서는 흙피리 소리가 난다"라거나 "멀리 있어도 사랑이다"와 같은 아름다운 시들을 암송하고 계실 것도 같습니다. (웃음) "저녁이 온다고 마을이 혼자서 아름다워지랴" (「저녁의 시」, 『구석』)에서처럼 고향이 안겨주는 안온함으로 한

쪽에서 술이 익어갈 것 같습니다. 지금 하시는 일은 어떻게 시작하셨는 지요. 선생님의 시와 삶을 이해하는 데 꼭 듣고 싶은 말입니다.

정윤천: 고창의 선운사 시절에 술도가 일을 친구에게 배웠던 인연으로 고향에 돌아와 시작했던 게 지금의 '술빚는 마을'입니다. 곡절이 깊어서 다 들려줄 수는 없지만, 아무튼 일을 벌여도 되는 공장이 마련되었고, 복분자주와 뽕주를 제조하여 시장에 내놓았는데, 한동안 호황을 누렸던 과실주 시장이 막걸리류로 재편되었을 뿐 아니라 기업성 제품들의 난입으로 어려운 살림살이를 꾸려가고 있지요. 자금이 좀 돌아오면 전혀 새로운 술을 한 가지 개발해 보려는 노력을 하고 있는 중입니다. 시도, 술도, 사는 일도, 다 어렵습니다. 몽땅 때려치우고 싶은 생각에 시달리기도 하지만, 어차피 바람이 불고, 눕고, 다시 일어서야 하는 게 살아서 짊어져야만 하는 일들의 엄연한 순간들이겠지요.

공장 이층에 아담한 술자리 방을 하나 마련하였는데, 가끔 지인들이 몰려서 뚱땅거리고 놀기도 합니다. 생목으로 노래 부르며 노는 걸 저는 참으로 좋아합니다. 노래를 시키면 '앵콜' 없이 다섯 곡을 채우는 게 제 특기이지요. (웃음) 시 노래 작곡자로 널리 알려진 한보리 선배(나팔꽃 동인, 포엠콘써트 대표)가 지척에 살고 있어서, 먼 데서 손들이 오면 그를 불러서 거의 강제로 기타 소리를 듣지요. 졸시 "들쑥 향기는 바람에 날리고"는 그가 시 노래 운동을 시작할 때 "시 하나 노래 하나"의 공연과 시디에 들어갔던 시 노래 중의 한 곡입니다.

서안나: 선생님의 카페인 '술시(http://cafe.daum.net/sulsi4567/)'를 보니 "술빚는 마을 과실주 맛체험" 등의 체험 후기도 있어 블로그를 읽는 즐거움이 있더군요. 그리고 술 선물세트와 함께 선생님의 시집을 선

물로 주는 점도 재미있었습니다. 술 이름이 "시인이 만든 술, 술시 1호와 술시 2호, 술시 3호"라는 상품명도 흥미로웠습니다. '술시' 게시판을 자세히 들여다보니 '술빚는 마을'의 '뽕주'가 그 맛을 인정받아 2012년 아시아 문화포럼(6개국 장관 초청)의 공식 만찬주로 선정이 되셨네요. 그리고 상품 박스에 「별물」이라는 시가 인쇄되어 있을 뿐만 아니라 시집 『십만 년의 사랑』(문학동네)이 선물로 들어 있어 운치를 더하고 있습니다. 시인들 사이에서도 선생님 공장의 술맛이 가끔 회자됩니다. 이런 인기에 힘입어 "농수산식품부에서 운영하는 농수산물 사이버거래소(www.eatmart.co.kr)에서 술빚는 마을의 과실주 선물세트를 적극적으로 홍보, 판매해 주고 있더군요.

현대시의 상상력과 감각

정윤천: 술시는 술과 시라는 식의 제가 만든 조어입니다. 그나마 제품 판로의 개척에 문화적인 이미지의 옷을 입혀본 게 지금의 모습이지요. 술 한 박스를 사면 시집을 끼워주는 속 보이는 짓도 벌이고 있구요. 그간 주위 문우들의 도움을 많이 받았습니다. 특히 아시아 문화 포럼에서는 고은 선생님이 만찬사를 하셨는데, 그 자리에서 각국의 대표들에게 저의 제품을 소개해 주셔서 분에 넘치는 덕을 보기도 하였습니다. 술빚는 마을은 그렇게 느리지만 천천히 제 자리를 잡아가고 있는 중입니다.

서안나: 술시(술과 시)를 이야기 하다 보니 어느덧 마감의 시간이 가까워지고 있습니다. 앞으로도 여전히 선생님의 시간이 "은빛 비늘의 시간"(『구석』)으로 반짝이기를 바랍니다. 저도 언젠가 한번쯤 기타 소리에 묻어나는 술향기가 서린 술빚는 마을의 술방에 가보고 싶어집니다. 끝으로 "열두 개쯤 되어 보이는/ 마음껏 불어난 탱탱한 젖통을/ 땅바닥 가

깝게 늘어뜨리고/ 집을 향해 돌아가는/ 어미개 한 마리"(「젖을 향하여」, 『구석』)처럼 부디 선생님의 사업과 시들이, 제 자리들을 찾아 높고 탄탄해지기를 기대합니다.

정윤천: 한동안 일에 밀려서 시를 쓰는 일에 둔한했다가 지난해 여름부터서 다시 쓰기 시작하고 있는 중입니다. 손이 덜 풀려 퇴고가 부실하긴 하지만 새로운 시집이 다시 묶이기를 바라고 있지요. 그리고 저의 술방은 특히 문우들에겐 언제나 개방되어 있으니, 별다른 기별 없이 찾아오셔도 됩니다. 가까운 거리에 운주사가 있어서 문학기행이거나 취재 여행을 겸하여도 무방하지요. 숙식과 술 향기는 공짜이지만 돌아가실 때는 반드시 술 한 박스 정도를 공장도 가격으로 구입해 가셔서 주위에 널리 홍보하여 주시기를 바랍니다. (웃음) 특히 저희 고향의 오디를 원료로 만든 뽕주는 지구상에서 가장 맛있는 술이라고 자신있게 말합니다. 거기에 제 시심(詩心)도 한 주먹 담았으니 명주임에 틀림없습니다. 희망을 가지고 술과 시를 발효해 나갈 계획입니다.

『시향』 2014년 봄호

제4부

현대시와 도시

공간 인식과 감각의 교환

1. 공간 인식과 청각의 리듬화

이순주 시인은 2001년 『미네르바』로 등단했으며, 이후 2008년 『한국기독공보』 기독 신춘문예에도 시가 당선되어 문단에서 활발하게 창작활동을 펼치고 있다. 또한, 2004년 『조선일보』 신춘문예에 동시로 등단하는 등 등단 이후 지속적인 시적 갱신을 시도하여 자신만의 독창적인 시세계를 보여주고 있다.

이순주 시인의 시집 원고를 받아들고 시를 오래 읽었다. 등단 10여 년만에 엮어내는 시인의 첫 시집이기에 시집에 실린 작품 면면들이 만만치 않은 내공을 갖추고 있었다. 그 내공의 힘이 뿜어내는 아우라가 깊고 짙어 이순주 시인의 시집에서는 시의 서정적 결이 깊고 미려하다.

이순주 시인의 시집 『목련 미용실』[1]은 마치 한 폭의 수묵화에서 흘러

---

1 이순주, 『목련 미용실』, 푸른사상, 2013.

나오는 고요한 강물 소리를 닮아 있다. 현란한 수사와 폭력적 이미지의 나열보다 무채색의 먹먹한 시어들이 물길이 되어 시를 읽는 이의 마음에 스며들 것이다. 아마도 그 강물의 깊이는 독자의 마음 한편에 지워지지 않는 물무늬의 흔적으로 남아 있을 것이다.

그 물무늬의 흔적 속에는 청각으로 포착되는 '울음소리'가 편재해 있다. 이순주 시인의 시집 특징은 오감 중 청각 이미지가 전면적으로 부각되고 있다는 점이다. "나무"의 "울음"과 자연의 다양한 사물 소리는 삶의 역동성의 표상으로 이러한 청각의 감각적 요소들은 시인의 시세계를 개성적으로 드러낸다.

이-푸 투안은 "소리는 공간 인식을 넓혀주어 뒤쪽의 보이지 않는 지역을 알 수 있게 해주며 소리를 통해 공간 경험을 극적으로 표현할 수 있다"[2]고 말한다. 김성재 역시 "소리는 비언어적 커뮤니케이션이지만

현대시의 상상력과 감각

---

2 이-푸 투안, 구동회 · 심승희 역, 『공간과 장소』, 도서출판 대윤, 2007, 34면.
  허정아의 경우도, "소리의 파동 현상은 기계장치를 통하여 시각적 형태로 번역되었고, 음성은 전동 기록기를 통하여 스크린 위에 시각적으로 가시화 되며, 반향음들은 물결 모양으로 그려지고 메아리의 위치와 거리도 레이더 스크린 위에 가시화되었다고 밝히고 있다. 문자 문화가 구술 문화를 지배하게 된 결정적 이유는 기록을 통한 기억의 보존 때문이었다. 그런데 음을 복제하고 기록하며 저장할 수 있음으로써, 소리의 위상의 변화가 촉진되었던 것이다. 소리 문화는 산업혁명의 결과이기도 했지만 역으로 산업혁명이나 자본주의의 발달을 촉진시키는 계기를 마련하기도 하였다"라고 밝히고 있다. 허정아, 앞의 글, 5~9면 참고.
  미켈 뒤프렌(Mikel Dufrenne)도, 『눈과 귀』에서 시각과 청각의 감각 교환을 강조한다. 그는 특히 귀의 존재에 주목하여 "소리인 청각의 원초적인 동물적인 힘을 지니는 특성을 시각과 비교하고, 청각이 지니는 비가시성을 언급하면서 감각의 교류를 통한 공감각을 강조한다. 김화자, 「잠재적인 것—공감각에 대한 현상학적 연구」, 『한국미학예술학회지』 통권 제30호, 한국미학예술학회, 2009, 390면 참고. 미켈 뒤프렌은 "우리가 눈보다 귀를 덜 중요하게 생각하는 것은 귀가 주체성을 직접 드러내지 않고 은밀하게 작용하기 때문이라고 말한다. 즉, 듣기는 들리지도 않고 보이지도 않으며, 자신이 말하는 것을 들으면서 듣는 자신을 의식하지 못하므로 귀는 주관성의 깃발을 드러내 보이지 않는다"고 주장하고 있다. 김화자, 앞의 글, 390면.

반복적으로 회귀하는 리듬을 바탕으로 의식으로 정착되기도 한다. 또한 인간을 정서적으로 구원하는 역할을 하기도 하며, 의식이나 예술로까지 승화될 수 있는 종합적인 의미 전달 및 공유 행위"[3]라 강조하고 있다.

이순주 시인의 시집에서도 이-푸 투안이나 김성재의 지적은 유효하다. '소리'의 사전적 의미가 "물체가 진동했을 때 청각으로 느끼게 되는 것(音)"임을 상기할 때, 시인은 시집에서 다양한 소리 혹은 '울음'이라는 청각적 요소를 통해 "뒤쪽의 보이지 않는" 생의 비애를 전면화하는 독특한 "공간 인식"를 펼쳐 보인다. 또한 시에서 반복적으로 나타나는 사물과 인간과 자연의 소리는 하나의 리듬을 형성하고, 이때 형성된 리듬은 시인의 의식으로 정착되어 실존의 고투를 구현하고 있다.

특히, 시에서 시적 화자가 "울음으로 성을 세운다"는 진술에서 "울음의 성"이란 건축물을 세우기 위하여 울음으로 무게중심의 기둥을 세우고, 지붕과 벽과 문을 만들어 외부 공간과 단절된 시인만의 새로운 내부공간을 탄생시키고 있다. 그렇다면 시인은 어떠한 건축술로 "성(城)"을 탄생시키고 있는가?

제4부 현대시와 도시

> 울음은 기도였으므로 그 누구도 잎새에 달라붙은 울음을 떼어낼 수
> 는 없다
> 숲을 뒤덮는 매미울음 그대로 천장이 된다
>
> 날마다 천장에 슬픈 악보가 그려졌다

---

3   김성재, 「한국의 소리 커뮤니케이션」, 『한국언론학보』 48권 1호, 한국언론학회, 2004, 262~263면.

구름을 만져보고 싶은 날이 있었다

울음은 안식을 거느렸으니,

페이지가 펼쳐질 때마다
땅바닥에 안식을 번식시켰다

나는 잠시 어느 고요한 유배지를 떠올리고,
바람이 타고 내려간 언덕배기 버려진 기타에서 늙은 여자의 울음소
리가 났다 낯익은 저 울음은 너무 많은 그늘을 지나온 내 이력의 후렴부
였구나

잎새 뒤에 숨어 울고 있는 새여!
이곳에서 나무들은 어떤 울음도 귀 기울여 듣는단다

천장이 또다시 거세게 흔들리기 시작한다
그늘이 뚝뚝 떨어져 내린다

뒤꿈치 든 나무들은 성(城)의 기둥이 되고
수천 년 천장을 떠받들고 서 있을 것이다
　　　　　　　　　　　　　—「울음은 성(城)을 만든다」[4] 전문

매미들 울어대던 그늘은 모두 어디로 갔나,
나무의 발가락이 보인다

그늘을 키워온 나무,

4　이순주, 『목련미용실』, 푸른사상, 2013, 16~17면.

그늘이 바삭바삭 걸어갔다

맨발인 나무에 기대어 햇살에 비추인 나무의 발가락을 바라본다

나를 다녀간 신발들,
키워온 신발들이 걸어갔다

신발과 함께 사라진 날들
황홀히 꽃길을 걷는 신발의 연대기는 없나,
그늘을 갈아신으며

나는 여기까지 온 것이다

　　　　　　　　　　　　　　　—「그늘은 신발이었다」⁵ 부분

나무가 봄부터 연두를 밀어낸 건
초록의 잎새마다 그늘을 드리운 건
저 울음 때문인 것을 나는 안다

나무들은 저마다 LP판을 몸에 걸고,

이른 아침부터 서서히 매미 울음 돌아가고 있다 일제히 숲으로 번지
는 매미 울음

며칠의 울음을 위하여 땅 속에서 수년 간 근신한
매미들을 맞으려
산은 진작부터 잎들을 키우며 꽃들로 장식하고

5　위의 책, 92~93면.

새들을 풀어 놓았던 것

···(중략)···

내게 무슨 할 말 있나?

나무가 도구를 사용해 소리 내어 쓰는 말을 나는 한 자루 볼펜이 먹빛
으로 토해내는 뜨거운 울음으로 받아적는다

—「울음의 거처」[6] 부분

일반적으로 '울음'이란 사람이 고통스럽거나 감동하였을 때 감정의
고양 상태에서 나오는 정서 반응 중의 하나이다. 시에서 "울음"은 마치
벽돌이나 건축자재처럼 성(城)을 만드는 구성 재료로 구체화 되어 있다.
울음이 우뚝 솟아올라 한 채의 웅장한 울음의 성을 일으키는 '소리의 건
축술'을 선보이고 있다. 이때 벽돌처럼 구체화한 "울음"은 "기도"의 형
식을 지닌다. 울음이 기도이며 "잎새에 달라"붙어 "떼어낼 수" 없을 만
큼 점성을 지니고 있기에, "숲을 뒤덮"어 "천장"처럼 솟아오를 수 있다.
그 때문에 나뭇잎과 한 몸이 된 울음으로 울창해져 높이 솟아오른 나무
는 "날마다 천장에 슬픈 악보를 그"리게 되는 것이다. 더 나아가 나뭇잎
과 밀착된 자연으로서의 울음의 "페이지가 펼쳐질 때마다/ 땅바닥에"
그늘로 "안식을 번식시"키기도 한다.
　울음이 나뭇잎과 밀착되어 천장처럼 솟아오르고, 나뭇잎과 밀착된 울
음이 그림자 혹은 그늘로 땅에 덮일 때 그 그늘은 시적 화자로 하여금
평안함을 느끼게 한다. 때문에 시적 화자에게 "울음은 너무 많은 그늘

현대시의 상상력과 감각

6 앞의 책, 114~115면.

을 지나온 내 이력의 후렴부"와 동궤를 이룬다. 왜냐하면 "나무들은 어떤 울음도 귀 기울여 듣는" 대상이며, 열심히 타인의 울음에 귀를 기울인 덕에 "천장이 또다시 거세게 흔들리기 시작"하고 "그늘이 뚝뚝 떨어져 내"리기 때문이다.

작품 「그늘은 신발이었다」에서도, "나무"의 "울음"은 "그늘"을 통해 드러나고 있다. "나무"는 "울음"을 내장한 "그늘"을 "키워" 왔으며, 시적 화자는 "맨발인 나무에 기대어 햇살에 비추인 나무의 발가락을 바라" 보면서 "그늘을 갈아신으며/ 나는 여기까지 온 것이다"는 진술을 통해 나무에 감정 상태를 투사하고 있다.

「울음의 거처」에서도 시적 화자는 "나무가 봄부터" "연두" 빛깔의 새 싹을 틔우고, "초록의 잎새마다 그늘을 드리운 건" "울음 때문인 것을 나는 안다"라고 진술하고 있다. "나무들은 저마다 LP판을 몸에 걸"고 있는 것처럼 "울음"을 그늘로 쏟아낸다. 나무의 울음은 곧 '매미'로 전이되고, 그 울음의 향연을 위하여 "산은 진작부터 잎들을 키우며 꽃들로 장식하고/ 새들을 풀어 놓았던 것"이다. 따라서 시적 화자에게 있어 "나무"란 자신의 감정상태가 투사된 대상이며, "울음"으로 무게중심을 버티는 기둥을 세우고, 지붕과 벽과 문을 만들어 외부와 단절된 시인만의 새로운 내부공간임을 알 수 있다.

2. 울음의 상상력과 시적 개성

앞서 살펴보았듯이 시적 화자가 세계를 파악하고 인식하는 방식은 "소리"나 "리듬"과 "박자"이다. 이때 이 모든 소리를 받아들이는 대상은

"나무" 혹은 "꽃" 등의 자연물이다. "따가닥따가닥, 말발굽 소리로 달려가요/ 자작나무 달빛에 하얗게 빛나는 다리들이/ 어둠 속을 달려가요" (「천마」)에서처럼 "자작나무" 역시 "말발굽" 소리와 그 리듬을 통해 묘사되고 있다. 또한 "골목길 누비는 발자국 소리만이 잎새에 꽂히고, 담쟁이는 그 대신 담 너머 골목을 물끄러미 내다본다. 참새들을 불러들이는 개밥그릇, 짖는 일 없는 개, 텅 빈 집 한 채는 귀를 땅 위에 내려놓았다"(「배롱나무」)에서 "텅 빈" 고향 집은 "개"도 "짖는 일 없는" 곳이며, "귀를 땅 위에 내려놓"은 무성의 공간으로 삶의 역동성이 소거된 곳으로 드러나고 있다.

이와 같이 시적 화자는 세계를 소리인 청각적 감각으로 파악하고 있으며, 이때 소리가 "울음"의 형식으로 드러난다는 점에서 "나무"나 "꽃"이 지니는 치유성은 각별하다. 시인이 특히 "나무"가 세상의 모든 소리를 수용하는 대상이며, "울음" 소리에 귀를 기울이는 것은 곧 시인의 시적 세계의 지향점과 연관이 깊다고 볼 수 있다.

얼마나 간절하면 문(門)이 되는 것일까

상도동 약수터 길 들어서면
두 그루의 밤나무가
길을 사이에 두고
긴 팔을 벌려 맞잡은 채 마주 서 있다

가지들 하늘을 향하지 않고
구부려 안은 뜻을

직박구리가
개망초꽃이 말해주지 않아도

나는 알겠다

두 나무는 뿌리들 엉켜 있을 것인데
마주 보고 수없이 나눈 대화를

받아 적은 잎들이 팔랑인다

―「문」[7] 부분

작품 「문」에서도 알 수 있듯 시적 화자에게 "약수터 길"에서 마주치는
"두 그루의 밤나무"가 "긴 팔을 벌려 맞잡은 채 마주 서" 있는 까닭 역시
"두 나무는 뿌리들 엉켜" "마주 보"며 "대화"를 나누는 것으로 해석된
다. 이처럼 "나무"가 울음을 우는 존재인 동시에 소통의 "문"처럼 아픔
을 위로하는 대상으로 묘사되고 있다.

그렇다면 나무는 모든 소리 혹은 아픔을 수용하는 대상으로 확장되고
있는가? 그 이유는 "나무"와 "어머니의 죽음"이라는 사건이 긴밀하게
연루되어 있기 때문이다.

해마다 이맘때면 팥배나무는 눈시울 붉어지겠다
참다가 참다가 눈물을 쏟아내겠다
나뭇잎마다 슬픔이 고이고
그 슬픔 우듬지 나이테에 새겨놓은 걸까

슬픔이 꽉 들어찬 허리를 두 팔로 안아보면
한아름밖에 안 되는 팥배나무의,
바람에 흩날리는 꽃잎 꽃잎들

---

7 앞의 책, 118면.

그건 뚝뚝 떨구는 팥배나무 눈물이야,
슬픔이 몸 속을 돌아나와 넘쳐흐른 것
지난 해 오월 어느 날, 우리의 곡(哭)을 들은 것
우리는 팥배나무가 보는 앞에서

어머니를 선산에 고이 묻었어 어머니에 대해서 올케는 서울로 시집
가 살다가 친정으로 돌아온 거라 우리를 위로했지만, 우리의 곡(哭)은
하늘나라 가신 어머니께 옷가지와 신발 가방 등을 태워 연기로 다 올려
보내드릴 때까지 계속되었지

그 모습 지켜보며 눈시울 붉던 팥배나무,
이내 눈망울에서 눈물을 마구 쏟아냈지
할미꽃 혹은 둥굴레처럼 쪼그리고 앉아
팥배나무를 읽고 있을 때 그 눈물,
이제는 울지 말자 슬퍼하지 말자, 다짐한 내 어깨를 또다시
달~싹 달~싹 흔들어 놓았지
— 「팥배나무」[8] 전문

「팥배나무」에서 등장하는 "팥배나무"는 사진을 찾아보면 자잘한 흰
꽃이 무척 아름다운 꽃이다. 오월에 꽃이 피고 가을경에 열매를 맺는
데, 그 열매 모양이 팥알을 닮았다고 해서 붙여진 이름이다. 팥배나무
는 앙증맞은 열매가 예쁘고, 춥고 척박한 땅에서도 잘 자라는 나무라
한다. "두 팔로 안아보면/ 한아름밖에 안 되는" 나무이다. 그런데 이
"팥배나무"는 "슬픔이 꽉 들어찬 허리를" 지니고 있으며, "바람에 흩날
리는 꽃잎"은 "팥배나무 눈물"이며 팥배나무가 "참다가 눈물을 쏟아"
내는 이유는 "나뭇잎마다 슬픔이 고이고/ 그 슬픔 우듬지 나이테에 새

현대시의 상상력과 감각

8 앞의 책, 56면.

겨" 놓았기 때문에 "슬픔이 몸속을 돌아 나와 넘쳐흐른 것"이라 진술하고 있다.

이렇듯 시적 화자에게 팥배나무가 슬픔의 이미지로 간주되는 이유는 "어머니의 죽음"에 있다. 시에서 알 수 있듯이 "어머니"가 "지난 해 오월" 돌아가셨으며, 오월에 개화 시기를 맞아 희디흰 꽃을 피우는 "팥배나무가 보는 앞에서// 어머니를 선산에 고이 묻"었고, 시적 화자의 "곡(哭)을 팥배나무가 들었기 때문이다. 따라서 시적 화자에게 팥배나무란 어머니의 죽음의 슬픔을 기억하는 대상인 동시에 시적 화자의 비극을 공유하는 대상이다.

즉, 어머니의 무덤가에 서 있는 "팥배나무"는 시적 화자의 슬픔이 투사된 대상이며, 시적 화자의 슬픔을 치유하는 대상으로 자리매김하고 있다.

3. 소리의 역동성과 리듬의 변칙성

개 짖는 소리도 멈추고 소리가 사라진 무성의 공간을 죽음의 공간으로 인식하는 시적 화자에게 생(生)의 역동성으로 표상되는 소리로 가득 찬 삶 조화로운 이상적 공간은 어떠한 양태로 제시되는가?

때로 도돌이표는 그를 지치게 만든다 일 마친 뒤 지상의 한 칸 방 향하여
그는 오늘도 음표들로 빼꼭한 전동차 안으로 들어간다

젖은 날개 비슷한 음표들과 어깨를 맞대고
쾌속의 출렁거림에 사분음표나 팔분음표가 되기도 하면서 간다

날마다 호명되는 음표들은 모두 어디서 왔나, 칸칸마다
서로 어울려 화음을 맞추지만
저녁의 곡목은 어둡고 무겁기만한 철로 조곡(組曲)이다
정거장마다에서 음표들이 뭉텅뭉텅 빠져나가곤 한다

어쩌다 음표들 사이
열차의 검은색 유리창에 인화된 낯익은 얼굴 하나 발견하는 것인데,
그는 반음이 된 채 숨어 있다

직장에서 화음을 이룰 때는 음표들 사이에 긴장하며 끼어 있는 이분
음표
가족과 함께하는 시간에 비로소 온음표가 되는,

그는 언젠가 하루의 마디 속에서 탈출을 시도한 적이 있다

이겨내는 하루하루는 생의 악보 속 작은 마디이고
째깍째깍 그를 재는 시간의 메트로놈은 피곤도 없는데

엇박자 리듬을 타며 그는 어둠을 뚫고 달려가고 있다
                                                    ─「음표 하나」[9] 전문

시적 화자는 생의 모든 순간을 "음악적"인 리듬 혹은 이를 구체화하
여 표시되는 "음표"로 인식하고 있다. "직장에서 화음을 이룰 때는 음표
들 사이에 긴장하며 끼어 있는 이분음표/ 가족과 함께하는 시간에 비로
소 온음표가 되"며, "열차의 검은색 유리창"에 비친 낯선 얼굴은 "반음"
으로, "가족과 함께하는 시간에 비로소 온음표"로 묘사되고 있다.

───────────
9 앞의 책, 22~23면.

음표로 묘사된 시적 화자는 "피곤"을 "모르는 시간의 메트로놈"을 피해 반복되는 "한마디"의 질서 속에서 탈주를 시도하지만 욕망은 좌절되고 "엇박자 리듬을 타며" "어둠을 뚫고 달려가고 있"을 뿐이다. 즉, 시적 화자에게 "엇박자의 리듬"은 규칙과 질서의 규율에서 탈주하는 불규칙한 변칙의 리듬으로 개인 실존의 부피감을 확보하는 것이다. "엇박자의 리듬"은 "소리" 혹은 "음표" 등의 청각적 요소를 통해 시적 화자의 의지를 드러내는 일종의 창조적인 일탈 지점이라 할 수 있다.

기차가 미끄러져 간다 칸칸마다 아이들 코 고는 소리 이 가는 소리 냉장고 소리 어머니 해수 기침 소리를 싣고

돋보기안경 너머 기차가 달려가고 있다 애벌레처럼 밤 가운데 몸을 말고 앉아 어머니가 재봉틀을 돌리고 있다

한 땀 한 땀 박히는 일정한 걸음의 음보, 어둠을 밀어내며 기차가 달려가고 있다 한밤의 뻐꾸기 울음 두 번, 기차가 두 시를 지나가고 있다 밤하늘 달과 별들이 동승했다

기차는 시계의 초침처럼 멈출 줄을 모른다 목련나무의 무릎 펴는 소리 들려온다 아랫목을 향하여 이불 속으로 뻗어오는 발들

어머니가 지네발에 신발을 신기려고 애를 쓴다 늙은 냉장고는 또다시 기적 소리를 낸다
기차가 깜깜한 밤을 지나 새벽을 향해 달려가고 있다

— 「푸른 방」[10] 전문

---

10 앞의 책, 13면.

생의 역동성이 넘치는 공간은 어떠한 공간일까. 그 답은 「푸른 방」이라는 시에서 시인의 전언을 들을 수 있다. 시에서 나타나는 "푸른 방"은 역동적인 소리로 가득 차 있으며, 생의 리듬으로 진동하는 장소적 특징을 지니는 공간이다. 시의 정황을 살펴보면, 우선 "돋보기를 쓴" "어머니가" "해수 기침"을 쏟으며 "애벌레처럼 밤 가운데 몸을 말고 앉아" "재봉틀을 돌리고 있"는 밤의 정경이 그려지고 있다. 이때 어머니의 재봉틀 소리는 기차가 달려가듯 일정한 리듬으로 반복되고 있다. 이 반복되는 재봉틀 소리는 잠을 이루지 못하는 유년 시절 시적 화자의 추운 겨울 저녁을 충분히 흔들어 놓고도 남았을 것이다. 아마도 어머니의 재봉틀 소리는 남루한 유년 시절의 가난의 소리인 동시에, "저녁의 겨울동화"(「저녁의 겨울동화」) 마냥 자장가처럼 시적 화자를 혼곤한 꿈으로 몰아넣는 소리이기도 하다.

하지만 이 가난한 재봉틀의 리듬이 단순하게 가난하고 남루한 현실에서만 진동하는 것은 아니다. 어머니의 재봉틀 소리에는 현실의 고난을 타개해 나가려는 어머니의 굳은 의지가 배면에 깔려 있기 때문에 서늘한 희망의 소리로 확산하고 있다. 시를 자세히 들여다보면, 어머니의 재봉틀 소리가 풀어 놓는 리듬에 화답하듯 방안의 다른 사물들도 더불어 소리를 내고 있다. "아이들 코 고는 소리 이 가는 소리 냉장고 소리 어머니 해수 기침 소리" "한밤의 뻐꾸기 울음 두 번" "두 시를 지나"는 시계의 괘종 소리와 이에 박자를 맞추는 빛나는 창밖의 "밤하늘 달과 별들"까지 서로 화답하고 조응하여 "동승"하고 있음을 알 수 있기 때문이다.

시적 화자는 "아랫목을 향하여 이불 속으로 뻗어오는 발"들이 있는 춥고 강퍅한 현실에서, 새벽 "두 시"가 넘도록 재봉틀을 돌려야만 하만 어머니에 대한 연민의 감정을 애틋하게 묘사하고 있다. 그렇기에 연민

과 의지를 동반하는 재봉틀 소리가 리듬처럼 울리는 "푸른 방"에 나타
나는 다양한 청각적 이미지들은 서늘한 삶의 역동성을 환기해 주고 있
다. "푸른 방"은 인간과 사물과 자연이 교류하는 소리의 조화로 진동하
는 공간이며, 다양한 소리의 중심에는 바로 재봉틀을 돌리는 어머니이
다. 그렇기에 시적 화자에게 "어머니"라는 모성성은 곧 "상임지휘자"와
같은 존재로 확장된다.

울울창창 녹음의
이랑마다 신경을 곤두세우던 당신은
상임지휘자,

키워낸 농작물이지만
그것이 나였음을 깨닫는 데는 오래 걸렸다

계절마다 연주는 계속되고 있었던 것

그 지휘 따라
완행버스에 몸을 싣고 졸며 간 날엔
한 상 잘 차려진 여름,
마루에 앉아 음미하였다

고추 감자 참깨 등의 작물들이
현악기 관악기 타악기였는데

비 바람 햇살이 연주할 때
가부좌 튼 산은 관객
새들은 효과음을 냈는데

이 겨울,

요통을 앓는 허리를 아랫목에 누인 채 지휘봉 휘두르는 손 팔베개를
하셨다

텔레비전 드라마에 채널을 고정하지만 졸음에 겨워 금세 어두워지고
마는

어머니

—「상임지휘자」[11] 전문

어느 "겨울"날 어머니는 "요통을 앓는 허리를 아랫목에 누인 채 지휘
봉 휘두르듯 손 팔베개를 하고 누워 계신다". 시적 화자에게 어머니는
"상임지휘자"와 같이 "울울창창 녹음의/ 이랑마다" "신경을 곤두세"워
"농작물"을 "키워"내는 존재이다. 그리고 어머니가 키워낸 "농작물"이
"나"였다는 것을 "깨닫는 데" 시간이 "오래 걸렸"다고 시인은 고백하고
있다. 시적 화자에게 어머니의 자식 사랑은 "계절마다 연주는 계속되고
있었던 것"으로 형상화하고 있다.

이때, 시에 나타나는 자연 형상은 독특하다. "계절마다 연주는 계속"
되고 있으며, "고추 감자 참깨 등의 작물들이/ 현악기 관악기 타악기"
로, "비 바람 햇살이 연주할 때/ 가부좌 튼 산은 관객"이며 "새들은 효과
음을" 낸다고 묘사하고 있다. 인간과 자연이 서로 조화를 이루며 거대
한 하모니의 생의 탄생의 장을 볼 수 있다. 이처럼 시적 화자에게 있어,
어머니란 세계의 조화로움을 관장하는 "상임지휘자"와도 같은 존재이
다. 시적 화자에게 커다란 삶의 무게 중심으로 자리하던 "어머니의 죽
음"은 커다란 충격과 고통으로 다가왔을 것이다. 이때, 어머니의 빈자
리를 대신하는 것이 바로 "나무"임을 알 수 있다. 산 자와 죽은 자를 소

현대시의 상상력과 감각

11 앞의 책, 30~31면.

통하게 하고, 지상과 천상을 매개하는 팥배나무이기에, 또한 시적 화자와 함께 어머니의 죽음과 장례를 지켜보았기에, 팥배나무는 마치 인간과 신을 이어주는 신목과도 같다. 부재한 어머니를 대신하고 어머니와 시적 화자의 관계를 지속시켜 주는 대상이라 할 수 있다. 부재하는 어머니의 역할을 대신하는 "팥배나무"는 곧 울음이란 매개를 통해 인간의 모든 고통을 짊어지고 고통의 소리를 수용하는 거대한 품을 지닌 대상으로 확장되고 있다.

이처럼 이순주 시인의 시세계는 오감 중 청각을 통해 세계를 파악하고 있으며, 청각을 통해 삶과 사물과 자연의 형상이 빚어내는 "소리"의 조화와 생명의 역동성은 시인의 시적 지향성과 주제의식을 발현시켜 개성적인 시세계를 축조하고 있다.

이순주, 『목련 미용실』, 푸른사상, 2013

육체의 동력학과 신체 은유

— 박미산론

1. 여성 육체의 본능의 동력화

인간은 삶을 영위하는 동안 육체에서 달아날 수 없는 존재이다. 육체에서 달아나기란 곧 죽음을 통해서만 완성될 뿐이다. 플라톤에서부터 데카르트와 헤겔에 이르기까지 육체와 정신의 이분법적 대립적 관계의 사유는 곧 육체의 열등과 폄하의 기록이기도 하다. 육체는 욕망과 본능이 우글거리는 악의 거처이므로 육체를 극복할 때만이 온전한 사유와 진리에 도달할 수 있는 대상이라고 여겼다. 즉 몸을 폄하하는 데카르트적 코키토는 육체의 열등함을 강조하여 이성의 우위를 정당화시키려 했다.

그러나 이성의 우위를 강조하던 합리론은 곧 육체의 중요성을 강조하는 담론에 의해 그 오랜 위상이 허물어지기에 이른다. 니체는『권력의 의지』에서 육체의 중요성에 대하여 다음과 같이 강조하고 있다.

"본질적인 것은 육체에서 출발하여 그것을 길잡이로 이용하는 것이다. 육체는 관찰을 보다 명료하게 해주는 훨씬 중요한 현상이다. 육체를 믿는 것은 정신을 믿는 것보다 오히려 굳건히 확립될 수 있다."

이와 같이 이성과 육체 중 어느 하나를 우위에 두려는 이 지난한 노정은 박미산의 시집 『태양의 혀』(서정시학, 2014)에서도 볼 수 있다. 박미산의 시집은 육체성을 근간으로, 이성과 육체(본능)의 대립과 갈등을 보여주고 있다. 박미산 시집에서 등장하는 육체는 가부장적 권력에 포섭되고 억압된 여성 육체의 본능을 동력화하여 가부장적 권력에 균열을 내고 위반하는 주체로 전환된다.

배의 굴곡만을 기억했다
수백 개의 주름이 꿈틀거리는,

혼자 탯줄을 끊고
아이를 또 낳는다
소증(素症)이 돋아났다
연탄불에 빨갛게 달구어진 돌멩이는
헛구역질을 눌렀다
착착 접힌
주름이 꿈틀,
고기 반 근을 넣은 멀건 미역국에
일곱 아이는 코를 박는다
엉킨 국그릇을 밀치고
고기를 건진다
소증이 사라지지 않는
주름이 꿈틀,

저물녘 생일에
소 미역국을 나 혼자 먹는다
새가 떠나버린 둥지 아래로
늙은 자목련꽃들이 와르르 떨어진다
몸 풀던 어머니가
꿈틀,

— 「저물녘 빨간 돌멩이들이 꿈틀」[1] 부분

「저물녘 빨간 돌멩이들이 꿈틀」에서는 생일날 저녁으로 "소 미역국"을 혼자 먹던 "나"는 아이를 출산하고도 고기를 먹지 못해 소증(素症)이 일었던 어머니를 회상하고 있다. 이 순간 어머니처럼 "늙은 자목련꽃이 와르르 떨어지는" 듯한 풍경과 마주하면서 어머니의 부재를 자각하고 이내 비감의 정조에 휩싸인다. 모성의 부재와 낙화의 상실감이 유발하는 애상감은 "꿈틀"거리는 촉각적 감각을 통해 어머니의 출산 고통과 겹쳐지고 있다. 시적 화자에게 어머니의 출산이 고통스러운 이유는 유년 시절에 목도했던 어머니의 배 '주름' 때문이다. 어머니의 아랫배에는 수백 개의 꿈틀거리는 주름이 접혀 있으며, 주름은 곧 가난에 의한 고통을 의미하기 때문이다. 시적 화자가 몸으로 감각하는 어미의 몸은 가부장적 제도에 얽매인 몸이기 때문이다.

"혼자 탯줄을 끊고/ 아이를 또 낳"아야만 하는 어머니의 아랫배에 "착착 접힌" "꿈틀"거리는 "주름"은 시적 화자로 하여 어머니의 비극적 생에 대한 연민을 불러일으킨다. 회상 속의 어머니는 소증이 일 만큼 아이를 잉태하고도 고기를 맘껏 먹지 못하는 존재이다. 올망졸망한 일곱 명의 배고픈 자식들에게 양보하느라, 아이를 출산하고도 가난한 어머

1 박미산, 『태양의 혀』, 서정시학, 2014, 92~93면.

현대시의 상상력과 감각

니는 고기가 들어간 미역국을 차마 먹을 수가 없다. 생일날 혼자 고기 미역국을 먹는 시적 화자와 회상을 통한 어머니의 출산 풍경이 겹쳐지면서 시의 비극성이 고조되고 있다.

비극성의 근원은 곧 "나"의 어머니의 몸이 가부장적 제도권에 종속된 육체이기 때문이다. 생물학적인 자녀 출산과 양육 그리고 무보수의 가사 노동에 묶인 타자의 육체이기 때문이다. 자신의 본능과 욕망을 억제해야 하며 가부장적 권력하에서 일탈을 감행하지 못하는 억압된 육체이다.

그러나 다음의 시에서는 가부장적 권위에 예속되어 타자화된 여성(어머니)의 몸은, 시적 화자인 나의 몸을 통해 공격적 육체로 전환되고 있다.

아이가 쪼글쪼글 운다
낮과 밤을 뒤바꾸며 운다
울음소리가 큰 아이와 나는
오늘과 내일을 함께 쪼글쪼글 운다
울음이 먹은 자리에
흘러내리는 주름

살 거죽만 있는 아이가
젖가슴을 파고들며
무서운 힘으로 빤다, 맹수처럼
내 몸에 굴러다니는 적의
나를 그대로 베끼고 있는
2.6킬로그램 아이

— 「빈집」[2] 부분

---

2 앞의 책, 62면.

앞의 시에서 시적 화자의 어머니와 달리 이 작품에서 등장하는 "나" 는 어머니와는 다른 육체성을 지닌 여성이다. 아이를 출산하고 아이를 양육하는 과정에서 "나"는 아이에게 수유하며 "젖가슴을 파고들며/ 무서운 힘으로" 빠는 "아이"를 통해 "나를 그대로 베끼고 있는" "적의"를 발견하고 있다. 이때 우회하여 발견되는 "맹수처럼/ 내 몸에 굴러다니는 적의"는 "맹수"가 지니는 공격성이다. 아이를 통해 자각되는 공격성은 과거 어린 시절 가부장적 권력 하에 복속된 "나"의 어머니에게는 금기시 되었던 항목이다.

그리고 아이와 "나"가 짓는 주름은 곧 "내" 안의 공격성을 드러내는 신체 은유라 할 수 있다. "나"의 배에 가득 잡힌 "주름"이 수동적이고 타자화 된 육체의 언어라면, 이 시에서 나타나는 "주름"은 능동적이고 "나"의 목소리를 표출하는 공격적 육체의 언어라 할 수 있다.

아이의 얼굴에 잡히는 "주름"은 배고픔과 두려움을 드러내는 인간 존재의 욕망을 발현하는 태아 육체의 언어이다. 인간이 얼굴을 망가뜨리며 주름을 지으며 우는 울음은 자신의 욕망 실현을 위한 욕망행위이기 때문이다. 시에서 아이와 나는 서로의 감정과 욕망을 드러내며 쪼글쪼글 주름을 만들며 울고 있다. 즉, 주름은 "울음이 먹은 자리에/ 흘러내리"는 육체의 발설인 셈이다. 따라서 시적 화자의 육체에 새겨지는 주름은 곧 인간이 지닌 본능적 욕망의 지도라 할 수 있다.

> 천둥 번개로
> 목욕한 몸을 말린다
> 나무 곁에서 똬리를 틀고
> 뜨거운 표정을 짓는다
> 모자를 깊게 눌러쓰고 지나가는
> 너는 영겁의 세월 전

나를 기르던 나의 치정

비린 육신

페로몬을 뿜고 혓바닥을 낼름거리지만

너는 젖은 흙을 밟으며

무심하게 스쳐간다

청포 냄새가 난다

치정을 말리기 좋은 유월

너에게 우아하게 다가간다

스스스

근질거리는 입술들

네가 뒤돌아보는 순간,

뒤엉킨

태양의 혀

— 「태양의 혀」³ 전문

시집 표제작이기도 한 「태양의 혀」에서 "나"는 "너"라는 대상에게 다가가려는 의지를 표명하고 있다. 이때 "나"의 육체는 "천둥과 번개로/목욕"하고 "말린" 신성하고 정갈한 육체이다. "천둥과 번개로" 목욕했다는 것은 더럽혀지고 오염된 지상의 육체가 아닌 신에게 접근할 수 있는 곧 신적인 영험함을 지닌 제의적 성격의 정화된 몸이다.

그런데 "천둥과 벼락"으로 "목욕"을 한 육체임에도 불구하고 이내 "나무 옆에서 똬리를 틀고 뜨거운 표정을 짓는" 본능의 육체로 회귀하고 있다. 더 나아가 신성한 제의적 몸은 "비린 육신"이며, "페로몬을 뿜고 혓바닥을 낼름거리"는 에로스적 몸으로 전환된다. 그리고 에로스적 몸을 지닌 "나"는 "너"에게 "우아하게 다가"가려 한다.

---

3 앞의 책, 91면.

하지만 "너"는 "나"를 환대하기보다 "모자"를 깊게 눌러쓰고 "나"를 지나칠 뿐이다. 지나치는 "너"를 지켜보면서 문득 "나"는 "너"가 누구인지를 알아차린다. "나"를 회피하는 "너"는 다름 아닌 "영겁의 세월 전/ 나를 기르던 나의 치정"이다. 즉 "너"는 오래전 몸으로 기억되어 온 "나"의 욕망의 비유적 대상이다. 이 시에서 "나"의 육체는 욕정의 본능을 드러냄과 동시에 이를 정화하려는 의지를 동반하고 있다. 즉 "나"의 육체는 본능과 이성이 갈등하고 대립하는 공간에 다름 아니다. 자신의 욕망을 절제하려 "천둥과 번개로 목욕하고", 정갈하게 젖은 몸을 "말리우"지만 결국, "나무 곁에서 똬리를" 틀고 "나의 영겁의 몸에 새겨진 나의 치정"인 "너"에게 다가가기를 욕망하는 육체이다. 욕망을 정화하고 신성한 몸으로 거듭 태어나려 하지만 결국 내 몸속에 새겨진 욕망의 지도까지 거스를 수 없는 육체이다. 곧 "너"는 "나"의 오래전 욕망이어서 "너"가 나를 스쳐 지나가지만, 너가 뒤돌아보는 순간 "태양의 혀"처럼 "뒤엉켜 버리고" 있다. 욕망 발현과 정화에의 의지로 갈등을 표출하는 육체는 다음 시에서 "단식"이라는 행위를 통해 극명하게 드러난다.

마음을 흘리면
그대로 그려지는 몸을 갖고 싶다.
식욕의 전원을 끈다.
숨을 내쉬는 사이
꼬리에 꼬리를 물고
뼈에 마구 그려지는
이브,
살로메
유디트,

오늘, 단식 일주일째다.

— 「빙어」[4] 전문

"빙어"라는 물고기는 내장이 훤히 보이는 몸을 지니고 있다. 시에서 "나"는 마치 자신의 몸이 "빙어"인 양 들여다보고 있다. 이때 시적 화자의 몸은 요동치는 욕망의 기운과 그 흐름이 훤히 들여다보이는 빙어 처럼 투명한 육체이다. 시적화자가 "단식"을 하는 이유는 "뼈에 마구 그려지는" "이브, 살로메, 유디트" 등의 팜파탈적 욕망을 지우기 위해 서이다.

이브와 살로메와 유디트는 모두 성경에 등장하는 인물이다. 이브가 아담을 유혹하여 선악과를 따게 만든 인물이라면, 살로메와 유디트는 자신의 아름다움을 무기 삼아 남자를 위험에 빠트리는 팜파탈의 속성 을 지닌 여인이다. 시적 화자의 뼈에 그려지는 여인의 공통점은 인간 내면에 숨겨져온 야생적인 피 그 자체이다. 곧 "식욕"을 통해 자신의 몸 에 발현되는 대상이다. 마음을 흘리면 그대로 그려지는 몸에는 이러한 팜파탈적인 여인들의 욕망과 번뇌와 원죄의식이 지속되고 있다. 시적 화자가 식욕을 제어함으로써, 그녀의 육체는 욕망과 정화의 대립이 드 러나는 공간이 된다.

2. 생성과 능동의 육체

나는 꽃과 입 맞추는 자*

---

4 앞의 책, 27면.

당신의 어깨 뒤로 태양이 뜰 때
목부용 꽃 앞에 가만히 떠 있네
연두빛 숨결을 내쉬며
미로를 헤집던 가늘고 긴 부리
이슬 젖은 나뭇잎을 뚫고, 세상의 폭포를 지나가네

공중비행하며 세상을 바라보네
결코 지면에 앉는 일이 없지, 나는
맨발로 하늘을 가르는 작은 벌새
온몸이 팽팽해지고 용기가 넘치네
두려움 모르는 나의 날갯짓에
검은 그늘 번뜩이는 매도 떠밀려가고 만다네

나는 지금 꽃의 나날
연분홍 봄을 보며 독도법을 익히리
비바람 천둥번개가 북적거리는데
배 밑에는 짙푸른 여름이 깔려 있네
천변만화의 계절을 갖기 위해
나는 꽃과 입 맞추는 자
꽃이 있다면 계절의 뺨은 늘 환하네

*브라질에서는 벌새를 '꽃과 입 맞추는 자'라고 한다.
— 「날아라, 수만 개의 눈으로」[5] 전문

이 시에서 육체는 "태양", 즉 몸에 새겨진 욕망의 본능과 그 열정에
함몰되고 복속되기보다, 욕망의 에너지를 원동력으로 삼아 생성의 육

---

5 앞의 책, 18면.

체로 나아가고 있다. 시에 나타나는 벌새가 꿀을 얻기 위해서 요구되는 욕망의 에너지는 벌새의 존재론적 의미를 획득하는 에너지로 전환되고 있다. 나비나 벌이 꽃 위에 안착하여 꽃의 꿀을 빠는 것과 달리, 벌새는 끊임없이 날개를 움직여서 꽃과 동일한 공간의 좌표에 위치해야 한다. 숨찬 날갯짓을 통하여 허공의 깊이를 가득 채운 후에야 꽃과 입을 맞추는 행위가 가능해지는 셈이다. 벌새가 꽃에서 꿀을 빠는 행위는 곧 삶과 직접 연결된다. 벌새가 꽃의 꿀을 빨아야 생명을 지속시킬 수 있기 때문이다. 따라서 벌새가 끊임없이 날개를 움직여야 하는 행위를 통해 벌새는 자신의 삶의 주체가 된다. 가부장적 권력에 함몰되고 타자화된 수동적 육체가 아닌 육체의 부단한 움직임을 통해 스스로 존재 의의를 획득할 수 있다. 때문에 "작은 벌새"이고 "맨발"이지만, "결코 지면에 앉는 일이 없"고 "온몸이 팽팽해지고 용기가 넘치"며, "두려움 모르는" "날갯짓"으로 "세상의 폭포 속을 날아다"닐 수 있는 것이다. 이러한 주체의 힘으로 자신보다 커다란 "매"까지 넘볼 수 없는 새가 되는 것이다. 시에 나타나는 벌새는 곧 시인의 세계를 파악하는 태도이며, 벌새의 욕망은 생성의 에너지가 되어 "온몸이 팽팽해지고 용기가 넘치"는 육체의 동력학으로 확장되고 있다. 이러한 육체의 동력학은 육체 속의 능동적이고 무의식적인 힘을 통해 육체를 관리하는 권력의 지배 전략과 통제를 와해시키는 가능성으로 기능한다.

『문학의 오늘』 2014년 여름호

존재의 균열과 몸의 변주

— 이명수론

1. 결핍과 충만

이명수 시인은 1975년 『심상(心象)』지로 등단한 이래 시집 『공한지(空閑地)』『흔들리는 도시에 밤이 내리고』『등을 돌리면 그리운 날들』『왕촌일기(旺村日記)』『울기 좋은 곳을 안다』 등을 상재하면서 개성적인 시세계를 펼쳐왔다. 특히, 시집 『울기 좋은 곳을 안다』(시로여는세상, 2008)의 경우, 시인이 전국을 다니며 직접 촬영한 사진을 시와 함께 수록하여 독자들과 소통의 거리를 좁히는 실험을 시도하고 있다.

사진을 찍으며 저잣거리를 떠도는 시인의 모습에서 시 제목인 "지공(至空)" 즉 중국의 "지공 스님"을 떠올리게 된다. 중국 무제 때의 지공은 법력이 높고 신통력이 높으며 기묘한 재주가 많았던 스님이다. 옥에 갇혀 있으면서도 절에서 설법하고, 설법을 하면서도 또한 저잣거리에 출몰하곤 했다. 어찌 보면 지공은 몸의 행적을 통해 불이사상(不二思想)을

설파했는지도 모를 일이다. 이명수 시의 시적 화자들도 "몸"을 통해 전
도몽상을 수행하는 지공 선사를 떠올리게 한다.

특히 이명수 시인은 「몸의 기억」 연작 시편 등 "몸"을 다양하게 변주
하여 "몸"에 깊이 천착하고 있다.

> 동사무소에서
> '어르신 교통카드'란 걸 받았다
> 올봄 나는 공(空)이 되었다
> 지하철 개찰구 센서에 카드를 대면
> 문이 열리고 '0'(空)이란 숫자가 뜬다
> 나갈 때도 '0'이 문을 열어준다
> 늘 잔고는 '0'으로 채워져 있다
>
> 출구를 빠져나와 계단을 오르는데
> 저 밑에서 누가 부른다
> "어이! 지공 선사!"
> 두리번거려도 아무도 없다
> 3번 출구 밖
> 꽃가루 분분
> 내 봄의 잔액은
> 공(空)에 이르렀다
>
> ― 「지공(至空), ― 상대적이고 절대적인 봄 1」 전문

시에서 시적 화자를 찾아온 봄은 여느 때처럼 상대적이고 절대적인
화사한 봄이다. 반면, 시적 화자가 몸으로 체험하는 봄은 예전과는 다
르다. 통상 찾아오는 봄이란 계절을 다르게 느낀다는 것은 시적 화자
의 육체가 과거와 달라졌다는 뜻이기도 하다. 시적 화자의 육체는 동

사무소에서 '어르신 교통카드'를 발급받는 몸이다. 시적 화자가 지하철을 탈 때 교통카드를 대면 "0"이란 숫자가 센서에 뜨고, 이 체험을 통해 "내 봄의 잔액은/ 공(空)에 이르렀다"라고 진술하고 있다. 이때의 "0"은 시적 화자로 하여금 "空"으로 읽히게 하고, 자신의 잔고는 "0"이라는 삶의 유한성을 자각하게 한다. 그리고는 "지공 선사"라는 존재로 확장되고 있다.

"0"이란 아라비아 숫자는 많은 함의를 거느리고 있다. 천부경에서 "0"을 "아무것도 없으며, 아무 움직임도 없고, 아무것도 아닌 절대 바탕이 있느니라."라고 말하고 있다. 곧 '0'이란 아라비아 숫자가 단지 텅 빈 것이 아니라 모든 만물의 절대 바탕이 되는 완전수의 의미 해석도 가능해진다. 없음과 가득 참이라는 역설은 곧 유와 무, 너와 나, 선과 악, 생과 사, 진과 속, 마음과 몸 등의 대립에서 조화로움을 추구하는 불이사상과도 연결될 수 있을 것이다. 역설의 숫자이기에 "0"은 흥미로운 사유의 숫자이기도 하다.

시 제목이 "지공(至空)"인 것처럼 시적 화자는 교통카드를 보면서 소진을 뜻하는 "0"과 텅 빈 숫자에서 만물의 이치를 깨달은 "선사(禪師)"를 결합하여 "0"에 다다랐다는 "지공 선사(至空禪師)"를 탄생시키고 있다. 이때의 "0"은 단순히 텅 빈 의미를 드러내는 수적 개념을 지시하기보다 물욕과 대척점에 있는 초월의 지점을 은유적으로 드러낸다. "0"은 금강경의 "空"과 같은 음가를 지니고 있어 "지공"에 다다랐다는 시적 화자의 의지에 방점을 찍을 필요가 있다. "지공"은 물리적인 나이를 뜻하는 것이 아닌 물욕과 "색계(色界), 욕계(欲界)" 등 지난한 삶의 지층을 통과해 초월의 상태를 지향하는 시적 화자의 의지를 드러내고 있기 때문이다.

현대시의 상상력과 감각

2. 전도된 육체

눈앞에 아른거리는 저 꽃
손을 휘저어도 잡히지 않는다
안경 너머 희미한 봄
오지도 않고 간다

있었던 것 없어지고
없었던 것 생겨나는 천지조화를
어찌 알랴마는
마음도 유리창처럼 뿌예지는
이 봄날
잡으려면 사라지는 것이
욕계(欲界) 색계(色界)의 허깨비인 것을
이제 알겠다

내가 써온 시도
있는 것 감추고
없는 것 보여주며
사람 홀리는
허공의 꽃은 아니었을까

　　　　　　　　─「비문증(飛蚊症), ─상대적이며 절대적인 봄 2」 전문

　이 시에서 시적 화자는 "비문증(飛蚊症)"으로 인해 눈이 뿌옇게 흐려
지면서 마음까지도 희뿌옇게 된다고 고백하고 있다. 이러한 몸의 감각
은 주변 사물에까지 수혜 범주가 넓어지고 있다. "이 봄날/ 잡으려면 사
라지는 것이/ 욕계(欲界) 색계(色界)의 허깨비인 것을/ 이제 알겠다"라며

눈앞에 보이는 대상과 사건이 실은 실재하지 않는 것일 수도 있으며, 시적 화자의 시 쓰기 작업" 역시 "있는 것은 감추고/ 없는 것을 보여주"며 사람의 눈을 어지럽히는 "허공의 꽃"처럼 "욕계(欲界) 색계(色界)의 허깨비"라는 생각에 닿고 있다.

이때의 소진되는 육체는 곧 부조리한 세계를 드러내는 장소이자 공간이다. 육체의 결핍과 소진은 곧 삶의 유한성을 자각하게 하고, 더불어 더욱 강렬한 삶의 의지를 동반하게 된다. 이처럼 소진되는 육체를 통해 제기되는 시적 화자의 고백은 물질과 속도에 영합하며 살아왔던 삶을 반성하면서 실존에 대한 회의를 드러내고 있다.

현대시의 상상력과 감각

올봄 인연 하나를 끊으려 합니다
무엇하나 맺고 끊지 못해 전전긍긍하는 내게
끊는다는 것이 얼마나 모진 일인지는 잘 압니다

의사 처방을 받아 2주 째 보조제 약을 복용하고 있습니다
좌불안석입니다
목이 타고 가슴이 두근거리며
꿈자리도 뒤숭숭합니다
어떤 전조증상을 예감하고 있습니다

밤과 낮이 바뀌어 비몽사몽입니다
동네 공원 벤치에 앉아 깜박 졸았는데
─40년 넘은 인연 끊으려다
인연에도 없는 우울증을 불러왔구나!
호통소리에 화들짝 놀라 깨었습니다
담배 한모금에 봄꽃들 난분분입니다
    ─「전도몽상(顚倒夢想), ─ 상대적이며 절대적인 봄 3」 전문

반야심경에 나오는 원리전도몽상(遠離顚倒夢想)은 거꾸로 뒤바뀐 꿈과 같은 생각을 멀리 여읜다는 뜻이다. 空에 의지해서 전도몽상(顚倒夢想)을 멀리 떠난다는 뜻이다. 순우분의 남가일몽(南柯一夢)이란 고사에서처럼 삶이란 것은 꿈과 같이 덧없는 것이다. 우리는 꿈을 꿈이 아닌 현실로 여겨 희로애락을 경험하듯, 우리의 삶 역시 꿈과 같은 것이기에 모든 집착에서 벗어나라는 것이다. 즉, 무상, 고, 무아를 거꾸로 알고 늘 깨어 있으라는 수행적인 삶을 강조하고 있다.

시적 화자는 육체적 훼손으로 생의 유한성을 자각하면서 금연을 감행하고 있다. 그러나 시적 화자의 금연 시도는 오히려 우울증 발병의 원인으로 이어진다. 시적 화자가 감지하는 금단증상은 시적 화자의 정신과 영혼까지도 황폐화시키는 결과를 낳고 있다. 동네 근처 공원 의자에서 졸다가 누군가의 호통 소리를 듣고 잠에서 깬 시적 화자는 억지스럽게 금연하는 것이 곧 소실되기 이전의 육체에 집착하는 헛된 욕망임을 깨닫게 된다. 봄날의 긴 꿈 같은 삶에서 다시 육체의 재생을 욕망하려는 시도가 전도된 몽상이라는 인식에 다다르고 있다. 담배를 피워 문 시적 화자가 그제야 평정심을 되찾고 봄꽃이 아름답게 흩날리는 주변 풍경을 가슴 가득 느끼고 있다. 곧 무상, 고, 무아를 거꾸로 알라는 전도몽상은 금연과 흡연 이란 행위를 통해 "몸" 과 욕망의 관계를 나타내고 있다.

스님이 오랜만에 절집에 돌아오셨다
법당에 들어가 목탁을 치셨다
목탁이 제 소리를 내지 않았다
목탁도 자주 쳐 주지 않으면
제 소리를 잃고 만다
제가 목탁인 것을 잊은 것이다

쨍과리, 징도 자주 쳐 주지 않으면
쇳소리를 잃고 만다
종도 사람도 그렇다
본색(本色)을 잃고 깨지고 만다
몸이 몸이 아닐 때
네 몸을 목탁처럼 쳐라
詩를 쓰지 않으면
몸이 시인인 것을 잊고 만다

— 「몸의 기억, 木鐸論」[1] 전문

「몸의 기억」의 몸 역시 위의 작품 「전도몽상(顚倒夢想)」에서 나타난 것
처럼, 영혼을 담는 그릇과 같은 하위 범주의 몸이 아닌 '몸이 기억하는
몸' '정신까지 지배하는 몸'이다. 따라서 사찰의 "목탁"과 시인의 "몸"을
쓸 때라야, 제 "본색(本色)"을 찾아 회복이 된다.

이러한 몸의 회복은 곧 시각 중심주의적 감각에서 벗어나 접촉과 같
은 감각의 총체성을 지향하는 의미를 담고 있다. 온몸에 의한 감각은
그 감각의 대상을 하나로 뒤섞고 녹여 버림으로써 몸의 분리나 통합이
아닌 통합이나 융화를 감각화[2]하여 세계와 조화를 이루는 몸이다.

차 끊긴 지하 4층 서울역,
어디선가 귀뚜라미 운다
유랑 길 내 배낭에 묻어 온 것일까,
먼 산골에서 상경해 길을 잃고 헤매다
따라온 것일까,

1 이명수, 『울기 좋은 곳을 안다』, 시로여는세상, 2008.
2 이재복, 『한국문학과 몸의 시학』, 태학사, 2004. 235면.

현대시의 상상력과 감각

귀뚜라미는 열차 침목 사이 자갈 돌 틈에서 운다
열차 바퀴와 레일이 마찰할 때 생긴 열을
자갈들이 머금고 있는 곳
과자 부스러기 널려 있으니
배 곯지도 않겠다
잘 자거라,
따스한 자갈돌 하나 손에 넣고
그 자리에 빵 한 조각 남겨둔다

지하 2층에서도 귀뚜라미들이 소리 없이 운다
라면박스에 등 대고 신문지로 얼굴 가린
길 귀뚜라미들,
지상엔 붉은 머리띠 두른 광장 귀뚜라미들,
입동이 지나도 아랑곳없이
지하철 근처에 모여 새된 소리로 울고 있다

전광판엔 ·내일 지하철 파업!'
지하철이 끊기면
지하 4층 귀뚜라미들이 제일 타격이 크겠다

—「지하철 귀뚜라미」 전문

시적 화자는 여행을 마치고 돌아오면서 서울역 지하 4층 전철 승강장에서 귀뚜라미 소리를 듣고 있다. 서울역 지하 2층에는 노숙자 같은 귀뚜라미가, 광장에는 시위하는 수많은 귀뚜라미가 울고 있다. 집과 가정과 삶의 지반을 잃은 노숙자나, 자신의 권리를 되찾기 위한 시위대들인 귀뚜라미는 음지에 서 있는 연약하고 소외된 자들이다. 소외된 자들은 결핍된 삶을 토대로 하여 비천한 삶을 영위해 나갈 수밖에 없는 존재들이다.

그런데 이러한 귀뚜라미들이 기거하는 곳은 "열차 바퀴와 레일이 마찰할 때 생긴 열을 머금고 있는 곳"인 "자갈돌 틈"이다. 열차 바퀴와 레일의 마찰은 곧 속도전으로 치닫는 이 세계의 고단함과 소음 그 자체이다. 연약한 귀뚜라미들이 오히려 온몸으로 이 세계가 배출하는 찌꺼기들을 필터링하는 존재로 묘사되고 있다. 이처럼 이명수 시인은 결핍되고 훼손된 "몸"을 소진하는 몸으로서가 아닌 세계를 하나로 통합시키고 회복시키는 만물의 바탕인 몸으로 탄생시키고 있다.

이명수 시인의 시세계는 몸을 주요한 시적 소재로 채택하고 있으며 회복되는 몸을 통해 세계와의 조화를 추구하고 있다. 훼손되는 신체의 소실감은 타자와의 관계에서 결핍을 뜻하며 시적 화자로 하여금 세계를 주시하는 태도의 변화를 불러오게 한다. 시적 화자는 소진하는 육체를 통해 바라보는 세계가 곧 꿈이며 전도몽상을 통해 소멸과 생성이 하나라는 불이사상을 강조하고 있다. 질주하는 세계를 연모하기보다 멈칫거리는 서투른 발길에 눈길을 두고 있다. 이러한 여유와 너그러움은 세계를 억압적이고 강박적인 관계에서 배려와 연민의 관계로 재편한다. 재편된 시선 속에서 시적 화자는 소외된 자들에게도 가까이 가 닿고 있다. 이명수 시인의 시에서 소진되는 "몸"은 소진하여 삶의 유한성을 자각하는 인식론적 차원에서 통합되고 조화로움을 꾀하는 존재론적 차원으로 나아가고 있다.

『미네르바』 2010년 가을호

꽃의 두 가지 독법

1. 자연 표상과 생의 비의

이채민 시인은 2004년 『미네르바』 등단 이래 10여 년의 창작 활동을 거쳐 시집 『기다림은 별보다 반짝인다』(영언문화사, 2005), 『동백을 뒤적이다』(한국문연, 2012)를 상재했다. 이채민 시인의 시세계는 시집 『동백을 뒤적이다』(한국문연, 2012)에서도 알 수 있듯 "꽃" 혹은 "나무" 등의 자연 표상들이 많이 등장하고 있으며 이때 자연 표상은 존재론적 의의를 지니는 동시에 존재의 상처를 극복해 나가는 과정을 드러내는 매개물로 작용하고 있다.

이번 발표한 작품 「우는 집」 「당신을 잠시 빌릴 수만 있다면」 「마흔 아홉은 선물」 「이별에 대한 예의 1」 「아버지의 방 3」에서도 "꽃" "수레국화" "양귀비" "사이프러스 숲" "해바라기" "별" "삼나무" 등의 자연 표상들이 나타나고 있다.

시에 나타난 "꽃" "나무" 등의 자연 표상에 관한 시인의 시선을 살펴
보면 먼저, "꽃"은 시적 주체의 슬픔이나 내면의 상처와 생의 비의를 드
러내는 동시에 시적 주체의 의지와 생의 역동성을 표상하고 있다. 꽃에
관한 시인의 태도는 "꽃"이 슬픔을 환기하거나 꽃의 외형미를 묘사하는
데 그치지 않고 존재 상실의 고통을 뚫고 솟아오르는 역동성을 그리고
있다. 즉, 생명의 충만한 역동성을 표출하는 시적 주체의 의지는 "꽃"과
인간의 육체가 체화되는 독특한 방식을 통해 시의 미학성을 드러내고
있으며, 그 근저에는 순환론적 세계관이 자리하고 있음을 알 수 있다.

남자의 노모가 죽던 날 울음을 잃어버린 그는 보들레르의 악의 꽃으
로 느릿느릿 허기진 배를 채우고 있었다

현대시의 상상력과 감각

그의 사타구니에서 빠져나온 늙은 고양이가 골목에 달라붙은 무성한
소문위에 찐득한 울음을 부려놓고 있었다

줄장미 넝쿨을 잡고 골목을 따라 나간 울음들은 밤이 되어 돌아왔다
무채색의 울음들은 정답게 둘러 앉아 고기와 술을 먹는다
하루가 채 지나지 않은 울음들은
참이슬보다 빠르게 맑아졌지만 냄새는 역했다
고양이는 그들이 주는 고기를 먹지 않았다

역겨운 울음의 냄새들이 하나 둘 떠난 뒤
허물어진 담장 밑에 느릿느릿 중독된 울음이 고여 있었다
등골나무 하얗게 꽃을 피운
9월 이었다

— 「우는 집」 전문

「우는 집」은 "노모"의 죽음과 혼자 남겨진 "그"의 비극적 상황을 서사

적으로 다루고 있는 작품이다. 시에서 시적 주체인 "그"는 늙은 어머니의 죽음을 맞아 "울음"도 "허기"도 느끼지 못하고 있다. 다만 그의 몸 안에서 기어 나온 본능적인 슬픔이 "고양이"로 이미지화되어 골목으로 나가 울고 있다. "남자"가 울고 있는 골목은 "무성한 소문"이 떠도는 공간이다. 시에서 소문과 관련된 시적 정황이 드러나고 있지는 않다. 다만 소문으로 끈적거리는 골목에서 토해낸 "남자"의 울음이 재현되는 과정을 통해 사내의 울음의 원인을 유추할 수 있다. 골목에 떠돌던 남자의 울음은 넝쿨장미를 타고 집안으로 들어온다. 장미꽃 넝쿨을 통해 발현되는 "남자"의 울음은 시간이 경과할수록 진한 고통의 냄새를 피워올리며 투명해져 "하얗게 꽃을 피운 등골나무"로 전이되고 있다.

시의 전반부에서 "노모의 죽음"과 어머니의 죽음으로 인한 "그"의 내면 상처와 고독을 중점적으로 다루었다면, 시의 후반부에서는 배경으로 물러서 있던 "꽃"이 선명한 이미지로 제시되어 모든 서사가 "꽃"으로 수렴되고 있다. 이때 "등골나무 꽃"은 곧 "노모의 죽음"과 그로 인한 "그"의 슬픔과 중독된 울음의 표상으로 "그"의 울음이기도 하다. "우는 집"이란 곧 "등골나무" 흰 꽃으로 드러나는 사내의 몸에 다름 아니다. 이러한 "꽃"의 자연 표상과 "그"의 이미지의 겹침은 꽃의 육화 지점을 미학적으로 보여주는 부분이다. 이와 같이 이채민 시에서 꽃은 인간 내면의 고통과 상처의 비극적 상징에 다름아니다.

수레국화와 양귀비 사이에서

쓸쓸히 시들어가는 당신을 잠깐, 빌릴 수만 있다면

단 한 줄의 문장으로 나는 사이프러스 숲에 당도한다

아주 잠깐, 당신에게 기댈 수만 있다면

광기어린 해바라기가 뒤덮은 노란 지붕 아래

성수를 뿌리며

태양을 훔친 범죄자의 난해한 이름들을 외우며

당신이 그려놓은 만 개의 별을 세며

새들이 앉았다 포롱포롱 날아가는 삼나무도 족하겠지만

외로움이 등불처럼 달린 당신의 등에 기대어

진한양귀비로 확 피어보고 싶다

카페 라뉘*에서 내 눈을 멀게 한 죄까지

사랑할 수밖에 없어서

*고흐가 그린 실제 카페이름
— 「잠깐, 당신을 빌릴 수만 있다면」 전문

이 시에서 시적 주체는 "잠깐, 당신을 빌릴 수만 있다면" 이란 가정법
의 진술 방식을 통해 당신이라는 타자의 부재를 환기시킴과 동시에 시
의 비극적 정조를 강조하고 있다. 시에서 드러나는 당신은 "수레국화와
양귀비 사이에서 쓸쓸히 시들어가"는 자이고, "만 개의 별을 그려놓은"
존재이다. 또한 "외로움이 등불처럼 달린 등"을 지닌 대상이다. 당신은
"화가 고흐"일 수도 있고 혹은 고흐의 그림 속 실제 카페에서 만난 연인

현대시의 상상력과 감각

일 수도 있으며 우리 주위에 포진한 모든 "당신"일 수도 있다. 시적 주체는 시들어 소멸하는 "당신"을 호명하여, 당신 등에 기대기를 바라면서 그리하여 사이프러스 숲에 당도 할 수 있으며, 성수를 뿌리던 행위 대신 태양을 훔친 범죄자"처럼 "당신 등에 기대어// 진한양귀비로 확 피어보고 싶다"는 욕망을 지니고 있다. 이때 "양귀비꽃"은 부재하는 대상의 결핍을 극복하여 상실의 극복을 향해 나아가는 시적 주체의 역동적 의지를 드러낸다.

2. 꽃과 주체의 역동적 의지

노을이 온통 내 것으로 안겨왔다.
심장 박동이 너무 커 바닥에 누울 수가 없었다 달이 풀어놓은 치맛자락에서 —우-우-우 만월의 울음이 들렸는데 심상찮은 달 울음소리와 심장의 박동소리가 하나라는 것을 알았다.

나는 젖내 풍기는 초승달이었으므로 자주 눈에 핏줄이 터지고 어금니 뿌리가 흔들렸다.

꽃비 징하게 내린 밤, 환부에서 샘솟는 눈물로 작은 샛강이 만들어졌다 그리고 생일 촛불 밑에서 아무 망설임 없이 유서를 썼다.
아침이 되면 씨알 없는 글자들이 샛강에서 맑은 종소리로 딩동거렸다.

흔들리지 않고 피는 꽃이 어디 있을까
— 「마흔아홉은 선물」 전문

「잠깐, 당신을 빌릴 수만 있다면」에서 "꽃"을 매개로 시적 주체의 역동적 의지가 발현되었다면, 「마흔아홉은 선물」에서 "꽃"은 육체를 통해 발견되는 원초적 자연을 상징하고 있다.

우선 시 제목이 눈길을 끈다. "마흔아홉"은 왜 "선물"인 것일까? 시에서 시적 주체는 오십 대에 들어서는 "마흔아홉"의 육체를 지니고 있다. "마흔아홉"의 육체는 늙음에 관한 회한과 슬픔을 드러내기보다 오히려 "심장 박동이 너무 커 바닥에 누울 수가 없"는 파동을 지닌 역동적 육체로 드러나고 있다. 그리고 시적 주체의 육체는 "달이 풀어놓은 치맛자락에서 ―우우우 만월의 울음" 소리를 들을 수 있는 육체인 동시에 "달 울음소리와 심장의 박동소리가 하나라는 것을" 발견하는 육체이다. "만월"의 울음소리는 곧 출산의 징조와도 같다. 그 몸은 곧 생명의 탄생 전조를 알리는 몸이다. 심장박동처럼 두근거리는 파동과 진동 속에서 초승달로 태어난 육체이기에 "나는 젖내 풍기는 초승달"이며 "자주 눈에 핏줄이 터지고 어금니 뿌리가 흔들"리는 육체를 지니고 있다. 그리고 "생일 촛불 밑에서 아무 망설임 없이 유서를" 쓴다.

"유서 쓰기"는 곧 만월의 육체에서 탄생한 초승달의 고통스러움에 해당한다. 마흔아홉이 만월이라면 오십은 곧 어린 초승달처럼 어금니가 흔들리고 눈에 핏줄이 터지는 고통을 문신처럼 각인한 몸이다. 만월의 심장 박동처럼 두근거리는 설레임 속에서 초승달로 피어나고 초승달은 흔들려 더욱 탐스럽게 피어나는 꽃으로 귀결되고 있다.

"꽃비"가 낙화임을 상기할 때 "꽃비가 징하게 내린"다는 시적 정황은 '사십 대=만월=낙화' 등으로 의미의 등가를 이루고 있다. 꽃의 낙화는 곧 꽃나무가 건너야만 하는 숙명이며 성숙을 위한 새로운 출발이기도 하다. "씨알 없는 글자"들은 강물에 떨어져 내린 꽃잎으로도 볼 수 있다. "흔들리지 않고 피는 꽃잎이" 없듯 그 "꽃"의 "흔들림"은 곧 성숙을 위한 파동으로 볼 수 있다. 그러한 파동은 유서를 쓰는 저녁 밤 풍경의 고통과도 같다. 피가 묻은 초승달은 미성숙한 육체에 생의 비의가 축적된 몸이라 할 수 있다. 곧 마흔아홉과의 이별은 자연인 달과 한 몸이 되는 원초적이고 본능에 가까워지는 이별이기에 시적 주체에게는 "선물" 과도 같다.

두렵고 낯선 길

그대에겐 묻지 않았지만

스스로에게 물어보고 나선 길

참방참방 나팔꽃의 눈물이 차오르는 골목을 빠져 나오기 위해

말(言)들이 이동하며 일그러지지 않도록

둥근 씨방 속에 잘 넣어서

서로의 몸에 꽃 피우듯

순하게 되새김질 하듯

목젖이 가볍게 보이면 좋겠다

서로 다른 색깔에 젖어 빨래처럼 무거웠던 몸

탈탈 털어 잘 말려서 여기까지 왔다

얼어붙은 가슴으로는

그대를 보낼 수가 없다
—「이별에 대한 예의 1」전문

　앞의 작품에서 살펴보았던 시적 주체의 삶의 역동성과 결연한 의지는 작품 「이별에 대한 예의 1」에서 더욱 명료하게 드러나고 있다. "이별"이 주는 고통스런 감정에 휘둘리지 않는 성숙한 주체는 "두렵고 낯선 길" 이지만, "당신에게 등을 기대고 당신에게 질문하기보다"나 자신에게 질문을 던지고 "혼자 스스로" 길을 나서는 행보를 보이고 있다. "다른 색깔"로 물들고 "빨래처럼 무거웠던" 당신의 몸을 털어 "잘 말려서 여기까지" 오는 수고로움을 마다하지 않는다.

　이때 "꽃"은 부재하는 대상을 환기시키고 호명하는 매개에서 벗어나 상처를 봉인하는 대상으로 전환된다. "나팔꽃의 눈물이 차오르는 골목을 돌아서", 눈물에 젖은 골목의 축축한 문장들을 "나팔꽃 씨방"에 넣어두고 결연한 의지로 골목을 걸어 나오고 있다. 이 골목은 "노모의 죽음"과 울음이 고여 있고, 온갖 풍문이 들끓는 곳이지만 시적 주체는 그 골목의 젖은 문장들에 침잠되거나 회피하기보다 "나팔꽃의 눈물이 차오르는" "꽃의 씨방"에 상처를 봉인하면서 결연한 발걸음으로 헤쳐 나오고 있다.

　이와 같이 이채민 시인의 시 세계는 삶의 고통과 비극적인 외부 세계를 지워버리거나 침잠하기보다 온몸으로 부딪치는 역동적인 시적 주체의 의지를 선보이고 있다. 특히 꽃의 표상을 통해 순환론적인 세계관을 바탕으로 인간과 사물이 뒤섞이고 경계가 무화되어 육화되는 미적 세계를 선취하고 있다.

『미네르바』 2013년 여름호

울음의 상징성

1. 울음의 화법

김영서 시인은 2005년에 『시로 여는 세상』으로 등단한 이후 『언제였을까 사람을 앞에 세웠던 일』(시로 여는 세상, 2008)와 두 번째 시집 『그늘을 베고 눕다』(시로 여는 세상, 2011)를 출간했다. 김영서 시인의 『그늘을 베고 눕다』는 생의 비루함과 존재 근원에 대한 사유를 훼손된 몸의 양상을 통해 드러내고 있다.

> 송아지를 사왔다
> 사흘 낮밤을 울더니
> 울음소리가 입안을 넘지 않는다
>
> ─「득음」 전문

김영서 시인의 이번 시집에는 유독 상처입거나 소외된 몸을 자주 접할 수 있다. 특히 시인은 시적 대상들의 우는 행위에 집중하고 있다. 울음은 내면의 감정을 드러내는 원초적이고 본능적인 행위이다. 울음은 타자에게 자신의 설움이나 우울함을 토로하여 감정을 정화하는 역할을 하기도 한다. 김영서 시인의 시에 드러나는 시적 대상의 울음 형식은 독특하다. 배설의 행위가 아닌 서러움이라는 감정의 과잉 상태를 내면으로 끌어안아 승화시키는 태도를 보여주고 있다.

「득음」에 나타난 송아지는 어미 소와의 이별과 새로운 환경이 주는 두려움 때문에 사흘 밤낮을 울고 있다. 그러나 그 울음은 사흘을 넘기지 않고 있다. 송아지는 울음을 쏟아 비극적인 상황을 벗어나는 대신 본능적으로 생의 의지를 추구한다는 점이다.

알이나 놓아먹자고 닭을 풀어놓았는데
암놈 꽁무니가 남아나질 않는다
마실 온 김에 수탉 두 마리 중 한 마리를 잡았다
수컷 하나 사라지자 평화가 찾아왔다
노총각끼리 평상에 주안상을 펼쳤다
누구는 월남에서 색시를 사왔다더라/누구는 애를 셋이나 낳았다더라/취기에 푸념을 늘어놓는데/살아남은 수탉이 울고 있다/날개로 몸을 북처럼 두드리며 운다/목을 잡아 빼고 혀가 튀어나오도록 소리를 지른다/닭은 알고 있는 것이다/암수의 황금비율을

— 「황금 비율」 전문

심심하여 보리밭 쪽으로 내지르면
종달새가 하늘 높이 날아올라 울어댔다
그때는 소리 내어 우는 것이
알을 지키려는 수작인 줄 몰랐었다

보리밭 가까이
알 없는 할머니가 지난다

종달새가 울지 않는다

— 「알의 소멸」 전문

「황금 비율」에서 닭의 울음도 마찬가지다. 시에서 닭의 울음은 결혼하기 어려운 농촌 총각의 상황과 겹쳐져 농촌의 어려운 현실을 나타내고 있다. 닭의 울음은 곧 「알의 소멸」의 생의 의지를 갈구하는 종달새의 울음과 별반 다르지 않다. "그때는 소리 내어 우는 것이/ 알을 지키려는 수작인 줄 몰랐었다"라는 시적 화자의 진술에서 "울음" 혹은 "운다"라는 행위는 생명에 대한 의지와 삶의 의지를 동반하는 본능적인 행위임을 알 수 있다.

낡은 음반에서 피리 부는 사나이가 흘러나온다
보리피리밖에 불어보지 못했는데
가수 송창식의 어깻짓에 마네의 그림과
앳된 북한군의 피리 부는 사진이
실루엣으로 겹쳐진다
몸이 바르르 떨리던 추억은 모두가 한통속이었을까
한겨울 골바람이 문풍지를 울리는 것도
바람이 협곡을 빠져나와야 소리가 된다는데
세상에 갓 태어난 주름투성이의 울음소리도
아이를 만들 때 울리던 아내의 떨림도
이불 속에서도 무릎이 시리다는 어머니
그러고 보면 모두가 협곡을 지나온 것이 아닌가
뼛속에 구멍 내어 바람의 통로를 만든 어머니가

밤새 피리를 분다

— 「피리부는 사나이」 전문

"문풍지를 울리는 소리, 아이를 출산하는 아내의 떨리던 몸의 울림,
이불 속에서도 무릎이 시린 어머니의 늙은 몸"은 모두 "운다"는 상황에
공통으로 놓여 있다. 다양한 인간 군상들의 울음에는 칼날 같은 고통
이 수반되어 있음을 알 수 있다. 시에 나타나는 시적 대상들은 모두 훼
손된 몸을 지닌 존재이다. 훼손된 신체는 곧 존재감의 박탈이나 소멸한
이들이다. 아웃사이더 혹은 소수자들의 배제되는 지점을 몸의 불구성
을 통해 강조하고 있다.

현대시의 상상력과 감각

2. 유령의 세계와 슬픈 그늘

달밤에 담장에서 고양이가 우는데 저렇게 한번 앙칼지게 울어본 여
인네 없다는데 그래서 산통이 오라지게 온다는데 울음도 내성이 생겨
줘도 새도 모르게 산통도 모르고 고요를 낳는 것이 고양이라고 고양이
가 온몸으로 우는 밤 이 순간만큼은 있는 것도 아니고 없는 것도 아니어
서 고양이처럼 우는 법을 배운다면 밤마다 까무러쳐 잠이 든다면 울음
소리 속으로 고요 속으로 녹아내린다면

— 「고양이처럼」 전문

출근길에 용역 사무실을 나서는 이웃과 마주쳤다
서로 눈이 마주치지 않는 배려를 했다
직장에서 사표를 던지고 나올 때도 그랬다
용역 사무실은 모든 곳으로 통한다는 문이 있는데

이름을 부르지 않는 날은
하루를 유령으로 살아야 했다
출근한다고 집에서 나왔을 때도 그랬다
궂은날인데 거리는 유령들로 가득했다
해가 질 때까지 둑길을 걸었다
작은 혼령들이 집에 들어갈 시간이라고 속삭인다
발밑의 밥풀꽃이 그곳을 지나는 바람이
잔가지 사이를 폴폴대는 새가 그랬다
집으로 가는데 어둠 속으로 내 그림자가 사라졌다
사람들이 나를 알아보지 못한다

—「나도 한때는 유령이었다」 전문

이처럼 울고 있는 시적 대상들은 "있는 것도 아니고 없는 것도 아"닌 생과 사의 경계에 존재하는 대상으로 드러나고 있다. 삶과 죽음의 경계에 서성거리는 이들은 마치 유령과 같은 존재이다. 소수자 혹은 소수자 집단(minority)으로 통칭하는 이들은 육체적·문화적 특질 때문에 집단적 차별의 대상이 된다. 조르조 아감벤의 용어를 빌리면 "호모 사케르" 혹은 "벌거벗은 자"들로, 법의 보호 영역 밖에 위치한 "디아스포라"적 존재들이다. 시적 화자의 눈은 살아 있으면서도 존귀함을 인정받지 못하는 유령과 같은 소수자 혹은 소수자 집단의 궤적을 쫓고 있다. 이러한 시적 화자의 시선이 소중한 점은 우리 사회의 만연한 차이와 배제의 지점을 수면 위로 부상시키고 있으며 동시에 이에 매몰되지 않으려는 시적 화자의 자유 의지를 드러내고 있기 때문이다.

냇가에 백 살 먹은 아카시아 한 그루 서 있다 밤길 걷는데 꽃향기 흐드러진다 자세히 보니 허리춤에 나팔을 달았다 동네에 초상나면 제일 먼저 부고를 전했다 꼭두새벽 새마을 노래를 불렀고 가끔 육자배기를

부르기도 했다 세월이 흘러 몸의 반이 고사목인데 나머지 반은 꽃이다
낮에는 꿀벌들이 다녀갔다 인생의 달콤함을 아는 애인들이다 냇가에는
한낮의 격정이 흥건하게 흐른다 꼭대기부터 말라죽기 시작했지만 세월
의 기품이 살아 있다 소신공양 중에도 향기 가득한 것 백 년은 살아야
알 것 같은데 동네에 백 살 넘은 사람이 없다 백 년 동안 쉬지 않고 꽃을
피워 본

—「백 년 동안」 전문

시에 등장하는 아카시아 나무 역시 성한 몸이 아니다. 반은 살아 있고
반은 죽은 유령과 같은 대상이다. 생산적이고 풍성한 건강한 몸이 아니
라 소멸을 배태한 훼손된 몸이다. 죽음의 방향으로 다가가는 나무를 바
라보는 시적 화자의 시선은 삶과 죽음의 경계에 걸쳐진 목소리가 제거
된 나무의 독특한 존재 양식을 발견하고 있다. 자기 소멸의 의지를 담
보하고서야 거행되는 나무의 소신공양을 통해 주변화된 소수자에게서
진정한 주체의 힘을 발견하고 있다.

햇살에 기대어 놓여 있다
옷에 소금이 서려 있다
바다에서 건져 올린 싱싱한 사내다
가까이 보니 몸에 상처가 많다
경계를 넘나든 문신이다
물 좋은 것에 사람이 꼬였다
생것이 좋다고 눈동자를 들여다보았다
그 눈에 맑은 내가 보인다
물 좋은 사내는 가끔 눈을 떴다 감았다
그때마다 눈에서 눈물이 돌았다
떠나지 않으면 마르거나 상할 것이다

현대시의 상상력과 감각

눈 뜨면 햇살이 찌르고 감으면 파도가 범람했다
가만히 눈을 뜨고
햇살에 기대어 있기로 했다
등에 박힌 작살이 눈부시다

— 「물 좋은 놈」 전문

고래는 이미 상처만 남은 비천한 몸을 지닌 대상이다. 삶과 죽음의 경계를 수없이 넘어온 몸으로, 눈 뜨면 햇살이, 눈 감으면 바다의 파도가 범람하는 고통스러운 몸이다. 고래의 눈동자에 시적 화자가 담겨 있다는 진술에서 시는 고래의 상황에서 시적 화자의 상황으로 전이되고 있다. 결국, 고래라는 시적 대상은 고난의 언덕을 넘는 현대인들에 다름 아니다.

이처럼 김영서 시인의 시집에 드러나는 시적 대상들의 몸의 불구성은 삶과 죽음 혹은 생성과 소멸의 경계에 놓여 있는 독특한 몸의 양상을 보이고 있다. 시적 대상들은 살아 있지만 제 목소리를 내지 못하는 유령 같은 존재들이며, 우리 시대의 아웃사이더를 표상하고 있다. 끊임없는 경쟁구도 속에서 도구화되는 현대인들의 비극을 날카롭게 포착하여 존재론적인 사유를 드러내고 있다.

큰바람이 지나간 뒤 그림자가 사라졌다
집 앞에 두고 힘들 때마다
잠시 쉬었던 그늘이 사라졌다
가까이 보니 나무가 그늘을 베고 누워 계시다
힘겨웠던 게다
그늘에 들 때마다
나의 푸념을 거두어 갔던 나무가
그늘을 베고 상념에 젖어 계시다

발가락이 이불 밖으로 보인다
아직 촉촉한 발가락을 바람이 말려주고 있다
나뭇잎이 시들기 시작한다
생각이 깊어지나 보다

—「그림자 없는 나무」 전문

머리카락이 빠지더니 털이 배꼽으로 내려왔다
이마가 넓어진다
시선의 중심을 위하여 수염을 기른다
말끔한 얼굴이 예절인 마을에서
수염은 울안의 황소처럼 위태롭다
서로 치받던 사나운 뿔
바가지 앞에서 쓸모없는 상징으로 변한다
한번 제대로 써보지 못한 무기
턱에다 붙이고 다닌다
장날 국밥집 버려진 뿔을 본다
뿔 없는 사내들이 국밥을 먹고 있다
말끔한 턱은 뿔 없는 소 머리다

—「위태로운 상징」 전문

이번 시집의 표제시 격인 「그림자 없는 나무」의 "나무"는 시적 화자에게 나누어 주던 그늘을 베고 누워 있다. 큰 바람에 뿌리째 뽑혀 죽음에 직면한 훼손된 몸이다. 나무가 누웠다는 것은 곧 죽음이 임박했음을 의미한다. 나무가 자신의 그늘을 만든다는 것은 나무의 생명이 유지되어야 가능한 일이다. 이 나무 역시 살아 있지만 이미 죽음을 향해 한 발을 내디딘 유령과 같은 몸이다. 뿌리가 뽑혀 넘어진 나무는 곧 장날 국밥집 앞에 버려진 짐승의 뿔 그리고 얼굴의 수염을 밀어버려 남성성을 상실한 시적 화자의 상황과 연결되고 있다. 시적 화자는 이러한 위태로운 상징의 지점에 주목함으로써 철저하게 밀려난 소수자들의 삶을 독특한 몸의 양상으로 구현하고 있다.

> 쌍지암 연못에 꽃이 사라졌네 절집의 꽃이 사라졌네 꽃을 보려면 연못을 헤쳐 뿌리를 없애라 하는데 이제까지 꽃 피운 이유가 뿌리 때문이었다고 아름다움과 향기로움 오직 뿌리를 위해서라는데 우리 동네에 장가도 못 가고 근근이 늙어가는 친구 하나 있는데 이미 다 이루어져 있어 인생에 꽃 한 번 피울 일 없다는데 모두가 가득한 뿌리 때문이라는데 뿌리가 썩어 없어질 때까지 사랑도 없고 기다림도 없고
>
> ─「늙어 가는 연못」전문

인간의 몸과 시적 대상의 몸은 모두 세계와의 불화로 훼손된 몸이다. 시에서도 연꽃이나 동네 친구는 자신의 생식이나 번식할 수 없는 몸으로 뿌리를 살찌우기 위하여 소모되는 대상일 뿐이다. 이러한 거대한 이데올로기의 장막을 걷어내려는 시적 화자의 시도는 다음 시에서도 나타나고 있다.

> 팽팽한 줄을 사랑했네
> 팽팽함을 위하여 평생 원을 그리며 살았지
>
> 어렸을 적엔 형제끼리 머리를 치받고 싸웠어
> 뿔 부딪치는 소리 동구 밖까지 퍼져 나갔어
>
> 그때의 울림으로 목소리가 떨려
> 지금도 팽팽한 현에 매여 있어
>
> 원 하나를 완성하면 내 말뚝은 옮겨지지

주인은 무의식으로 그랬겠지만

난 행성과 외계를 연결하는 통로
미스터리 서클을 만들고 있었던 거야

—「미스터리 염소」 전문

　　말뚝에 매인 염소의 이미지를 통해 제도화된 일상의 궤적에서 이탈
하려는 개인의 시도를 보여주고 있다. 염소가 원을 그리며 돌아도 결
코 일상의 궤도를 벗어나기란 불가능하다. 시에서 등장하는 주인은 위
의 시의 뿌리와 같은 존재이다. 염소의 행위도 결국 주인의 욕구를 위
해 희생되는 존재일 뿐이다. 자신의 의지를 확장시키기 위하여 부지런
히 우주로 보내는 미스터리 서클을 만들지만, 염소의 이탈은 주인의 욕
망 앞에서 배제될 뿐이다. 말뚝으로 상징되는 숨겨진 거대한 손의 감시
망을 벗어날 수 없기 때문이다.

생각 없이 지나는데 눈이 돌아간다
무슨 일인가 했는데
허물어지는 가게에 문패를 새로 달았다

안으로 들어서자 기역자로 구부러진 할머니가 웃고 있다

하루 매상이 일만 원인 구멍가게
읍내 대형마트와 동등한 건 담뱃값뿐이다
담배 판매소
푯말 잘 보이라고
30년 된 가게 간판을 내렸다

—「구멍가게」 전문

자본주의 사회에서 개인의 존재 가치는 화폐의 힘 앞에 등급화되고 질서화되면서 절하되어 버린다. 이는 시 안에 등장하는 구멍가게의 간판과 같다. 구멍가게의 간판은 곧 한 개인의 이름과도 같다. 그 호명을 통해 개인의 개별성과 진실성의 회복되지만, 담배판매소라는 화폐의 가치를 최우선으로 삼는 자본의 논리 속에서 개별적 주체들은 버려진 상징 혹은 위태로운 상징이 되어버린다.

　김영서 시인의 『그늘을 베고 눕다』에서 드러나는 몸의 불구성은 자아와 세계와의 불화로 탄생한 몸이며, 이 몸의 특징은 "울고 있는" 몸이다. 울음의 원인은 몸의 불구성을 통해 자본에 의해 자행되는 폭력과 그 구조를 드러내고 있다. "산 것도 죽은 것도 아닌" 유령과 같은 독특한 육체의 양상을 제시하여 주변화된 소수자에게서 진정한 주체의 힘을 발견하고 있으며, 국가라는 전체주의에 복무하는 현대인들의 비극적 현실을 날카롭게 포착하고 있다.

『현대시학』 2011년 2월호

강석경, 「문명의 바다에 침몰하는 토끼」, 장석주 편, 『김종삼 전집』, 청하, 1988.

강성은, 「한국의 전통 우리 술 이야기」, 『식품문화 한맛한얼』, 2(1), 2009.

고경희, 「한국 술의 음식문화적 고찰」, 『한국식생활문화학회지』 제24권 제1호, 2009.

권명옥, 『김종삼 전집』, 나남, 2005.

김문주, 「한국 현대시의 풍경과 전통」, 고려대학교 박사논문, 2005.

김성재, 「한국의 소리 커뮤니케이션」, 『한국언론학보』 48권 1호, 한국언론학회, 2004.

김욱동, 『은유와 환유』, 민음사, 1999.

김학민, 『태초에 술이 있었네』, 서해문집, 2012

김화자, 「잠재적인 것―공감각에 대한 현상학적 연구」, 『한국미학예술학회지』 통권 제30호, 한국미학예술학회, 2009.

나카무로 유지로, 양일모 · 고동호 역, 『공통감각론』, 민음사, 2003.

레이코프, 노양진 · 나익주 역, 『삶으로서의 은유』, 박이정출판사, 2006.

박상미, 「현대시에 나타난 꽃의 의미 분석」, 세종대 석사학위논문, 2000.

서 긍, 조동원 · 김대식 · 이경록 · 이상국 · 홍기표 공역, 『고려도경』, 황소자리, 2005.

손민달, 「김종삼 시에 나타난 '술'의 특징 연구」, 『한민족어문학』 제61집, 2012.

송방송, 『국역 율려신서(律呂新書)』, 민속원, 2005.

심혜련, 「새로운 놀이 공간으로서의 대도시와 새로운 예술체험: 발터 벤야민 이론을 중심으로」, 『시대와 철학』 14, 2003.

윤종주, 「근세한국의 민족이동에 대한 연구」, 『한국의 인구변동과 사회발전』, 서울여자대학교, 1991.

윤지영, 「미적 근대성, 이미지즘, 감각의 사용법」, 『파라21』 여름호 제2집, 2004.

이-푸 투안, 구동회 · 심승희 역, 『공간과 장소』, 도서출판 대윤, 2007.

이상섭, 「촉감의 시학」, 『자세히 읽기로서의 비평』, 문학과지성사, 1988.

이상희, 「한국의 술 문화」, 『주류저널』.

이재복, 『한국문학과 몸의 시학』, 태학사, 2004.

이재복, 『한국문학과 몸의 시학』, 태학사, 2004.

이진경, 『근대적 시공간의 탄생』, 푸른숲, 2005.

장덕순, 「술과 문학」, 『KOREAN J. DIETARY CULTURE』 Vol. 4. N0. 3, 1989.

전무진, 「술의 역사와 과학, 그리고 주도」, 『과학과 기술』 12월호, 2003.

조경덕, 『지성과 감성의 심리학』, 웅보출판사, 2002.

폴 비릴리오, 이재원 역, 『속도와 정치』, 그린비, 2004.

피에르 푸케, 정승희 역, 『술의 역사』, 한길사, 2000.

황재호, 「웹의 매체 미학적 고찰」, 『디지털디자인학연구』 vol. 12 no. 2.

현대시의 상상력과 감각

작품

인명, 용어

서안나 徐安那

제주에서 출생하여 대전대학교 국어국문학과를 졸업했다. 제주대학교
교육대학원 국어교육과를 졸업 후 한양대학교 대학원 국어국문학과에서
문학박사 학위를 받았다.

시집으로『푸른 수첩을 찢다』『플롯 속의 그녀들』『립스틱 발달사』, 평론
집으로『현대시와 속도의 사유』, 저서로『논리적 사고와 표현』(공저) 등이 있
다. 현재 한양대, 숙명여대, 추계예대에서 강의를 하고 있다.

현대시의 상상력과 감각

인쇄 · 2014년 11월 14일 | 발행 · 2014년 11월 25일

지은이 · 서안나
펴낸이 · 한봉숙
펴낸곳 · 푸른사상사
주간 · 맹문재 | 편집 · 김선도 | 교정 · 김수란

등록 · 1999년 7월 8일 제2-2876호
주소 · 서울시 중구 충무로 29(초동) 아시아미디어타워 502호
대표전화 · 02) 2268-8706~7 | 팩시밀리 · 02) 2268-8708
이메일 · prun21c@hanmail.net
홈페이지 · http://www.prun21c.com

ⓒ 서안나, 2014

ISBN 979-11-308-0306-7 93810
값 24,000원

현대시의 상상력과 감각

서안나